KB252340

가족의 나라

가족의 나라

양영희 지음 ◎ 장민주 옮김

씨네21북스

차례

1부

신세계교향곡―대동강에서 건오 오빠는 외쳤다 ● 007

2부

너에게 보내는 마지막 편지―건아 오빠의 스텝 패밀리 ● 123

3부

하얀 그네―건민 오빠의 짧은 오열 ● 205

후기 ● 286

1부

◎

신세계 교향곡 — 대동강에서 건오 오빠는 외쳤다

내겐 나이 차이가 많이 나는 오빠가 셋 있다.

지금 나는 오빠들을 만날 수 없다.

오빠들은 이곳 일본의 이웃나라, 북한에 있다.

이것은 나의 이야기이자, 내 오빠들의 이야기다.

*

"와, 마침 잘됐네요. 영희 씨, 오빠분들이 북한에 계시죠?"

전부터 알고 지내던 프로듀서가 오사카 극단의 사무실로 들어와 내 얼굴을 보자마자 갑자기 이렇게 말했다. 대체 뭐가 잘됐다는 건가, 속으로 투덜거리면서 프로듀서의 다음 말을 기다렸다.

"이번에 북한과 일본의 합작영화를 찍게 됐어요."

제3세계 국가 감독들에게 제작비를 대 좋은 영화를 만든다는 취지의 대형 배급회사 프로젝트라고 한다. 가난한 나라 영화감독들에게 촬영비를 지원해준다는 얘기다. 1년에 한 편씩 제작하는데 마침 다음 프로젝트를 북한과 진행하게 됐다는 것이다.

제목은 〈버드〉. 어느 조선인 조류학자의 실화를 토대로 한 이야기이다. 북방쇠찌르레기라는 철새를 함께 연구하던 조류학자 부자가 있었다. 한국전쟁이 일어났을 때 아버지는 북한 땅에서 새를 관찰하고, 아들은 철새를 따라 남으로 내려가서 연구를 하고 있었다. 부자는 결국 헤어졌고, 소식은 끊겼다. 연락할 방법도 없었다.

북한에 있는 아버지는 세계적으로 유명한 학자로, 국제조류학회에서도 참석 제의를 받을 정도의 인물이다. 아버지는 학회에 참석하는 동안 일본의 야마시나조류연구소의 한 학자와 친해진다. 한반도 분단으로 아들과 생이별을 했다는 가슴 아픈 사연을 들은 일본인 학자는 아들의 소식을 알아봐주기로 한다. 그리고 아들이 남쪽 땅에서 훌륭한 조류학자가 되었다는 사실을 알게 되지만, 결국 부자간의 재회는 이루어지지 못한 채 아버지가 북에서 사망한다. 영화에서는 엔딩 장면이 각색되어 아버지와 아들이 국제회의에서 감동적으로 재회한 후 다시 헤어지게 된다.

북한과 남한의 이산가족을 그려낸 감동적인 영화다. (실제로 완성된 영화는 동경국제영화제에서 특별 상영되었고, 한국에서도 관계자들만의 상영회가 이루어졌다. 한국에서 이 영화를 톤 조류학자의 아들은 상영 내내 한없이 눈물을 흘렸다고 한다.)

대체 이 영화의 어떤 역할에 나를?

영화사에서 찾는 사람은 야마시나조류연구소 학자의 비서 역할. 키가 큰 편에 건방져 보이는 '재수 없는 여자' 캐릭터를 찾고 있다고 한다.

그게 나라고?

"평양에서 영화를 찍으니까 조선말을 할 수 있으면 좋겠죠. 물론 연기 경험도 있는 편이 좋고요. 하지만 갑자기 북한에 가서 문화적 충격을 받아도 곤란하니…… 뭐랄까, 북한 사회에 대한 면역력이 있는 편이 좋겠고요. 여기저기 찾아봤지만 조건에 맞는 사람이 없었는데, 마침 잘됐다 싶어요. 영희 씨라면 딱이에요. 어때, 해볼래요?"

공짜로 그 나라에 갈 수 있다. 오빠들도 만날 수 있다!

그 나라는 여러 가지 조건이 맞지 않으면 갈 수 없다. 수개월 전부터 조총련(재일본조선인총연합회)에 입국 신청을 해두어야 하고, 결코 싸지 않은 교통비도 마련해야 한다. 내겐 돈은 없지만 시간이라면 있다. 교통비와 체재비 걱정 없이 북한에 갈 수 있다는 건 꿈같은 일이다.

그밖에 산더미처럼 쌓인 불안감을 전부 덮어둔 채 나는 두말없이 수락했다.

"할게요! 하겠습니다! 하게 해주세요."

영화 촬영은 처음이라 연기뿐 아니라 불안한 점이 많긴 하지만, 일본 회사가 돈을 대는 것이니 몇 신이든 편히 찍을 수 있다고 했다. 의

상도 전부 저쪽에서 준비해줄 테니 몸만 가면 된다. 출연 분량도 많지 않으니 일주일 만에 돌아올 수 있다. 프로듀서는 비서 역을 찾아서 안심했다는 얼굴로 나에게 그렇게 설명했다.

프로듀서가 지나가는 말처럼 덧붙였다.

"시간은 되죠?"

나는 정말이지 한가했다. 극단에 소속되어 있긴 했지만 공연을 자주 하는 것은 아니었다. 아마추어 극단이기도 하고, 원래 스태프로 지원해 극단에 들어가 이래저래 시간을 보내는 사이 가끔 무대에 서는 정도였다. 대체 이런 상태로 배우라고 할 수 있을까, 싶은 존재.

한가해진 이유는 또 하나 있었다. 이혼을 한 것이다. 상대는 오사카의 조선고등학교에서 교사로 일하던 동료. 조선대학교를 나와 마지못해 국어교사를 하던 나는 "스물다섯 살까진 반드시 시집을 보내겠다"는 아버지의 집념과도 같은 의지에 등 떠밀리듯 결혼을 했었다. 그러고는 부부가 같은 직장에서 일하는 게 허락되지 않아서 자연스럽게 퇴사. 그때는 '어머니처럼 내조하면서 행복한 가정을 꾸리는 것도 나쁘지 않겠다'고 생각했지만, 지금 생각하면 제정신이 아니었다고 할 밖에.

냉장고 속에서 사는 듯한 냉랭한 신혼이었으니 아이가 생길 리도 없고, 언제까지 이런 생활을 계속할 수 있을까, 혼자 고민하며 괴로운 나날을 보냈다. 고민 끝에 어머니에게 진실을 털어놓고 결심을 굳혔을 때는 완전히 마음을 비운 상태였다.

고작 1년 뒤 나는 번쩍이는 혼수들과 함께 씩씩하게 집으로 돌아왔다. 천장이 높은 신혼집 아파트에 맞춰 산 장롱 세트는 현관으로 들어가지도 않아 크레인으로 끌어올려 3층의 내 방 창으로 집어넣는 엄청난 작업을 거쳤다. 마치 이웃들에게 이혼하고 돌아왔다고 선언하듯, 누가 봐도 떠들썩한 귀환이었다.

부모님의 반응은 명백히 대조적이었다. 꿈이 좌절된 아버지는 굵은 눈물을 흘리며 술에다 화풀이를 했다.

"내 딸이 어디가 어때서! 행복하게 해주겠다던 놈이!"

친정으로 돌아온 뒤 마음은 편해졌지만 아버지를 볼 때마다 불효를 저질렀다는 죄책감이 들었다.

어머니는 어디서 어떻게 찾아냈는지 결혼식 사진부터 신혼여행 기념품까지, 모든 '과거'를 내게 묻지도 않고 태워버렸다.

왜 태워버리느냐고 따지듯 묻는 나에게 어머니의 한마디.

"이런 거 가지고 있어봐야 무슨 소용이냐. 끝난 일은 잊어버리는 게 좋아!"

개운할 정도로 단호한 행동이었다.

셋이 식탁에 둘러앉을 때마다 어머니는 읊조렸다.

"영희야, 아이도 없고 아직 젊으니 좋은 사람은 얼마든지 나타난다! 사람들 앞에서도 당당해라. 내가 정말 화가 치민다!"

아버지도 어머니의 말에 동조한다.

"그래, 맞다! 네 어머니 말이 맞아!"

이 상황에서도 두 분은 변함 없는 잉꼬부부다. 나는 웃음이 나오려는 것을 꾹 참고 얌전한 얼굴로 조용히 앉아 있었다.

친정으로 돌아온 것은 좋았지만, 할 일이 없었다. 집안일이라도 좀 거들까 했지만 이제껏 어머니가 살림을 꾸려온 집에서 내 몫의 일은 별로 없었다. 이혼하고 왔다고 사람들 시선을 피해 집에만 틀어박혀 있는 것도 심심하다. 그렇다고 취직할 마음은 없다.

이럴 때는 하고 싶은 일을 하는 게 최고다.

나는 부모님의 반대를 무릅쓰고 극단에 들어갔다. 조선대학교 시절의 친구가 오사카에서 아마추어극단을 설립해 활동 중이었다.

극단 중심의 생활이 시작됐다. 웨이트리스 아르바이트, 연기 연습, 티켓 판매……. 그러다 영화 일로 북한에 가지 않겠느냐는 제안을 받은 것이다. 그야 당연히 간다.

날이 갈수록 오빠들을 만날 수 있다는 기대감이 커져갔다. 게다가 이번엔 공식적인 방문단이 아니다. 만나는 시간도 자유롭다.

'내가 영화에 나온다고 하면 건오 오빠가 놀라겠지.'

나를 보고 깜짝 놀라는 건오 오빠의 얼굴을 상상하면서 혼자 히죽거렸다.

*

내겐 오빠가 셋 있다. 클래식 음악과 영화, 연극을 좋아하는 열두 살 위의 건오 오빠. 열 살 위의 건아 오빠는 사람들과 어울리길 좋아하며 언제 어떤 자리에서나 주변의 시선을 한 몸에 받는 밝은 성격이다. 여덟 살 위인 겐짱. 본명은 건민. 나이 차이가 가장 적게 나서 나는 언제나 친근하게 '겐짱'이라 불렀다.

셋 다 멋진, 그리고 자랑스러운 나의 오빠들이다. 나는 오빠들에게 사랑받은 기억밖에 없다. 그것은 내가 허약했기 때문이었을지도 모른다.

오빠들이 일본에 있을 때는 '목욕을 한다'고 하면 목욕탕에 가는 것이었다. 오사카의 이쿠노 구는 목욕탕 격전지라 할 만한 곳으로, 골목마다 목욕탕이 있었다. 내가 사는 곳에서도 걸어서 20초 거리에 목욕탕이 있어서 우리는 그곳을 이용했다.

그런데 이 '20초'가 말썽이었다. 찬바람이 부는 계절이면 그 잠깐 사이에 나는 감기에 걸리고 말았다. 그런 다음날이면 나는 겐짱의 자전거 뒤에 태워져 병원에 갔다. 내과, 이비인후과, 치과…… 한 바퀴 병원 순례를 하는 날도 있었다. 겐짱은 "왜 그렇게 허약 체질이냐"라고 불평하면서도 동생인 나를 병원에 데려다주곤 했다.

말타기 놀이나 칼싸움 상대를 해주는 사람은 둘째인 건아 오빠와 겐짱이었다. 나카타카우스보탄*이 유행시킨 '몸 꼬기'와 요시모토신희극**의 개그를 흉내 내게 시키고는 크게 웃었던 것도 이 두 사람. 오카 하치로***의 "드러워라"라든가 "치사해" 같은 대사는 몇 번을 반복했던가. 오빠들에게 나는 '공주님'이자 '놀이 상대'이자 급할 때 쓰는 '히든카드'였다.

경양식집을 경영하는 어머니는 음식에 관한 한 아주 까다로워서, 탄산음료나 구멍가게에서 파는 과자 같은 건 좋지 않게 여겼다. 인스턴트 라면은 더더욱. 오빠들도 그 사실을 알고 있어서 조르기가 쉽지 않았다.

그럴 때 오빠들은 나를 데리고 구멍가게에 가는 것이다. 코카콜라와 캐러멜, 티롤 초콜릿…… 금지된 과자들을 사 먹었다.

"그런 거 먹으면 충치 생긴다!"

어머니가 꾸중을 하면 이럴 때만 나를 앞세운다.

"영희가 가게에 가고 싶다고 하잖아요. 그래서 어쩔 수 없이 데리고 간 거예요."

어머니는 여동생을 돌봐야 하는 오빠들에게 미안한 마음이 있고, 아버지는 딸이라면 사족을 못 쓴다. 어머니도 막내딸을 큰소리로 꾸

---

* 中田カウスボタン, 1969년 결성된 2인조 개그 콤비.
** 일본의 유명한 희극 극단.
*** 岡八朗, 일본의 희극 배우.

중하면서까지 막을 일은 아니라고 생각해서 결국 구멍가게에 간 것
에 대한 꾸중이 사그라든다.

칼싸움 놀이를 하다 방의 미닫이문이 찢어졌을 때도 그랬다.

범인은 나였지만, 두 오빠는 격노하는 아버지의 모습을 상상하며
파랗게 질렸다. 당시 오사카의 조총련 간부였던 아버지는 혁명에 대
한 꿈을 불태우며 조총련 활동에 매진하느라 언제나 귀가가 늦었다.
그리고 언제나 술을 마시고 들어오셨다. "혁명에 대해 논의하는 자리
였다"고는 했지만…….

귀가하자마자 예리한 눈으로 미닫이문의 구멍을 발견한 아버지가
화를 버럭 냈다.

"누구야! 미닫이문을 찢어먹은 놈이! 너희들이지? 잔말 말고 거기
앉아!"

오빠들은 무릎을 꿇고 말없이 고개를 숙이는 수밖에 없었다. "영희
가 그랬습니다"라고 말하고 싶지만 그러면 동생 핑계를 댄다며 더욱
크게 화를 내실 게 뻔하다. 불에 기름을 붓는 격이다.

그 시절 나는 아버지를 전혀 무서워하지 않았다. 태어난 후 그때까
지 아버지에게 꾸중을 들은 기억이 없었으니까. 오빠들에겐 조선말
로 무척 엄하게 이야기하면서도 내겐 자상한 어투로 간사이 사투리
를 썼던 것만 봐도 아버지가 나를 얼마나 귀여워했는지 알 수 있다.

나는 아버지의 큰소리에도 움찔하지 않고 대꾸했다(지금 와서 생각

해보면 아버지가 화가 났다는 사실도 알지 못했던 것 같다).

"아버지, 그건 영희가 그런 거야. 칼싸움을 하는데 저절로 찢어졌다니깐."

요즘이라면 '딸 바보'라고 할까? 내가 그렇게 말하자 아버지의 태도가 한순간에 바뀌었다. 좀전까지의 흡혈귀 같던 얼굴은 온데간데없고 에비스*의 얼굴로 돌변했다.

"그래그래. 영희야, 이리 와라. 다친 덴 없고? 어디 아픈 데 없어?"

그러면서 나를 무릎에 앉히고는 기분 좋게 술잔을 기울인다. 오빠들은 조용히 서로 얼굴을 마주보며 복잡한 표정으로 그 자리를 빠져나간다.

오빠들은 나를 만날 때마다 이 이야기를 그리워하며 꺼낸다.

"아버지가 아들들을 대할 때와 딸을 대할 때의 태도 차이라니, 그 정도면 인권 문제야."

"평양에서 사는 오빠들의 입에서 '인권'이라는 단어를 들으니 가슴이 철렁하네. 웃지 못할 이야기랄까……."

"영희야, 여기선 웃어줘야지. 개그라고 생각하면 돼."

모두 함께 웃지만, 뭐라 말할 수 없는 미묘한 미소. 웃으면서 건아

---

* 일본의 칠복신 중 하나. 자상하게 웃는 아저씨 모습의 동상을 일본에서 흔히 볼 수 있다.

오빠가 말을 잇는다.

"그래도 역시 인권 문제야."

우리 집의 '인권 문제'에 관한 최고의 에피소드는 케이크 사건이다.

내 다섯 살 생일날이었다. 아버지의 귀가가 늦어질 예정이어서 어머니가 몰래 케이크를 사왔다.

'반미'가 절대적인 우리 집에서 미국풍 물건은 일절 허락되지 않았다. 청바지 같은 것도 그렇고, 생일에 '해피 버스데이' 하고 노래를 부르는 일은 더더욱 있을 수 없었다. 평소 아버지의 선물은 길거리표 군밤. 생일에도 케이크가 아니라 불고기. 코카콜라의 경우에는, 아버지가 늘 오빠들에게 "몸에 안 좋은 미국 주스 따윈 마시지 마라"라고 말하셨지만, 내가 마시고 싶어한 후로는 웬일인지 용인되었다.

생일에 가족들이 예쁜 케이크를 둘러싸고 함께 노래를 부르며 촛불을 끈다. 우리 남매는 그런 장면을 동경했었다. 내 다섯 살 생일날. 오빠들의 마음을 헤아린 어머니가 아버지가 그날 늦는다는 걸 확인하고 커다란 생일 케이크를 사왔던 것이다. 세 오빠와 어머니, 그리고 나. 방 불을 끄고 다섯 명이 커다란 케이크를 둘러쌌다.

"해피 버스데이 투 유……."

고대하던 생일축하 노래—반미 가정에서는 허락된 적 없는—를 큰소리로 부르면서 촛불을 끈다. 아, 이런 당연한 행복이 있었나 싶은 해방감에 젖는다. 흥분해서 방긋 피어난 모두의 얼굴이 촛불에 흔들렸다. 건아 오빠가,

"영희야, 촛불을 힘껏 끄는 거야……. 후, 하고. 알았지?"

그렇게 말한 순간, '드르륵' 문을 여는 소리가 들리더니 이어서 '어험' 하고 아버지의 가래 섞인 목소리가 현관에 울려퍼졌다. 어두컴컴한 방 안의 공기가 멈췄다. 모두 숨을 죽이고 '설마!' 하는 표정으로 서로를 쳐다본다. 왜 이렇게 빨리? 오늘따라 유독! 모두 같은 생각을 했다. 하필이면 오늘…….

"뭐야! 왜 이리 깜깜해. 아무도 없냐?"

아버지는 분명 기분이 별로다.

오빠들이 덜덜 떨면서 앞다투듯 일어나 전등을 켰다. 밝아진 방. 방에 들어온 아버지의 눈앞에는 케이크에 꽂힌 다섯 개의 촛불이 흔들리고 있었다. 불을 켜기 위해 일어선 오빠들은 그대로 굳어 도로 앉지도 못했다.

"대체 이게 뭐냐?"

낮은 목소리의 조선말이 방에 울려퍼졌다. 장남인 건오 오빠가 마음을 다잡고 대답했다.

"……오늘은, 영희, 생일, 입니다."

무거운 공기가 방 안을 가득 메웠다. 오빠들의 얼굴에서 핏기가 사라졌다.

다섯 살인 나 혼자만 그런 무거운 공기를 눈치 채지 못했다. 나는 방실방실 웃으면서 아버지에게 달려갔다.

"아버지, 이거 봐요! 동~그란 케이크, 커~다란 케이크. 오늘은 영희 생일이야! 영희가 촛불 끌 거야."

자신의 목에 팔을 감고 어리광부리는 딸을 보면서 표정이 부드러워지긴 했지만, 이래서야 아들들 앞에서 체면이 안 선다. 곤란한 표정의 아버지가 낮은 목소리로 우물거리듯 말했다.

"촛불을 꺼보렴."

세 오빠는 너무 놀란 나머지 눈을 동그랗게 뜬 채 웃음이 터지려는 것을 참느라 필사적이었다. 어머니도 입을 가리고 아래를 보면서 오빠들에게 웃지 말라고 눈짓했다. 가족 모두의 주목을 받으면서 나는 힘차게 촛불을 불었다.

"후——웃!"

촛불이 꺼지고 모두가 박수를 치는 가운데 나는 아버지 뺨에 뽀뽀를 했다. 나는 아버지가 아침에 출근하실 때와 돌아오실 때마다 반드시 아버지의 뺨에 뽀뽀를 하기로 되어 있었다.

"우리 영희, 잘하네. 전부 꺼뜨렸구나."

그렇게 말하면서 아버지는 나를 안아주었다. 어머니가 오빠들에게

"케이크는 어머니가 가져다줄 테니 방에 들어가거라" 하고 말하자, 오빠들은 터져나오는 웃음을 참으려고 무릎을 치면서 계단을 올라 갔다. 겸연쩍어진 아버지는 모른 척하고 내 머리를 쓰다듬었다. 나는 아버지의 무릎에 앉아서 딸기 케이크를 먹었다.

나는 언제나 아버지의 무릎 위. 오빠들은 언제나 정좌. 아들들은 유교의 가르침대로 엄하게 키웠지만 나만은 언제나 예외였다. 이것 이 오래전 우리 가족의 일상이었다.

중학생인 건아 오빠와 겐짱은 평소 방과 후에 집에 있었지만, 고등 학생이 된 건오 오빠는 집에 있는 일이 드물었다.

조총련 간부의 아들쯤 되면 장래 진로는 정해져 있다. 조직을 위 해 사는 것이다. 미래의 간부로서 엘리트 교육을 받는다. '학습반'(일 명 학습조)이라는 곳에 소속되어 거기서 밤낮 사상교육을 받는다. 주 석님이 얼마나 위대한가, 조국이 얼마나 훌륭한가, 그리고 미제국주 의가 얼마나 부패했는가, 미국의 손에 놀아난 한국이 얼마나 정체되 었는가. 그런 특별 '학습'은 대체로 수업이 끝난 후에 진행된다. 건오 오빠는 매일 밤늦게야 집에 돌아왔다.

건오 오빠는 집에 돌아와 나를 보면 곧장 자기 방에 데려갔다. 나 를 스테레오 앞에 앉히고는 조심스럽게 레코드판을 꺼내 건다.

"카라얀과 베를린 필, 이 황금 콤비는 꼭 들어야 해."

도대체 유치원생에게 무엇을 설명하고 싶은 건지는 몰라도, 오빠는 늘 나를 상대로 음악 강의를 시작했다. 그리고 이어서 헤드폰을 씌워준다.

"영희야, 들리니? 멋진 음악이지? 차이코프스키도 베토벤도, 이 황금 콤비가 연주하면 소리가 다르다니까. 이 도입부의 섬세함…… 좋다."

또 다른 레코드를 건다. 베를린 필과 런던 필의 차이, 지휘자에 따라 똑같은 곡이 얼마나 달라지는지, 내가 헤드폰을 쓴 채 잠이 들어도 설명은 이어진다. 어린 나는 클래식 음률 뒤로 펼쳐지는 오빠의 '음악 수업'을 배경음악 삼아 오빠의 이불 속에서 잠드는 게 정말 좋았다.

오빠에게 '긴 것'은 전부 지휘봉이었다. 연필부터 칫솔까지, 손에 쥐었다 하면 반드시 허밍을 곁들여 이 지휘봉 비슷한 걸 흔들기 시작하는 것이다. 예를 들어 세면대 앞에서 머리를 빗을 때면 빗이 금세 지휘봉으로 변하는 것이다. 머릿속에는 항상 클래식이 흐르고 있었을 것이다.

건오 오빠는 비유를 하자면, 다이쇼시대*의 문학청년 같은 사람으로, 예술을 사랑했다. 책만 해도 아래 두 오빠의 책장에는 만화책이

* 1912년~1926년.

쭉 꽂혀 있는 데 반해, 건오 오빠의 책장에는 도스토예프스키와 톨스토이 같은 러시아문학과 로제 마리탱 뒤 가르의 〈티보가의 사람들〉이나 셰익스피어 같은 고상한 세계문학 작품 일색이었다. 음악 관련 책이나 잡지도 많았다. 영화 팸플릿과 레코드도 책장 가득 꽂혀 있었다. 듣는 음악도 밑의 두 오빠는 비틀즈나 일본의 그룹사운드 가요, 건오 오빠는 베토벤과 쇼팽, 차이코스프스키와 드보르작(하지만 모차르트는 취향이 아닌 듯했다). 가족 중에 혼자만 다른 것이다.

오빠 친구들은 "이카이노*의 쓰루하시**에서 건오 같은 녀석이 나오다니! 건오 주변에만 유럽의 바람이 부는 것 같아"라며 신기해했다.

영화, 연극, 음악, 소설…… 건오 오빠는 이런 것들을 깊이 사랑했다. 내가 일찍부터 영화와 연극을 보기 시작한 것도, 극단에 들어간 것도, 지금 이렇게 영화를 찍고 있는 것도, 모두 건오 오빠의 영향이라고 해도 과언이 아니다. 건오 오빠는 "영희야, 좋은 음악을 들으면 마음이 고운 사람이 된다"라고 입버릇처럼 말했다. 집안 형편 때문에 피아노를 배우지 못한 건오 오빠는 일찍부터 어머니에게 "영희에겐

* 猪飼野, 돼지를 키우는 벌판이라는 뜻으로 오사카 시 이쿠노 구를 일컬음. 예전에 돼지 키우는 사람들이 살았다고 해서 붙여진 이름.
** 鶴橋, 재일조선인이 많이 거주하는 이쿠노 구의 한 동네.

꼭 피아노를 가르쳤으면 좋겠다"고 부탁했다. 어머니는 건오 오빠가 남긴 말대로 오빠들이 '북'으로 건너간 후 혼자 남은 나를 피아노 교실에 보냈다. 파친코 가게를 운영하던 큰아버지가 사준 나뭇결 문양 야마하 피아노 앞에 앉아서 연습하는 나를 볼 때마다 어머니는 "아이고, 건오가 보면 기뻐할 텐데"라고 혼잣말을 했다. 피아노 위에는 대학 시절 건오 오빠의 사진이 놓여 있었다.

클래식을 산소처럼 흡입하면서 살아온 건오 오빠는 시간이 날 때마다 이른바 '음악다방'에 틀어박혔다. 좋아하는 음악을 신청해 들을 수 있는 그곳에서 여유롭게 커피를 마셨다. 오사카 시 우메다에 있던 '스파뇰라'라는 다방에 앉아 있을 때 오빠는 가장 행복해했다.

오빠의 보물은 잡지 〈레코드 예술〉 편집자가 보낸 편지였다. 고교 시절 오빠는 나름의 레코드 평을 써서 그 잡지에 '양건오'라는 본명으로 보냈다.

글을 보내면서도 생판 모르는 고등학생, 게다가 재일조선인 소년의 편지에 답장을 보낼 거라 기대하지 않았고, 어쩌면 아예 읽지도 않을지 모른다고 생각했다. 그런데 편집자에게서 답장이 왔다. 게다가 '훌륭한 분석에 감탄했다'라든가 '언젠가 함께 일할 수 있으면 좋겠다'라는 말까지 적혀 있었다.

편지를 받은 오빠가, 언제나 우울한 표정의 그 오빠가 통통 뛰면서 어머니를 불렀다.

"어머니! 이거 봐요! 〈레코드 예술〉 관계자가 답장을 보냈어요!
'양건오 군에게'라고 아래 적혀 있죠? 역시 클래식을 사랑하는 사람
은 다르다니까. 일본인 중에도 좋은 사람이 있네! '언젠가 함께 일할
수 있는 날'이라고 썼어요. 봐요! 어머니, 이거 봐요!"

그렇게 흥분해서 온몸으로 어머니에게 기쁨을 표현했다. 그후로
오빠는 그 편지를 언제나 가방에 넣고 다녔고, 자기 전에 이불 속에
서 흐뭇하게 바라보곤 했다.

오빠도 자신이 음악 관계 일을 할 수 없다는 사실은 알고 있었다.
재일조선인 출신이 신분을 밝힌 채 음악의 길로 들어선다는 것은 불
가능한 시대였다. 조선학교에서 민족의식을 주입받은 오빠에게 일
본 이름을 쓴다는 선택은 없었다. 조총련 간부의 장남으로서의 자각
도 있다. 조총련 일을 하면서 음악을 취미로 한다. 가끔 〈레코드 예
술〉에 투고를 하거나, 음악다방에서 느긋하게 음악을 즐기고 콘서트
에 간다. 그것이 오빠가 그리던 인생이었을 것이다.

조선대학교에 입학한 오빠는 합주부 동아리에 들어갔다. 여전히
학습반 소속이었만 가능한 한 음악과 관계를 맺고 싶었을 것이다. 오
빠가 선택한 것은 지휘자. 훗날 그 이야기를 듣고서야 칫솔 지휘봉의
수수께끼가 풀렸다. 클래식 악단의 지휘자, 이것이 건오 오빠의 진짜
꿈이었던 것이다. 실현할 수 없음을 아는 꿈. 하지만 동아리에서라면
겉모습만이라도 이룰 수 있다.

꿈은 실현되지 않을 때가 많다. 졸업 문집에 적은 "장래에 ○○가 되고 싶다"는 꿈을 이루는 사람은 극히 일부다. 누구나 어디쯤에선가 꿈을 포기하고 현실에 안주한다. 그리고 이루어졌을지 모를 인생에 대해 몽상한다.

오빠가 음악의 꿈을 접은 것도 특별한 일은 아니다. 그렇지만 그 길이 강압적으로 차단된 것이라면? 게다가 부모 때문도 아니고, 자기 탓도 아닌 '나라' 때문이라면?

오빠는 1972년 1월, 국가에 의해 꿈을 박탈당했다. 오빠는 '조국으로 돌아간' 것이다. 오빠가 돌아간 '조국'은 오빠가 무엇보다 사랑한 음악을 허락하지 않는 곳이었다.

*

우리 가족의 역사는 '귀국사업'과 더불어 존재한다고 해도 과언이 아니다.

오사카 지방의 조총련 간부였던 아버지는 말하자면 '맨 앞에서 귀국사업의 깃발을 흔드는 역할'을 맡았다. 그리고 자기 아들들 또한 조국으로 보냈다.

북한으로의 '귀국사업'이 시작된 것은 1959년의 일이다. 그해 12월 14일, 최초의 귀국선이 니가타 항을 출발했고, 1984년 7월까지 이어졌다.

우리가 살던 오사카의 쓰루하시라는 곳은 재일조선인 동네였다. 전쟁 전 아시아 유수의 공업도시였던 오사카에 숱한 조선인들이 돈벌이를 찾아 몰려들었다. 의지할 곳이 없으면 자연스럽게 동포들이 많이 사는 곳에 모여드는 법이다. 그렇게 해서 재일조선인 동네가 형성되었다. 강제로 끌려온 사람도 있었을 테지만 돈을 벌기 위해 스스로 건너온 사람도 많았다. 우리 아버지도 그랬다. 제주도 태생인 아버지는 자식이 없는 친척집에 양자로 보내졌고, 동네 통조림공장에서 일을 하다가 뛰쳐나와 오사카로 건너왔다. 1942년의 일이다. 아버지의 친구와 형 들이 이미 일본에 와 있었다는 것도 큰 이유였을 것이다.

전쟁 전 제주도와 오사카 사이엔 '기미가요마루'라는 정기도항선이 운항되어 그 배를 타고 많은 제주도 사람들이 오사카에 건너와 있었다.

2차대전이 끝나자 많은 조선인이 한반도로 돌아갔다. 그 수가 130만 명에 이른다고 한다. 하지만 1946년 당시, 64만 명의 조선인이 아직 일본에 남아 있었다. 그들도 돌아가고 싶었다. 그러나 시대가 그것을 허락하지 않았다. 북한에는 소련군, 남한에는 미군이 주둔해 있었고, 이후 남한에서는 대한민국이 탄생한다. 당시 한국은 정부 차원에서 좌익에 대한 공격을 강화해, 내전 상태였다고 해도 과언이 아니었다. 그런 위험한 상황에선 돌아가고 싶지 않은 게 인지상정이다. 필사적으로 구축한 일본에서의 생활기반을 전부 버리고 급히 고향으로 돌아가기보다 몇 년만 기다리면 통일된 조국으로 돌아갈 수 있을 거라고 믿는 사람도 많았다. 그래서 많은 재일조선인들이 일본에 그냥 머물렀고, 돌아간 것은 64만 명 가운데 불과 십 수만 명이었다.

더욱이 한국전쟁이 발발하기 2년 전인 1948년, 아버지의 고향 제주도에서 사건이 터진다. 이른바 '제주도 4.3사건'이다. 1945년 해방 후 '남쪽' 전역에서 벌어진 백색테러라고 할 만한 폭정에다 '남쪽'만의 단독선거까지 치러지자 이에 반대하는 주민들이 봉기했고, 남조선국방경비대와 조선반도 본토의 우익청년단 등이 탄압을 가해 제주도 전역에서 대학살이 벌어졌다. 지금까지 진상규명이 끝나지 않은 이 '4.3사건'으로 적어도 3만 명의 도민이 희생되었다. 도민의 5분의 1인, 6만 명이 살해되었다는 설도 있을 정도다. 우리 부모님의 친척과 친구들도 여럿 희생되었다.

돌아가야 할 나라는 둘로 분단되었고, 고향인 남쪽에는 군사정권이 들어섰다. 이런 상황에선 돌아가고 싶어도 갈 수 없다. 게다가 귀국자에겐 엄격한 제약이 가해져 당시 금액으로 1천 엔(현재의 4만 엔 정도)밖에 가지고 들어갈 수 없었다.

그리고 1950년에 발발한 한국전쟁이 일본에 사는 수많은 조선인들의 발을 묶어버렸다. 1953년에 휴전 상태에 들어가지만 분단은 반

영구화 되었다.

일본에서는 전후 곧바로 '재일본조선인연맹'(조련)이라는 조직이
탄생했다. 조련은 '공화국에 직결하자'라는 슬로건 아래, '새로운 조
국 건설을 위해 헌신적 노력을 다한다'와 '재일동포의 생활 안정을
도모한다'는 목표를 세웠다. 제주도에서 이미 마르크스 사상을 맛본
아버지는 앞뒤 안 보고 이 운동에 몸을 던졌다.

그러나 남북의 대립은 조련 활동에도 그림자를 드리운다. '반공'의
기치를 내건 사람들이 새롭게 '재일본대한민국거류민단'(현재 재일본
대한민국민단, 민단)을 설립했고, 남아 있던 조련은 1949년 GHQ*에
의해 강제 해산된 후 다시 '재일본조선인총연합회'(조총련)를 설립했
다. 한국＝민단, 북조선＝조총련, 이라는 분단의 도식이 일본의 재일
조선인 사회에도 들어서고 만 것이다.

반도에는 삼팔선이라는 완충지대가 있다. 그러나 재일조선인 사회
에는 그것이 없었다. 어제까지 같은 반도 출신 동포였던 재일조선인
끼리 민단계와 조총련계로 대립하게 된 것이다. 그런 대립이 일상생
활에서까지 구체적으로 드러나는 본보기 같은 동네가 내가 태어나고
자란 장소, 오사카 시 이쿠노 구(당시엔 '이카이노'라 불렀다)였다.

어린 시절 어머니 심부름을 할 때면, 하나의 상점가 안에 조총련계

* General Headquarters, 연합국총사령부.

와 민단계의 상점이 섞여 있어서 김치 하나를 사는 데도 신중해야 했다. "가나이상점이 닫혀 있으면 옆집에서 살게"라고 말하면, 어머니가 당황해서 "옆집은 안 돼!"라고 바로 쏘아붙였다.

"거긴 민단계 상점이잖아. 바보 같은 소리 마라. 거기서 세 번째 집인 미나미하라상점에서 사와라. 조총련 분회장 댁이니 인사 잘하고."

실제로 귀국사업이 성행했던 1970년대에는 걸핏하면 민단과 조총련 사이의 싸움이 일어났다. 특히 싸움으로 치닫기 쉬운 곳들이 술집과 목욕탕. 가난한 동네라서 모두들 가는 곳이 크게 다르지 않았다. 그런 가게들은 묘하게도 어느 쪽에도 관여하지 않는 중립적인 재일조선인이나 이미 일본으로 귀화한 재일조선인 출신, 아니면 일본인이 운영하는 곳이었다. 그러나 좁은 공간이다. 이야기를 하다보면 옆사람이 나누는 이야기가 싫든 좋든 들려온다.

"주석님께서 또 조선학교를 위해 돈을 보내주셨네. 억 단위야, 엄청나지."

당시 북한 정부는 재일조선인을 위한 학교 건설에 거액의 자금을 보내곤 했다. 이런 호의가 재일조선인의 마음을 사로잡은 것은 말할 것도 없다.

"정말 감사한 일이지."

북쪽을 칭찬하는 소리를 민단 사람이 잠자코 듣고 있을 리 없다.

"어디서 나온 돈인 줄 알고? 재일동포가 보내거나 귀국자들에게서 갈취한 돈으로 선심 쓰는 거지. 당신들, 그런 돈에 속아서 빨갱이한테 혼을 팔아넘기나?"

이런 시비를 걸어오면 당연히 조용히 넘어가지 않는다. 욕에는 욕으로 갚아준다. 주먹이 날아가고 발이 나간다. 매일 밤 어딘가에서 싸움이 벌어졌다 해도 전혀 과장이 아니다. 이쿠노 구(주로 쓰루하시, 모모야)라는 동네는 북쪽 지지파와 남쪽 지지파가 모자이크 상태로 나뉘어, 여기저기에 이른바 '삼팔선'이 존재했던 것이다. 그 사실을 모르고 선을 넘어가거나, 혹은 일부러 도발해 대리전쟁이 발발한다. 반도에 있는 본국은 휴전상태였지만 재일조선인 사회는 여전히 전쟁 중이었다.

어느 날, 상점가에 정치적 선전 문구를 담은 현수막이 걸렸다. 곳곳에 포스터도 붙었다. 어느 쪽인지 입장 정리를 못한 재일조선인을 자기 진영으로 끌어들이기 위해 민단계도, 조총련계도 기를 썼다.

거기에는 이유가 있었다. 샌프란시스코평화조약이 발효된 1952년 4월 28일. 한국전쟁이 한창이던 당시, 일본정부는 형식상 허락해왔던 재일조선인들의 '일본국적'을 돌연 박탈한다. 이유는 명확했다. 대일강화조약에 의해 조선반도에 대한 일본의 권한이 실효되었기 때문이다. '원래의 조선국적으로 되돌린다'는 것이다. 논리적으론 맞다. 그러나 옛 '조선'은 남과 북으로 갈려 전쟁 중이었다. '조선국적'이라고 해도 그것은 국적을 나타내는 게 아니라 '조선반도 출신'이라는 출신지를 나타내는 기호에 불과했다.

앞서 식민지 정책에 의해 강압적으로 '황국신민'이 돼야 했던 조선인은 느닷없이 '외국인'이 되었고, 일본에 머무는 기간이 잠정적이라는 의미에서 '재일(在日)'이라는 꼬리표가 붙었다. 일본정부는 재일조선인에게 체류자격을 연장하지 않아도 일본에 머물 수 있는 권리를 주었지만, 이것은 임시조치였다. 그러나 이 '임시조치'는 전후 60년이 지나도 변하지 않았다. 본적지가 한국인 우리 부모님도 따라서 여전히 '조선국적'이다. 그리고 '조선'이라는 나라는 없다.

이 '임시조치'를 물고 늘어진 것이 한국이다. 한국은 일본정부와 GHQ에 로비를 해서 '한국국적'을 선택하도록 유도했다(1950년부터 선택할 수 있게 되었고 1965년에 일본정부가 정식 승인했다).

즉 일본에 거주하는 재일조선인에겐 세 가지 길이 있었다.

첫째는 '조선국적' 상태로 지내는 것. 아버지처럼 적극적으로 선택한 사람도 있었지만 많은 경우 '조선반도가 통일될 때까지 기다리면 된다'고 생각한 사람들과, 판단을 보류하고 조선국적을 유지하던 사람들이었다.

둘째는 '한국국적'으로 바꾸는 것. 그리고 셋째가 '일본으로의 귀화'였다. 둘째도 세째도 번잡한 절차를 거쳐야 한다. 그렇게까지 해서 바꾸고 싶어하는 경우는 예외적이었다.

민단과 조총련 입장에서는 '한국국적'과 '조선국적'의 숫자가 경쟁의 대상이었다.

'괴뢰 한국국적을 조선국적으로 돌려라!'

'죽음의 신청, 영주권을 취소하라!'

이렇게 한글로 적힌 현수막과 포스터가 빽빽이 붙어 있었다. 쓰루하시 상점가를 걷다보면 조총련계와 민단계의 현수막이 교대로 붙은 모습이 어린 내 눈에도 장관이었다.

귀국사업이 시작되자 포스터 내용도 바뀌었다.

'낙원이라는 선전에 속지 마라!'

'신청기한이 지난 후 후회하지 마라!'

몇 명을 귀국시키는가. 몇 명이 국적을 바꾸게 하는가. 조총련과 민단의 자존심을 건 싸움이었다.

그리고 우리 아버지는 그 싸움의 중심에 있었다. 오사카 지방의 조총련 간부로서 많은 동포에게 북의 훌륭함, 지도자의 위대함을 역설하고 다녔다. 당시 아버지의 역할은 북한으로의 귀국을 장려하는 것이었다.

결과적으로 귀국한 재일조선인은 9만 3,340명(거기엔 일본에서 태어나 일본어밖에 할 줄 모르는 교포 2세와 조선인 남성과 결혼해 귀국에 동의한 일본인 처도 포함된다). 그렇지만 그들의 고향이 조선반도의 '북'은 아니었다. 실은 재일조선인의 90퍼센트 이상이 '남쪽' 출신이다. 태어나서 자란 곳을 '고향'이라고 한다면 그들의 고향은 남쪽, 즉 한국이었다.

귀국한 그들은 강하게 믿었던 것이다. 그리고 아버지도. 자신들의 고향인 '반도'에 새로운 '지상낙원'이 탄생할 것을. 귀국한다는 것은 그 '낙원' 건설의 주역이 되는 것임을. 미국 괴뢰정권인 군사정권 아래 한국보다도 주석님의 자비가 넘치는 사회주의국가 북한이 더 행복하다는 것을(실제로 주석은 재일동포의 자제가 귀국하면 취학과 의식주를 위한 일체 비용을 부담하겠다고 약속했다). 장래에 반도는 북에 의해 평화통일이 될 것이다. 그 선봉에 서고 싶다. 일본의 미디어도, 저 〈산케이신문〉조차도 북을 '지상낙원'이라고 보도했다.* 모두가 그런 환상에 동조했다.

돌아가야 할 조국은 분열되고, 살고 있는 일본에서는 전망이 불확실하다. 이런 사정도 귀국자들의 등을 떠밀었을 것이다. 지금이야 재일조선인이 일본 대학에 진학하는 일이 드물지 않지만 당시에는 본명을 감추고 일본이름으로 일본 대학에 진학하는 것도 쉽지 않았고, 졸업해도 취직은 지극히 힘들었다. 재일조선인이라는 사실만으로 대기업에서 문전박대를 당한다. 공무원은 더 말할 것도 없다. 꿈을 꾸고자 해도 꿀 수가 없었다.

그런 상황에서 건아 오빠가 "북으로 가서 건축가가 되겠다!"는 말

* 일본에서 〈산케이신문〉은 우익 신문으로 알려져 있음.

을 꺼낸 것은 당연한 흐름이었다. 그때 귀국을 장려하던 아버지는 무슨 생각을 했을까?

이어서 겐짱이 "나도!" 하며 따라나섰다.

이래저래 이야기가 진행되어 1971년 가을, 두 오빠는 북으로 건너갔다. 건아 오빠는 고등학교 1학년. 겐짱은 중학교 3학년. 나는 곧 일곱 살이 될 무렵이었다.

*

아버지와 어머니, 나와 귀국하는 두 오빠까지 총 다섯 명이 오사카에서 기차를 타고 니가타로 향했다. 조선대학교 학습반에 소속된 건오 오빠는 시간을 내지 못했다.

니가타에 도착하자마자 우리 가족은 두 그룹으로 나뉘었다. 나와 부모님은 배웅하는 가족들이 머무는 여관에, 오빠들은 니가타적십자 센터―전 미군캠프였던 곳으로 삼각형 모양의 지붕이 얹혀 있는 하얀 건물―로 보내졌다. 2, 3일쯤 거기 머물렀나, 가족이라고 해도 자유롭게 만나러 갈 수 없다. 면회시간은 한정되어 있고, 그나마 얼마 안 됐다. 길게 줄을 섰다가 간신히 몇 분 만나는 상황이었다. 그때는 몰랐지만 지금 생각해보면 그 부자유스러움과 삼엄함은 형무소 면회와 비슷했다.

"센터에서 밥은 잘 나오니?"

어머니는 곧바로 오빠들의 식사를 걱정했다.

"그거야, 어머니 요리가 몇 배는 맛있지요."

건아 오빠가 진담인지 농담인지 모를 말을 꺼냈다. 센터의 식사는
밥과 된장국, 그리고 김치. 다른 반찬은 전혀 없다고 했다.

"건민이는 잘 먹고 있어?"

겐짱은 함박스테이크 같은 양식을 잘 먹고, 가장 좋아하는 음식은
어머니의 특제 곰탕과 불고기, 간식으로 리치크래커와 코카콜라를
즐겼다. 애국적인 부모 밑에서 자랐는데도 김치를 먹지 못했다. 간신
히 웃어 보이긴 했지만 겐짱은 얼굴색이 나쁜 데다 눈이 쏙 들어가
있고, 무언가를 호소하는 듯했다.

귀국자들 중에는 빈곤으로부터 탈출하기 위해 '귀국'을 결심한 경
우도 많아서 센터의 식사에 대해 "세끼 먹을 수 있는 것만도 감사하
다"라고 말하는 사람들도 있었다. "맛이 없다"라든가 "양이 적다"는
말을 꺼낼 수 있는 분위기가 아니었다. 건아 오빠는 주위에 들리지
않게 작은 소리로 어머니의 질문에 대답했다.

"여기 밥 진짜 맛없어요. 나는 김치만 있어도 먹지만, 이녀석, 콜라
로 배를 채운다니까요. 어머니, 건민이 먹을 것 좀 사다주세요."

건아 오빠의 말에 어머니는 한탄했다.

센터에 들어간 사람들에게 사식을 넣는 것은 금지돼 있다고 들었

지만, 어떻게든 아들들에게 과일이나 주먹밥이라도 전해줄 수 없을
까 주위 사람들에게 묻고 다녔다. 그렇지만 방법이 없다. 니가타의
적십자센터 안에서는 귀국 의지를 확인하는 최종 절차를 밟게 된다
고 들었지만, 그 정도의 '자유'조차 없었다. 어머니는 깨달았다. 이미
그곳은 일본이 아니었던 것이다.

배웅하는 가족들이 머무는 여관에 돌아와서도 어머니 미간의 주름
은 걷히지 않았다.

다음날 아침, 눈을 떠보니 어머니가 없었다. 다른 '귀국자' 가족들
도 있는 여관에 음식을 배달시키는 것이 옳지 않다고 생각한 어머니
는 낯선 니가타 시내를 새벽부터 뛰어다니고, 셔터가 내려진 초밥집
문을 두드려 김말이 초밥을 사왔다.

어머니는 여관에 돌아오자마자 치마저고리로 갈아입고 나에게도
치마저고리를 입혔다. 사식이 금지된 것을 아는 어머니는 몸을 덮는
펑퍼짐한 한복 치마 속에 초밥을 숨겼다. 깜짝 놀라서 멍하니 바라보
는 내 치마를 들추더니 나의 핑크색 뜨개 속바지―어머니가 꽃무늬
자수를 놓아준, 내가 좋아하는 바지―에도 초밥을 감췄다.

어머니와 나는 긴장한 얼굴로 적십자센터에 오빠들을 면회하러 갔
다. 짧은 면회시간 동안 주위의 시선을 피해 어머니와 내가 치마 속
에서 꺼낸 초밥을 건네자, 순간 오빠들은 정말로 기뻐 보였다.

"화장실이든 어디든 숨어서 먹어라. 주위 사람들 보기 미안하니 눈

에 안 띄게 먹어야 한다. 조금만 참아라. 우리나라에 도착하면 맛있는 걸 잔뜩 줄 거야."

면회가 끝나고 여관에 돌아온 어머니는 저녁밥상에 손을 대지 않았다.

"오빠가 배고프다잖아. 집에 가자. 같이 집에 가면 되잖아."

어머니는 아무런 의문도 품지 않고 생각나는 대로 지껄이는 나를 꽉 끌어안고 숨 죽여 울었다. 사람들 앞에서는 아들들을 조국에 바친 모범적인 조총련 활동가의 부인으로서 누구보다 늠름한 모습을 보이던 어머니였지만, 아무도 없는 장소에서는 숨이 끊어질 듯 비통한 표정을 지었던 기억이 선명하다.

출발 당일, 건오 오빠도 도쿄에서 급히 달려왔다.

부두는 지금까지 본 적 없는 엄청나게 많은 사람들로 붐볐다. 커다란 배가 정박해 있고(나중에 그것이 그해에 취항한 북한 국적 선박 '만경봉호'라는 것을 알았다), 색종이와 종이테이프가 펄럭이는 가운데 여기저기서 사람들이 '만세'를 외쳤다. 브라스밴드는 그 소리에 지지 않으려는 듯 '김일성 장군의 노래'를 큰소리로 연주한다. 이별의 감정을 차분히 곱씹을 만한 분위기는 아니다. 마음속의 말들을 꺼내 제각각 열심히 소리친다.

그 떠들썩한 분위기 속에서 앞으로 오랫동안 오빠들을 만나지 못하게 된다는 사실이 조금씩 이해되기 시작했다. 주변 어른들의 비통한 외침의 의미를 비로소 알게 된 것이다.

오빠들이 나만 두고 떠난다고 생각하니 참을 수 없었다. 나는 쪼그려 앉아서 울기 시작했다.

"양건아 동생이다!"

"양건민 동생이다!"

위에서 여럿의 목소리가 들린다. 오빠들을 전송하러 나온 학교 친구들이었다. 그중 한 명이 나를 안아 올렸다. 배를 본다. 눈물 때문에 흐릿했지만 갑판에서 손을 흔드는 건아 오빠와 겐짱이 보였다. 나는 외쳤다. 말이 되어 나오지 않는 소리를 마냥 질렀다.

정신을 차려보니 나는 어느새 땅에 내려진 채 혼자 쪼그리고 앉아 있었다. 고개를 들어도 어른들의 다리밖에 보이지 않는다. 나는 아래를 보았다. 싸락눈이 흩어진 땅 위에 검은색 얼룩이 있었다. 내 눈물이 만들어낸 자국이었다.

걱정하던 어머니가 나를 발견했다. 어머니는 내 손을 꽉 붙잡고, 사람들 틈을 헤집고 앞으로 나아갔다. 갑자기 어머니가 나를 들어올렸다. 내 몸이 붕 떴다. 하늘이 보였다. 앞을 바라보았다. 오빠들 얼굴이 확실히 보였다.

"영희야, 오빠들 이름 불러봐라! 잘 지내라고 말해주고."

어머니의 목소리가 떨린다.

"오빠―! 영희 여기 있어! 편지해! 사진 보내! 잘 지내!"

나는 열심히 외쳤다.

"건민아! 건아야!"

어머니도 몇 번씩 오빠들의 이름을 부른다.

그 사이 나는 땅에 내려지고, 어머니는 나의 오른손을 꽉 쥐었다.

시간이 얼마나 지났는지 모른다. 배는 수평선 저편으로 사라지고, 그 많던 사람들도 모두 어딘가로 가버렸다. 부두에는 치마저고리를 입은 어머니만 서 있었다. 쪽찐 머리의 어머니가 입은 치맛자락과 저고리 고름이 바닷바람에 펄럭였다. 차가운 바람이 부는 겨울 부두에 선 어머니는 귀국선이 사라져간 저 멀리 수평선을 바라보면서 꼼짝도 하지 않았다. 뒤를 돌아보니 조금 떨어진 곳에 아버지도 있었다.

아무리 치맛자락을 잡아당겨도 어머니는 그 자리에 굳은 채 움직이지 않는다. 어머니의 얼굴을 올려다보았다. 아버지를 돌아본다. 다시 어머니의 얼굴을 본다. 어느새 파도 소리가 귓속을 파고들고, 나는 갑자기 무서운 마음에 아버지에게로 달려갔다.

"아버지, 어머니가 아무리 불러도 움직이지 않아."

아버지가 내 왼손을 꽉 쥐었다. 함께 어머니의 뒷모습을 바라보았다. 그 너머로 검푸른 바다가 보였다. 그후 우리 셋은 오사카의 집에 돌아왔지만, 어떻게 왔는지는 전혀 기억이 나지 않는다.

*

인생에 '만약'은 없다.

우리 가족 중 누구 하나가 '만약……'이라는 단어를 입에 올리는 순간, 틀림없이 우리 사이의 무언가가 무너져내릴 것이다. 그것이 '무엇'인지 모르겠지만, 우리 중 어느 누구도 이 말을 입에 올린 적이 없다.

그렇지만 나는 어쩔 수 없이 생각하고 만다.

만약 오빠들이 귀국하지 않았다면?

건아 오빠도 겐짱도, 본인이 원한 귀국이었다. 본인들이 하고 싶은 대로 한 결과가 아닌가, 이렇게 말하는 사람들도 있을 것이다. 요즘 유행하는 말로 '자기책임.' 하지만 나는 안다. 두 사람에겐 한 번 입 밖에 꺼낸 "귀국하고 싶다"는 말을 다시 주워 담을 기회가 없었다는 것을. 그들은 조총련 간부의 아들이다. 그 아들들이 자기 의지로 귀국하겠다고 나섰다. 주변에선 하나같이 그들의 결단을 칭찬했다. 작은 영웅 대접이다. 나도 조선학교 선생을 한 적이 있어서 잘 알고 있다. 담임 입장에서도 자기 반에서 귀국자가 나오면 실적이 오르니 반갑다. 그러니 "결정을 서두르지 마라" 하고 말해줄 리 만무하다. 아버지도 당시엔 우쭐하셨을 게 틀림없다. 아버지 역시 조총련 내에서 평가가 좋아졌을 것이다.

　조총련과 거리를 둔 사람들 중에는 "그렇게 어린아이를 보내도 되느냐"고 말하는 사람들도 있었다고 한다. 그렇지만 그런 말은 조총련 쪽 사람들 입장에선 바로 조국에 대한 비판이 된다. "저 인간들 우리나라를 뭘로 보고!"라며 곧바로 사상투쟁에 들어간다. 어머니와 길을 걷다가 민단계 사람들이나 조총련과 거리를 둔 사람들과 마주칠 때면 "저 사람은 옛날부터 북에 대해 나쁜 말만 한다니까. 제대로 알지도 못하는 주제에"라고 대뜸 비난할 정도였다. 두 오빠는 그런 상황에 놓여 있었다. 이렇게 되면 "귀국 안 할래"라는 말을 꺼낸다는 것은 롤러코스터에서 중간에 내리겠다는 것과 같다. 내려야겠다고 생각했을 때는 이미 방법이 없는 것이다. 오빠들은 실제로 마지막에 가고 싶지 않다는 말을 꺼냈지만, 그때는 이미 돌이킬 수 없었다.

　"아이고, 오빠가 하나라도 일본에 남았더라면 영희가 외롭지 않았을 텐데."

　어머니는 그후 이 말을 몇 번이나 했다.

　하지만 나는 알고 있다. 어머니가 차마 입에 올리지 못한 말, 그것은 "셋 다 안 갔으면 좋았을 텐데. 장남인 건오만이라도 여기 남는 거였는데"일 것이다.

　만약, 건오 오빠만이라도 귀국하지 않았다면? 나는 종종 오빠가 있는 일본을 머릿속에 그려본다.

건오 오빠의 귀국은 문자 그대로 급작스러웠다. 아래 두 오빠가 귀국하고 얼마 안 된 새해 초, 조선대학교 1학년이었던 건오 오빠가 갑자기 북한 귀국단으로 지명됐다.

조총련은 김일성 주석의 탄생 60주년 기념일인 1972년 4월 15일에 맞춰, 김병식 제1부의장의 지령 아래 열심히 북으로 선물을 보냈다. 그 '60주년 기념 선물'의 메인이 '인간 선물'이었다. 위대하신 주석님께 전도유망한 재일조선인 젊은이들을 헌납하는 것이다. 주석의 탄생 60주년을 축하하기 위해, 평양까지 오토바이로 달려가는 연출과 함께(물론 바다는 배로 건너지만). 그걸 위한 '충성스런 청년축하단' 60명이 선발되었고, 그들과 함께 조선대학교 학생 2백 명을 '사회주의 건설의 선봉대'로 주석님께 선물한다는 프로젝트였다. 그 2백 명 중 한 명으로 건오 오빠가 선발된 것이다.

얼마나 기발한 생일선물인가. 권력자의 환갑을 축하하기 위한 '인간 선물'……. 선발된 학생과 부모들은 동요했고, 그 절반인 1백 명 가까운 학생이 사퇴했다. 그리고 남은 절반을 확보하기 위한 결사적인 사상투쟁이 펼쳐졌다. '주석님'의 환갑을 축하하는 '충성스런 일대 프로젝트'는 '애국'과 충성'이라는 미명 아래 정치단체 내부의 권력 파벌을 둘러싼 대리전의 양상을 띠어갔다. 희생양이 된 것은 순진한 젊은이들이었다.

누구보다 부모님에 대한 효심이 지극한 건오 오빠는 자신이 이 지명을 거부할 경우 조직 내에서 위신이 떨어질 아버지의 입장을 걱정했다. 대학 교수들은 갈까 말까 고민하는 것 자체가 조국에 대한 충성심에 그늘이 있다는 증거라며 결단을 재촉했다.

우리 남매는 어린 시절부터 연단 위에 선 아버지의 늠름한 모습을 보며 자랐다. 조총련 오사카 대회가 열릴 때마다 가슴에 훈장을 몇 개씩 단 아버지가 연단에 올라 커다란 체육관을 가득 메운 동포들의 시선을 한 몸에 받으며 우렁차게 연설을 했다. 어린 마음에 아버지의 모습은 영웅처럼 보였다.

"아버지처럼 사는 것이 사명이자 운명이다."

주변 어른들에게 주문처럼 이 말을 들으면서 자란 우리 남매였다. 건오 오빠에겐 선택의 여지가 없었다.

조선학교에서는 수업시간에 조국에 헌신한 인물들의 이름을 암기하게 하는데, 그후 김병식 조총련 부의장의 이름은 초등학교 수업에서 무수히 불려졌다. '60주년 기념 선물'로 그만큼 부의장의 평가가 높아진 것이다. '부의장'이라는 직함을 가진 이 사람의 이름을 매일같이 암기시킨 것도 이때 뿐이었다. 조총련 의장이 되려고 수단과 방법을 가리지 않던 김병식은 결국 실각하고 북한으로 송환되었다. 하지만 당시 '충성스런 청년축하단'을 비판하는 것은 주석의 존재를 비판하는 것이나 마찬가지였다.

건오 오빠가 귀국학생단에 뽑혔다는 급작스런 결정에 부모님도 동요했다. 부모님은 도쿄의 조총련 중앙본부에 "장남만큼은 빼주십시오"라고 거듭 탄원했다.

유교적 관점에서인지, 실제로 이 프로젝트의 학생 선발에는 독자나 장남은 면제된다는 암묵적 합의가 있었다. 건오 오빠가 다니던 조선대학교 문학부에서도 '충성스런 청년축하단'에 선발된 것은 거의 여학생들이었다. 남동생 둘이 수개월 전에 귀국했는데도 불구하고 장남인 건오 오빠가 지명된 것에 반 전체가 놀랐다고 한다.

북한에 사람을 보내는 당사자였던 아버지조차 관계기관을 찾아가 건오 오빠의 귀국 취소를 부탁했다. "우리는 이미 두 아들을 보냈다. 그런데도 마지막 남은 아들까지 북에 보내야 한다는 말인가" 하고.

어른이 되어 들은 이야기지만, 이 '인간 선물'의 선발에 관해 김병식은 자신에게 순종하지 않는 간부와 경제적으로 성공한 상공인의 아이들을 우선적으로 선발하도록 강력한 지시를 내렸다고 한다. 아이들을 '인질'로 잡아두면 해당 지역에서 발언권이 센 지방간부도 자기들 중앙본부의 명령을 거역할 수 없게 되고, 성공한 상공인들도 조총련 조직이나 북한정부에 기부를 아끼지 않을 거라는 계산이었다. 그리고 이 전략을 북쪽이 환영하지 않을 리 없었다. 재일조선인 사회에서 장기간에 걸쳐 영향력을 행사할 수 있기 때문이다.

조총련 조직은 재일조선인으로 이루어졌지만 대부분의 조직원은 '남쪽' 출신이었다. 예외 없이 여기서도 반도 특유의 지역주의가 존재했고, 출신지에 따라 미묘한 계급의식이 있었다고 한다. 일본 태생보다는 반도 태생이 대접받고, 반도 태생 중에서도 우리 아버지 같은 제주도 출신은 상대적으로 대접을 받지 못했다. 종종 농담처럼 "제주도 출신은 지방본부 위원장이 될 수 없다, 부위원장으로 끝이다"라는 말들을 했다(실제로 아버지도 부위원장으로 끝이었다). 간부라고 해도 일개 지방에 불과한 오사카의 간부에다, 제주도 출신인 아버지에게 부의장의 결정을 뒤집을 만한 권한도, 인맥도 있을 리 없었다. 이후로 아버지는 돌아가실 때까지 건오 오빠의 귀국을 막으려고 애썼다는 사실을 내게 알려주지 않았다. 내가 집요하게 물어볼 때까지 어머니도 일절 말하지 않았다. 그렇다, 인생에 '만약'은 없는 것이다. 그렇게 포기하는 수밖에 없다.

두 번째 니가타 행.

만세를 외치는 고함소리와 무수히 흩날리는 색종이들. 일곱 살이 된 내가 이 말을 알고 있었다면 분명 입에 담았을 것이다. '데자부'라고. 다른 점이라면 예전 경험을 토대로 일찍 항구에 도착한 일이었다. 배에 탄 오빠가 잘 보이는 장소를 확보하기 위해서였다.

배웅하는 사람들이 바다에 떨어지지 않도록 부두에는 간이 울타리가 쳐졌고, 그 앞에는 경비원이 서 있다. 가장 좋은 자리를 차지했지만, 키가 120센티미터도 안 되는 나는 뒤에서 미는 사람들 때문에 울타리에 눌려 숨이 막혀 울음이 터질 것 같았다. 그것을 본 경비원이 내 몸을 훌쩍 들어올려서 울타리 바깥쪽에 세워주었다. 체격 좋은 젊은 경비원은 "바다에 떨어지지 않도록 조심해라. 엄마 손 꼭 붙들고 있어야 해"라고 친절한 눈으로 말했다.

수개월 전과 똑같이 머리에 쪽을 찌고 새하얀 치마저고리를 입은 어머니와 울타리 앞에 서 있는, 역시 치마저고리를 입은 여동생.

건오 오빠는 금방 우리를 발견했다. 학생복 단추를 목까지 채운 건오 오빠가 크게 손을 흔들었다.

"영희야! 영희야!"

오빠의 목소리와 출발을 알리는 귀국선의 기적소리가 뒤섞였다. 오빠는 내게 손짓을 하나 싶더니 바로 종이에 뭔가를 적어서 내 쪽으로 던졌다. 가까이 있던 오빠 친구가 그걸 손으로 용케 받아 내게 건넸다. 건네받은 종이쪽지를 들여다봤다. 노란 종이에 일본어로 이렇게 적혀 있었다.

"영희야, 몸조심하고 공부도 피아노도 열심히 해라. 좋은 음악 많이 듣고."

마지막까지 건오 오빠는 음악 얘기를 했다.

주위 사람들이 '만세'를 외치는 가운데 건오 오빠는 부두에 선 어머니와 여동생, 멀찍이 뒤쪽에 떨어져 선 아버지에게 인사를 했다. 전쟁터로 향하는 병사 같았다. 등을 쫙 펴고 선 건오 오빠는 시선을 돌리지 않고 계속 어머니와 나를 바라보았지만, 한 번도 '만세'를 부르지 않았다. 어머니도 나도 '만세' 소리를 입에 올리지 않았다.

아버지 몰래 싼 짐―오픈릴 플레이어와 소형 스테레오, 베토벤과 드보르작의 레코드 십여 장―을 가지고 오빠는 그렇게 우리 앞에서 사라졌다.

어머니도 아버지도 울지 않았다. 틀림없이 울면 안 되었던 것이다. 명예로운 일이니까. 어머니는 알고 있었을 것이다. 울기 시작하면 감정의 둑이 무너져버릴 것임을. 내겐 어머니의 얼굴이 무언가 꾹 억누르고 있는 듯이 보였다. 어머니도 아버지도 계속 바다 저편을 바라봤다. 배가 보이지 않을 때까지 우리 셋은 부두에 있었다. 니가타의 차가운 바람이 내 뺨을 때렸다. 어머니가 쥔 오른손만이 따뜻했다.

나도 아버지와 어머니의 시선이 향하는 곳을 눈으로 좇았다. 나는 그때의 바다 색깔을 잊은 적이 없다. 그것은 한없이 짙은 쪽빛이었다.

그날 이후 파란색을 볼 때면 그날의 슬픈 기억을 떠올리고 마는지도 모르겠다. 지금도 파란색을 평상심을 갖고 바라볼 수 없다. 처음 방문한 어떤 집에서 커튼이나 소파 커버가 파란색이면 그 사실만으로 울음이 터질 것 같았다. 지금 내 방에는 아무리 작은 물건이라도 파란색은 일절 놓여 있지 않다.

나는 부모님께 단 하나 남은 아이가 되었다.

*

세 오빠가 집을 떠난 뒤 몇 가지 변화가 있었다.

하나는 어머니가 장사를 그만둔 것이다. 그때까지 어머니는 사무실이 밀집한 오사카 히고바시 거리에서 경양식집을 운영하며 수입이 없는 거의 아버지의 조총련 활동을 지원하며 일가를 부양해왔다.

몇 개월 사이에 세 아들을 잃은 어머니는 시간이 갈수록 커지는 상실감과 싸웠다. 활달하게 행동하려고 무리하는 어머니의 심정을 헤아린 아버지는 부부가 함께 남은 인생을 조직에 바치자고, 아들들을 위해서라고 생각하면 어떤 시련도 견딜 수 있다며 어머니 또한 조총련 활동가로 살아가기를 권했다. 그즈음 새로 이웃이 됐던 P씨가 "조직 일에 빠져들지 않았다면 그때 너희 어머니는 노이로제에 걸렸을 거야"라고 말한 적이 있다. 어머니는 그만큼 오빠들을 걱정했다. 그 불안감을 없애기 위해서는 오빠들을 보낸 조국을 믿는 수밖에 없었을 것이다. 쉬는 날에도 어머니와 아버지는 동포들의 집을 돌면서 계몽활동에 열심이었다.

세 아들을 조국에 바치고 부부가 함께 조총련의 '전임활동가'로 헌신한 덕분에 우리는 '애국적인 모범가족'이 되었다. 그때까지도 사이좋은 잉꼬부부였던 부모님은 같은 일을 하면서 더더욱 강한 끈으로 이어졌다. 부모님은 '둘이 함께 혁명에 이 몸을 바치겠노라'고, 아들 셋을 보내면서 결심한 것이다. 조국을 믿는다. 믿는 수밖에 없다. 이론도 논리도 아니었다. 그 마음만이 부모님을 무너지지 않게 붙들었을지도 모른다.

나는 혼자 노는 법을 배웠다. 리카짱 인형* 여러 개로 혼자서 대가족 놀이를 했다. '열쇠아이'가 된 나는 종종 근처에 있는 동포 집에 맡겨졌고, 잠든 나를 밤늦게 어머니가 집으로 업어 데려오곤 했다.

두 번째 변화는 모르는 사람들이 종종 내게 말을 거는 것이었다. 상점가를 걷고 있으면 처음 보는 아주머니가 가까이 와 손을 잡아주신다.

"네가 양 씨네 딸이구나. 오빠들은 잘 지내니?"

"너구나. 혼자만 남았다는 영희가. 외롭진 않니?"라며 눈에 눈물을 가득 담고 다가오는 아주머니도 있었다.

혼자 남은 영희. 이것은 내게 친숙한 별명이 되었다. 학교에서도, 동네에서도 어딜 가든 '혼자 남았다'는 문장이 나를 둘러쌌다.

* 일본 여자아이들에게 꾸준히 사랑받는 인형 모델.

그런 말을 들을 때마다 나는 오빠들의 얼굴을 하나하나 떠올렸다.

오빠들은 지금 뭘 하고 있을까?

어떤 곳에서 살고 있을까?

나를…… 나를 기억하고 있을까?

오빠들이 떠난 후 이상하리만치 넓어진 집을 혼자 지키고 있자면 갑자기 외로움이 물밀 듯 밀려와 눈물이 날 때도 있었다. 그렇지만 부모님 앞에서는 아무렇지도 않은 척 행동했다.

"어머니가 집에 늦게 들어오니까 외롭니? 어머니가 일을 그만두는 게 좋을까?"

어머니가 물어봐도 "어머니가 조총련 일을 하는 게 좋아요!"라고 방실방실 웃으면서 대답했다. 어린 마음에도 그게 어머니가 원하는 대답이라는 것을 알았다. 외로움을 참고 씩씩하게 행동하는 것이 내가 할 수 있는 유일한 일이었다.

한참 뒤 오빠들에게서 편지가 오기 시작했다.

'열심히 하고 있습니다'라는 빤한 내용이었다. '사회주의국가 건설로 중요한 시기인데도 조국은 우리를 잘 대접해주고 있습니다. 감사한 일입니다'라는 판에 박힌 미사여구. 어느 날 그런 상투적인 문구와 함께 사진이 도착했다. 사진 속 오빠들은 난민처럼 말라 있었다. 특히 셋째오빠 겐짱은 영양실조라도 걸린 것처럼 삐쩍 마른 모습이었다.

"이 사진 누구야? 오빠야?"

"아버지한텐 잠자코 있어라."

어머니는 사진을 찢어버리고는 소리 없이 눈물을 흘렸다. 그때부터 어머니는 그전까지는 보내지 않던 컵라면이나 쌀 같은 식료품을 종이상자에 담아 보내기 시작했다. 겉으로는 조국에 감사한다고 말했지만, 속으로는 자식을 조국에 맡긴다는 것이 얼마나 위태로운 일인지 깨닫고 아들들을 살리기 위해 물자를 보내는 것이다. 어머니는 씩씩하게 대처했다. 그 삶의 방식은 지금도 변함이 없다.

나는 몇 번이나 오빠들에게 보낼 편지를 쓰려고 했다. 여러 번 쓰고 지우기를 반복하다 결국엔 찢어버렸다. 오빠들에게 할 말이 떠오르지 않았다. 마음을 전하려고 하면 눈물만 나올 뿐, 말이 이어지지 않았다. 학교에서 수업시간에 평양이라는 소리만 들어도 '오빠들이 있는 곳이다!' 하는 생각에 가슴이 쿵쾅쿵쾅 뛰고, 오빠들 얼굴이 떠올랐다. 그때마다 눈물에 가려 칠판이 보이지 않았다. 교과서에는 '주석님의 배려로 모국의 품에 안긴 귀국자들은 행복한 나날을 보내고 있습니다', '공화국 인민은 다른 세상을 부러워할 이유가 전혀 없습니다'라는 문장이 흘러 넘쳤다. 그 문장을 읽으면 어머니가 아버지에게 보이지도 않고 찢어 버린, 삐쩍 마른 오빠들의 사진이 머릿속에 떠올랐다. 무엇이 진짜일까? 수업시간에 조국에 대해 배울 때마다 의문과 모순이 부풀어올랐다.

나는 가능한 한 오빠들에 대해 생각하지 않으려고 애썼다. 생각해도 답이 보이지 않으니까. 아무리 생각해도 오빠들은 돌아오지 않으니까. 언젠가 어른이 되면 내 눈으로 확인해야지. 오빠들이 어떤 곳에서 사는지, 조국이란 무엇인지 직접 확인하자. 쭉 그렇게 생각해왔다. 그러나 설마, 그렇게 오랜 시간이 걸릴 줄은 생각도 못했다.

세 오빠가 집을 떠난 후 '새로운 오빠'가 생겼다. 건오 오빠와 초등학교 때부터 동급생이었고, 절친한 친구였던 T씨였다. 조선대학교를 마치고 일본의 대학원에 진학한 T씨는 건오 오빠가 좋아했던 영화와 연극, 교토의 사찰순례에 나를 데리고 다녔다.

"수학에만 흥미가 있던 내게 건오는 음악과 영화를 가르쳐줬어. 영희를 데리고 다니는 건 건오에게 은혜를 갚는 일이기도 해. 녀석은 정말로 특별했어."

T씨는 아직 초등학생이었던 내가 흥미를 보일지 말지 반신반의하면서도 일부러 초등학생 대상 영화가 아닌 건오 오빠가 좋아할 만한 작품들을 골라 보여주었다.

초등학교 고학년이 되자 나는 혼자서 영화관을 찾았고, 중학생이 된 후 노연(노동자연극협회)의 회원이 되어 연극에 빠져들었다. 학교가 끝나면 치마저고리 교복 차림으로 극장에 가는 것이 일과가 되었다.

학교를 쉬는 일요일에는 교토에 가서 용안사와 금각사의 정원을 하염없이 바라보았다. 교토대학 근처에 있는 오래된 다방에서 일본인 학생들을 보면 '이들은 조국에 충성을 맹세하라는 요구를 받지 않는 걸까' 하고 막연히 생각했다. 일본이라는 같은 나라에서 같은 시대에 태어나 같은 언어를 쓰는데도 내가 눈앞의 학생들과는 짊어진 것이 전혀 다르다고 생각하면, 새삼 느껴지는 그 무게에 짓눌려 부서질 것 같았다. '재일, 조직, 조국, 충성, 혁명, 총괄' 등, 나의 일상은 눈앞의 학생들이 평소에 접하지 않는 단어로 가득 채워져 있었다. 그런 단어, 학교에서 듣는 것만으로도 지겹다.

나는 수업이 끝나면 될 수 있는 한 빨리 학교를 빠져나와 영화관이나 극장, 콘서트홀로 도망쳤다. 세계 각지의 영화와 연극을 보면서 학교 안에서 사상교육을 주입받으며 생긴 욕구불만을 해소했을 것이다. 극장 안에서 세계의 다양한 사람들의 인생을 접하면서 마음의 균형을 유지했다. 한순간이라도 현실을 잊고 자유롭게 망상을 펼칠 수 있는 극장에서의 시간은 무척 행복했다.

이렇게 학교에서는 '애국적 가정'에서 자란 '모범생'으로서 북조선 교육을 받고, 학교 밖에서는 일본과 서구의 문화를 흠뻑 흡수했다. 나는 두 개의 전혀 다른 세계 사이를 자유롭게 오갔다.

*

오빠들과 헤어지고 11년 후, 조선학교 2학년생이 된 나는 '학생대표단'으로 선발되어 태어나 처음으로 북한을 방문하게 되었다. 전국에 있는 조선고등학교에서 선발된 대표단이 '위대한 조국'을 방문해 주석님에 대한 충성을 맹세하고 조총련에서 활동할 결심을 굳히도록 하려는, 이른바 진로 지도를 위한 프롤로그였다. 그러나 내겐 오빠들과 11년 만의 재회라는 인생의 빅 이벤트. 방문 준비 교육을 받는 동안에도 머릿속은 멍하기만 했다.

오빠들 때와 마찬가지로 출발은 니가타 항. 그때 부두에서 오빠를 보내던 기억이 문득 되살아났다.

처음 하는 배 여행이었다. 니가타 항을 떠난 삼지연호는 이윽고 사방이 수평선으로 둘러싸였다. 낮에는 점프하는 돌고래들과 바닷물을 뿜어내는 고래들도 보았다. 밤에는 오징어잡이 배의 등이 환상적으로 수면에 비쳤다. 여기까지는 이국적 정서로 가득한 크루즈 여행의 모습이다.

그러나 선실 안에서는 다른 세상이 펼쳐졌다. 객실, 식당, 오락실에까지 전부 김일성 주석의 초상화가 걸렸고, 중앙 계단 댄스홀의 커다란 벽에는 김일성과 김정일 부자가 함께 현장지도를 하는 모습이 담긴 그림이 한가득 걸려 있다. 로비 여기저기에 놓인 응접실 테이블

에는 자유롭게 읽도록 책들이 놓여 있지만, 〈조선화보〉나 주석의 현
장지도 모습, 그 가르침대로 사회주의 건설에 힘쓰는 인민의 모습을
담은 사진집들뿐이었다. 〈김일성 저작 전집〉과 〈인민의 태양〉 같은
주석의 주체사상을 해설한 책과 현장지도에 얽힌 감동 스토리 전집
도 있었다. 물론 책을 들춰보는 사람은 거의 없어서, 책들은 마치 테
이블 아래 책장에 진열된 전시품 같았다.

로비에서 바둑이나 장기를 즐기는 승객들 대부분은 북한에 있는
가족을 만나러 가기 위해 '구호물자'를 잔뜩 담은 종이 상자 수십 개
와 함께 배에 오른 사람들이다. '북'에 있는 그들의 가족 역시 우리
오빠들처럼 1960~1970년대에 '귀국사업'으로 일본에서 건너간 사
람들이다. 그들 또한 대부분 한국 출신일 것이다.

재일조선인 중에서도 '북'에 가족이 있다는 공통점 덕분인지, 승객
들은 금세 마음을 터놓고 서로의 신상이나 가족들 이야기를 하면서
시간을 보냈다. 북으로 건너간 '귀국자'들끼리, 일본에 남은 가족들
끼리, 이렇게 해서 작은 커뮤니티가 만들어지는 것이다.

학생대표단 중에는 먼 친척이 북에 있다는 학생들이 몇 있었지만,
친형제가 북에 있는 경우는 나 혼자였다. 늦둥이였던 내가 오빠들과
나이 차이가 꽤 났고, 오빠들이 건너간 때가 이미 귀국사업이 정점을
넘어선 막바지 시기였기 때문이다. 남의 일 같지 않은 어른들 이야기
를 끝까지 듣고 싶었지만 학생대표단 일원인 내겐 배 안에서도 숙제

가 기다리고 있었다.

"지금까지의 11년간을 총괄하시오."

인솔자의 말이었다.

11년간, 즉 조선학교(초등학교부터 고등학교까지)에 다니기 시작해서 지금까지를 말한다.

어떤 집에서 태어나 유소년기에 부모의 어떤 영향을 받고 조국에 대해 어떤 생각을 품어왔는가, 주석님과 조국에 대한 충성심은 어느 정도인가, 조직(조총련)에 자신의 인생을 걸고 열심히 봉사할 각오는 되어 있는가, 그리고 마지막으로 '조국에 충성을 다하겠다'는 결의를 표하시오, 라고 되어 있었다. 그후 가는 곳마다 총괄문을 작성해야 했는데, 이것이 그 첫 시작이었다.

내게 이 여행은 11년 전 오빠들이 갔던 길을 되짚어보는 의식과 같았다.

단 이틀간의 배여행이었지만 나는 숨 막히는 느낌에 간간이 갑판에 나가 바다를 바라보았다. 수평선까지 번지는 파도를 보면서 같은 바다를 건넌 오빠들의 당시 심경을 상상하려고 애썼다.

저 바다의 쪽빛은 틀림없이 그때와 변함이 없을 것이다. 10대에 부모 곁을 떠나 편도 티켓을 들고 한 번도 가본 적 없는, '조국이라 배운 나라'로 향한 오빠들. 귀국선 갑판에 서서 이 바다를 보면서 오빠들은 무슨 생각을 했을까. 나로선 상상할 수도 없는 많은 것들을, 눈 앞에 펼쳐진 바다는 속속들이 알고 있는 것처럼 느껴졌다.

오빠들을 만나면 무슨 얘기를 해야 할까? 오빠들은 어떻게 변했을까? 오빠들은 나를 알아볼까? 나는 오빠들을 알아볼 수 있을까?

기대와 불안감.

나는 열일곱 살. 2주간 북한에 체류한 다음 일본으로 돌아온다. 손에 든 것은 왕복 티켓이다. 셋째오빠 겐짱은 당시 열네 살. 편도표를 들고 북한으로 향하던 그 심정은 어땠을까?

새벽이 오기 전 배가 멈췄다.

닻을 내리는 엔진 소리에 눈을 떴다. 창밖을 보니 바다도 하늘도 껌껌해 아무것도 보이지 않는다. 그대로 몇 시간이 흘러간다. 어디쯤 와 있는지 확인하고 싶어서 갑판에 나갔다. 살갗에 조금 차게 느껴지는 해풍을 맞으면서 한참 서 있으니 하늘이 서서히 밝아온다.

멀리서 뿌옇게 원산항의 모습이 눈에 들어왔다. 작은 언덕 같은 산을 배경으로 고층빌딩이라고는 할 수 없는 건물들이 몇 개 보인다. 건물이 늘어선 곳 앞에 항구가 있었다. 안개에 싸인 그 풍경은 오래된 항구도시를 그린 한 장의 옛날 그림 같았다. 그 그림에 한참 빠져 있는데 선원이 누구에게랄 것도 없이 큰소리로 외쳤다.

"항구 사진은 찍지 않도록! 촬영금지입니다!"

　이런 아름다운 풍경을 찍은 사진에 무슨 문제가 있다는 걸까? 불안한 시선으로 주위를 두리번거리는 내 귀에 가족방문단에 속한 한 남자가 속삭였다.

　"군사시설이 찍히는 게 문제인 모양이야. 위성으로 뭐든 볼 수 있는 시대에 뭘 그리 유난스럽게 막는지. 들키면 귀찮은 일이 생길 테니 조심하는 게 좋아."

　남자는 씁쓸하게 웃으면서 내게 윙크를 했다. 이 배를 탄 사람들 중에도 다양한 사람이 있다는 생각을 하니 마음이 조금 편해졌다.

　날이 밝아올수록 많은 사람들이 갑판으로 나왔다. 닻을 감아올리는 소리가 들리는가 싶더니 배가 항구를 향해 움직였다.

　"아침식사를 마치면 짐을 정리하세요! 내릴 준비를 하겠습니다!"

　인솔자 선생님 목소리다. 나는 급히 방으로 돌아가 체육복을 교복으로 갈아입고 식당으로 향했다.

　배에 달린 깨진 스피커에서 〈김일성 장군의 노래〉가 큰소리로 흐르고 확성기에서는 여자가 주어진 대사를 외쳤다.

　"그림으로만 봤던, 사진으로만 봤던, 앉으나 서나 사랑해마지않았던 우리 조국! 주석님의 사랑에 이끌려 모국을 방문한 재일동포 여러분을 열렬히 환영합니다! 영광스런 조국, 조선민주주의인민공화국, 만세! 위대하신 수령님, 김일성 장군님, 만세!"

　스피커와 확성기 소리에 이끌리듯 배가 안벽에 가까이 접근한다.

멀리서 막연히 볼 때는 약간 낡고 어딘가 낭만적으로 보였던 항구도 시의 건물들이 눈앞에 다가온다. 제각각 '속도전', '전격전', '섬멸전'이라는 간판이 크게 걸려 있다. 어느 시대 어디인지 알 수 없는 장소로 갑자기 타임머신을 타고 온 듯한 이상한 감각에 사로잡힌 채, 배의 가장 높은 쪽 갑판에서 항구를 내려다보았다.

안벽에는 많은 사람들이 모여 있었다. 손에 조화와 국기를 들고, 브라스밴드의 음악에 맞춰 그것들을 흔들면서 '만세'를 외쳤다.

노인부터 아이까지, 환영 행사에 동원됐을 사람들을 살펴보니 의무적으로 꽃을 흔들며 덤덤히 배와 승객들을 바라보는 사람들과 누군가 아는 이의 얼굴을 필사적으로 찾는 듯한 표정의 사람들의 차이가 확연히 눈에 들어왔다. 이 '누군가를 찾는' 사람들은 방문단의 가족일 것이다. 가족의 얼굴을 갑판에서 발견한 사람은 울면서 그 자리에 주저앉았다. 그러면서도 일본에서 자신을 방문해준 가족을 향해 줄기차게 손을 흔들었다.

옛날에 내가 니가타에서 오빠들을 보낼 때와 똑같은 광경이 눈앞에 펼쳐졌다.

평양에 사는 오빠들은 설마 여기까지 오지는 못했을 것이다. 혹시나 한 사람쯤 나와 있을까? 막연한 기대를 품은 채, 북에서는 사는 곳 외의 지역에 갈 때조차 직장과 아파트 인민반의 허가를 받아야 한다고 배운 것을 떠올렸다.

배에서 내려 세관검사를 마쳤다. 평양으로 향하는 버스를 타려는데 건너편에서 담당자가 나를 발견하고 성큼성큼 걸어와 말했다.

"양영희 씨죠? 오늘은 오빠의 결혼식 날입니다. 평양에 도착하면 영희 씨만 개별행동을 하게 되겠습니다."

그러고 보니 어머니가 무슨 말을 했던 것 같다. 겐짱이 결혼한다던가, 그런 말을 한 것도 같다. "이거 신부 드레스야. 예쁘지?"라고 말하면서 부케와 신부 어머니의 치마저고리까지 보냈던 것도 같다. 그런데 그게 설마 오늘?

"동생이 오는 날에 맞춰 식을 올리고 싶다고 해서 모두 기다렸답니다."

오빠들에 대한 생각을 정리하지 못한 채, 얼이 빠진 채로 나는 버스에 올랐다.

버스가 고속도로를 달린다. 도로 정비를 몇 년째 하지 않은 콘크리트 도로는 군데군데 포장이 벗겨져 마치 자갈밭을 달리는 듯하다. 버스는 일본의 중고차. 타이어가 닳아서 버스가 흔들릴 때마다 창에 머리를 부딪치고, 승차감은 인사치레로라도 좋다곤 할 수 없다.

버스가 검은 연기를 토해내는 낡은 트럭을 앞질러 달린다. 전쟁 기록영화에나 나올 법한 구식 트럭이다. 여기 시골에서는 이것이 대세인 모양이다. 일본제 버스에 타는 것은 해외에서 온 VIP들로 한정돼 있으니, 지나칠 때마다 털털거리는 트럭 짐칸에 타고 있던 사람들이 손을 흔든다.

일본제 버스가 지나가면 농사일을 하던 사람들이 모두 일손을 멈추고 우리에게 손을 흔든다. 국민들이 기아로 허덕였던 1990년대 이후에는 그런 풍경도 사라졌지만, 당시엔 의무였던 듯하다. 스치는 사람 모두가 웃는 얼굴로 손을 흔들어주었다.

버스 안에서는 북한 담당자가 가이드가 되어 '혁명의 도시 평양'에 대해 설명을 하고 노래를 부른다. 학생대표단도 모두 함께 노래를 부르면서 '교과서로만 접해온, 조국이라고 배운 나라'에 왔다는 사실에 흥분을 감추지 못했다.

나도 흥분했다. 하지만 내 흥분은 다른 이유에서다. 앞으로 몇 시간 후면 오빠들을 만날 수 있다, 그렇게 생각하면 긴장감으로 온몸에 힘이 들어가고 심장이 격하게 고동쳤다. 여섯 살 때 오빠들과 헤어져 11년이 흘렀다. 너무도 오랜 시간이 흘렀기에 언제부터인가 내가 정말로 오빠들을 만나고 싶어하는지 어떤지도 알 수 없게 되었다. 오늘 밤 결혼식장에서 11년 만에 오빠들과 재회한다는 게 실감 나지 않았다.

여섯 살 적 추억이 머릿속을 달린다. 어깨에 목마를 태워주던 건오 오빠의 어깨 감촉. 마을축제 때 금붕어 잡는 데 실패해 부끄러운 듯 웃던 건아 오빠의 얼굴. 함께 자전거를 탔을 때 느꼈던 겐짱의 따뜻한 등. 하나하나 추억이 되살아난다. 가슴 깊은 곳이 뜨거워지고 숨을 쉬기가 어렵다. 이제 곧 만날 수 있다!

그런 생각을 하는 나 자신에게 놀랐다. 초등학교 때부터 부모님이 외롭냐고 물어봐도 "괜찮아! 아무렇지 않아요!"라고, 걱정하실까봐 듣기 좋은 대답을 하던 나였다. 오빠들에 대한 그리움을 가슴 저 깊은 곳에 감추고 지내는 동안 내가 정말로 오빠들을 사랑하는지 어떤지조차 알 수 없게 되었다. 그런데 지금 억누를 수 없는 두근거림과 동시에, 마음속에 담고 뚜껑을 닫아두었던 감정이 서서히 끓어오르는 것을 느꼈다.

아, 나는 오빠들이 보고 싶었던 것이다. 11년간 계속, 보고 싶었던 것이다. 보고 싶다. 보고 싶다. 보고 싶다. 오빠들을 만나고 싶다!

"오빠!" 하고 무심코 외쳐버릴 것 같은 속마음을 주위 사람들에게 들키지 않으려고 애써 창밖만 바라봤다. 그때 고속도로 한쪽에 평양까지의 거리를 표시한 표지판이 눈에 들어왔다.

'평양까지 120킬로미터.' 표지판의 숫자는 차차 작아져간다. '평양까지 100킬로미터', '평양까지 80킬로미터'…….

버스가 표지판을 지나칠 때마다 가슴 깊은 곳에서 감정의 응어리가 오열하며 흘러넘치려 했다.

표지판과 마주칠 때마다 내 안의 무언가가 무너져내렸다. 얼굴은 눈앞이 흐려질 만큼 쏟아지는 눈물과 콧물로 뒤범벅이 되고, 울음소리가 밖으로 새지 않도록 입을 막느라 나는 필사적이었다.

표지판의 숫자가 50 밑으로 떨어지자 더 이상은 참을 수 없었다. 보고 싶다. 보고 싶다. 눈물과 콧물이 멈추지 않는다. 창밖을 향해 얼굴을 고정시킨 채 필사적으로 소리를 죽인다.

이윽고 높이가 30미터나 되는 거대한 석조상이 눈에 들어왔다. 도로 양쪽에서 치마저고리를 입은 20명의 여성이 서로 손을 뻗어 통일된 반도의 오브제를 높이 들어올리는 형태의 석조문이다. 여성들의 동상은 서로 손가락이 닿아 있다. 우리가 탄 버스가 그 문을 통과했다.

이 문부터 평양 시내가 시작된다. 거대한 석조문을 지나기 전까지는 아무것도 없는 전원 풍경이 펼쳐졌지만, 석조문을 지나치자마자 고층 아파트와 커다란 건물이 빽빽이 들어서 있다. 차 몇 대와 트롤리버스가 달리고, 오가는 사람도 많다. 하이힐에 스커트 차림인 여성도 눈에 띈다. 초등학생들은 줄 지어 노래를 하면서 행진하듯 단체로 걸어간다. 버스정류소에는 기나긴 행렬, 길가에는 다리를 꼬고 앉아 담배를 피우는 아저씨들도 있다. 평양시에 들어서자 표면적이긴 하지만 생활감이 느껴지는 시민들의 모습이 언뜻언뜻 보인다.

눈물로 흐릿해진 눈으로 거리를 걷는 사람들 얼굴을 한 사람 한 사람, 확인하듯 들여다봤다. 나는 어느새 거기에 있을 리 없는 오빠들의 모습을 찾고 있었다. 밤이 되면 결혼식장에서 오빠들을 만날 수 있다는 건 안다. 하지만 참을 수 없었다. 어쩌면 우연히 저기 어딘가

에서 걷고 있을지도 모른다. 저기 걸어가는 저 여자는 오빠의 친구일
지 모른다. 그렇게 생각하면 가슴이 고동쳤다. 달리는 버스 창으로
보이는 모든 사람이 오빠들 친구 같은 생각이 들었다. 여기는 평양이
아닌가. 나는 오빠들과 같은 평양에 있다!

　버스가 호텔 앞 입구로 들어섰다. 나는 변함없이 창밖을 보고 있
었다. 호텔 주변의 낯선 풍경을 바라보는데 낯익은 얼굴 셋이 시야
에 들어오고, 버스가 멈췄다. 어딘가에서 봤던 얼굴이다. 몇 초간 기
억을 더듬었다. 그리고 굳어버렸다. '설마!' 마음속으로 외쳤다. 제일
위의 건오 오빠와 가운데인 건아 오빠, 그리고 같은 시기에 북으로
건너간 삼촌의 얼굴이었다. 몸이 붕 공중에 떠올랐다. 옆에 앉은 친
구의 말은 들리지도 않았다. 나는 버스 안을 달렸다. 구름 위를 달리
는 것처럼 몸이 가볍다.

　버스 트랩이 내려가고, 저기에 서 있는 오빠들의 품에 달려가 안길
때까지, 등에 날개가 달려 내 몸을 끌어올려주는 것 같았다.

　건오 오빠의 품에 뛰어든다. 11년치 눈물이 흘러넘쳤다. 어릴 때
맡던 오빠의 냄새가 났다. 오빠의 가슴에 얼굴을 파묻은 채 한동안
움직이지 못하고 나는 아이처럼 흐느끼며 엉엉 울었다.

　"많이 컸구나. 우리 영희."

　오빠들의 목소리가 귓전에 들린다. 웃고 있다.

　"영희를 만나는 시간까지 참기 힘들어서 점심때부터 호텔 앞에서

기다리고 있었단다."

건아 오빠의 그리운 오사카 사투리.

"새신랑은 예식장에서 기다리고 있어."

이건 건오 오빠의 목소리다.

밤에 겐짱의 결혼식에서도 나는 울기만 했다. 울고 있다는 의식은
없지만 눈물이 멈추지 않았다. 부서진 수도꼭지처럼 눈에서 눈물이
줄줄 흘러내린다. 이런 얼굴을 보이는 게 창피하다고 어렴풋이 생각
하면서도 어쩔 못한다.

11년치 눈물은 흘려도, 흘려도 여전히 부족했다. 무엇이 슬픈가.
무엇이 기쁜가. 원망인가, 탄식인가.

오빠들을 쳐다본다. 눈이 마주친다. 모두, 웃고 있다.

어떻게 웃을 수 있지?

어떻게 평온한 얼굴로 있을 수 있지?

2주의 체류기간 동안 허락된 면회시간에 지정된 호텔 로비에서 가
능한 만큼 오빠들과 만났다.

대표단에겐 자유가 없다. 이른바 자유시간이 없는 수학여행이다.

낮의 메인이벤트는 박물관 방문이다. 평양에는 크고 작은 다양한
박물관이 잔뜩 있다. 조선중앙역사박물관과 조선민속박물관. 농업박
물관, 철도박물관, 지하철박물관…….

가서 놀란 것은, 어느 박물관을 견학하든 '내용'이 같다는 점이었다. 농업박물관이면, 주석님의 농촌 현장지도 역사가 한없이 이어진다. 철도박물관에 가면 '주석님께선 교직류 전차 주체호의 개발에도 앞장서셨다'고 소개되어 있다. 그런 식이다. 모든 것이 주석님, 즉 김일성의 공적 소개다.

배 안에서 받았던 '지금까지의 11년간을 총괄하시오'라는 숙제를 총괄해서 도달하는 결론은 틀림없이 이런 박물관으로 상징되는 것들일 것이다. 고등학생인 내 눈에도 그 점이 명확히 보였다.

박물관 순회만 하다 보면 이 땅에 사는 사람들의 얼굴이 보이지 않고, 진짜 삶도 보이지 않는 법이다. 두껍게 화장을 한 겉모습만 계속 보여주는데, 친근감은커녕 살벌함만 느껴진다.

'충성을 다하라'고 말하면서 상대방에게 진짜 얼굴은 절대 보이지 않는다. 선만 보고 한 번도 속내를 비치지 않는 상대방과 결혼하라고 강요하는 듯한 상황이다. 두껍게 화장을 한 '모국'에 대한 불신과, 오빠들이 사는 이 나라에 대한 호기심이 내 가슴속에서 섞이지 않고 분리된 채로 계속 부풀어올랐다.

또 하나 놀랐던 것은 '당중앙'이라는 단어의 진짜 의미였다. 방문하기 얼마 전부터 '당중앙'이라는 단어를 종종 듣게 되었다. 특히 지명된 학생들에 대한 집중적인 사상교육의 장인 '학습반'의 강연회와 토론회에서 빈번히 거론되었다. '학습반'은 본인의 성적보다는 부모가 조총련 간부인가 아니가 등, 부모의 역할에 따라 지명되는 경우가 많았다. 나 역시 부모님이 두 분 다 조총련인 데다 '아들을 전부 조국에 바친 모범적인 활동가'였기 때문에 당연히 멤버로 지명되었다. 웃기는 일이라고 생각했지만 당시엔 문제를 일으킬 배짱도 없었다. 합숙 같은 것도 빠지지 않고 참가하면서 '당중앙'과 같은 정치용어를 접하곤 했다.

그때까지는 "김일성 주석님의 가르침 아래 빛나는 사회주의 건설을 추진해왔다"는 식으로 조국의 역사를 배워왔다. 그런데 그 즈음엔 "앞으로는 당중앙의 지도 아래 새로운 시대를 건설한다"는 말로 바뀌어 있었던 것이다.

북한에서 '당'이라고 하면 조선노동당을 지칭한다. 나는 김일성 주석의 개인숭배에서, 당의 집단지도체제로 바뀌는 것인가 하고 막연히 생각했다.

그렇다면 일당독재는 틀림없지만 지금까지보다는 나아지는 걸까 기대하기도 했지만, 평양에 와서 사실을 알고는 놀랐다. 당중앙이란 주석님의 아들 김정일을 가리키는 말이었던 것이다. 새로운 시대는커녕 에둘러 표현한 세습제일 뿐이었다. 세상이 바뀌는데 이 나라는 시계바늘을 멈춰 세우려는 것인가. 현기증이 일었다. 일본의 천황제와 다른 나라의 국왕제를 비판하더니, 왜 이렇게 되는 건가 한숨이 나왔지만, 여기는 평양, 그러니 한숨도 숨겨야 했다.

우리에게도 고육지책인지, "주석의 아들이기 때문에 지도자가 된
게 아니라, 인민들이 선택한 조선 혁명을 위한 지도자에 걸맞은 인물
이 우연히도 주석의 아들이었다. 따라서 세습제가 아니다"라는 코미
디 같은 설명을 귀에 더께가 앉을 정도로 해댔다. 진지한 얼굴로 그
렇게 이야기하는 어른들을 보면서 '이 사람은 어디까지 진심으로 하
는 말일까? 체제에 순응해 어쩔 수 없이 하는 말인가, 아니면 진심인
가. 어느 쪽일까?' 한숨을 억누르면서 생각했다.

평양 시내에는 식당이 많지 않아서 반드시 호텔로 돌아와 식사를
했다. 식사 후에는 20분에서 30분 정도 휴식. 이 휴식시간에 동생을
만나기 위해 오빠들은 로비에서 기다렸다.

한 번 얼굴을 보기 위해 몇 시간씩 기다린다. 게다가 일정을 미리
알려주지 않기 때문에 다른 장소에서 식사를 하게 되는 날은 한없이
기다리다 그냥 돌아가야 한다. 하지만 11년 만의 재회를 위해 오빠들
은 끈질기게 로비에서 기다린다. 결코 화를 내는 일도 없고, 항의도
하지 않는다. 그저 묵묵히 기다린다. 인내심은 이 나라에서 살아가기
위한 필수조건인 것이다. 사실 밤에 여유롭게 만나면 좋겠지만, 밤에
도 자유시간은 없었다. 밤엔 사상교육을 위한 영화를 봐야 하고, 그
것에 대해 이야기를 나누는 토론회가 열렸다. 물론 자유 토론은 아니
다. 말하자면 '조국은 훌륭하다!'라고 외치기 위한 궐기집회다. 이런

행사가 체류기간 내내 매일 밤 이어졌다.

간신히 오빠들을 만나도 나는 무슨 말을 해야 할지 몰랐다.

"학교는 재미있니?"

"네."

"무슨 과목을 좋아해?"

"국어요."

"어머니는 건강하시고?"

"네."

대화만 옮기자면 취직 면접이나 맞선처럼 들릴 것이다. 애써 웃었지만 일곱 살이 되는 해에 헤어져 11년 만에 만나는 오빠들 앞에서 긴장감으로 온몸이 굳었다. 한마디 할 때마다 조선어로 해야 할지, 일본어로 해도 될지 고민했다. 일본어로 이야기할 때는 주위 시선이 걱정되기도 했다.

나는 신경 쓰고 있었다. 북한 사람이 되어버린 오빠들에게 해선 안 되는 말이 있지 않을까, 너무 말을 많이 해선 안 되지 않을까. 마치 그 옛날 니가타의 적십자센터에서 면회할 때와 같았다. 가슴이 벅차서 말이 안 나온다. 말보다 앞서 눈물이 나올 것 같아서 꾹꾹 누르다 보니 말이 안 나온다.

나중에 알았지만, 오빠들은 오빠들 나름대로 나를 배려하고 있었다고 한다. 무엇보다 조총련 간부로서 열성적으로 일하는 아버지 밑에서 무남독녀나 마찬가지로 자란 영희다. 게다가 조선학교 대표단으로 여기에 왔다. 북한을 숭배하는 동생이, 오빠들이 일본에 있을 때와 전혀 달라지지 않았다는 걸 알면 쇼크를 받지 않을까. 생각나는 대로 떠들었다간 영희가 우릴 싫어하지 않을까.

양쪽 다 착각 속에서 서로를 배려하다가, 11년 만의 만남은 그렇게 끝났다. 멍한 기분과, 욕구불만만 쌓인 채 나는 일본으로 돌아갔다.

*

다시 오빠들을 만난 것은 조선대학교에 다닐 무렵 두 번째로 북한을 방문해서였다.

나는 말 그대로 '어른'이 되어 있었다. 처음 생긴 남자친구 문제로 부모님과 다투고, 여러 가지 모순 속에서 머리가 폭발할 것 같았다. 여전히 북한을 숭배하는 부모님의 모순. 조총련의 사상에 따르기를 강요하는 조선대학교의 모순. 저 나라의 모순. 그리고 그 모순 속에서 사는 나 자신의 모순.

남자친구의 존재도 모순을 증폭시켰다.

"한국인도 일본인도 안 된다. 조선인과 사귀어라! 조선인과 결혼해라!"

아버지에게 인이 박이도록 이 말을 들어온 내가 선택한 상대는 재일조선인이었다. 그는 대학 때까지 일본 이름을 썼고, 일본 고등학교를 나와 일본의 국립대학에 진학했다. 그리고 대학에서는 재일조선인임을 커밍아웃하고 원래 이름으로 살아가기로 선택한 사람이었다. 같은 재일조선인 2세로서 일본에서 태어났지만 정반대로 키워진 그와 나는, 만난 순간부터 서로 강하게 끌렸다. 그는 조총련계 유학생 동맹에도 가입해 적극적으로 활동했기 때문에 부모님이 걱정이야 하겠지만 틀림없이 우리 관계를 응원해줄 거라 믿었다. 나는 대학을 졸업한 후에 부모님께 그를 소개할 생각이었다.

그런데 어머니가 내 방을 청소하다 방에서 편지 다발—하지만 한 통, 한 통이 두껍고 양이 많다—을 발견했고, 발각된 순간 일이 이상한 방향으로 흘러갔다.

"눈에 띄면 큰일이니 아버지한텐 잠자코 있어라."

그렇게 말했지만 딸이 처음으로 남자를 사귄다는 사실에 놀랐는지, 정작 어머니 자신이 아버지에게 누설하고 말았다.

"학생 신분에 연애가 다 뭐냐! 그렇게 집안이 복잡한 사람한테 너를 내줄 순 없다!"

아버지가 소리를 지르기 시작했다.

막내딸, 눈에 넣어도 안 아픈 자식인 내게 처음으로 정색을 하고 아버지가 화를 냈다. 그러나 왜 화를 내시는지 알 수가 없었다.

"일본인도 안 되고, 한국계도 안 된다고 지금까지 말씀하셨는데,

상대는 조선인이고 조총련계예요. 유학생동맹에서 활동하는 성실한 사람인데 뭐가 문제라는 거예요?"

"부모가 이혼했잖아!"

"이혼한 사람이 어디 한둘인가요."

"그쪽 어머니가 장애인이라면서."

"그게 뭐가 어때서요? 왜 차별을 해요? 아버지는 동포의 인권을 위해 활동하는 분 아니었어요? 기가 막혀!"

아버지는 예상 외로 그에 대해 많이 알고 있었다.

"그런 남자하고 어떻게 먹고 살래!"

결국, 아버지는 그의 '가정사'가 불만인 것이다. 편부모에다 고학생. 아무리 봐도 부자는 아니다.

"가난한 집안 아들은 안 된다는 거예요? 말도 안 돼. 그런 건 사상도 뭣도 아니고 단순한 차별이잖아요! 우리도 가난한 건 마찬가진데 왜 아버지 맘대로 정해요!"

태어나서 처음으로 아버지와 크게 싸웠다. '아들을 셋이나 북한에 보낸 우리 집도 충분히 이상한 집이잖아!'라고 외치고 싶었지만 그 말만은 속으로 삼켰다. 아버지와 나는 부엌 식탁을 사이에 두고 서로를 노려보았다.

"어디서 말대답이야, 건방지게!"

처음으로 아버지가 나를 때리려고 손을 들었다. 그것을 막으려고 곧바로 달려온 어머니의 뺨에, 아버지의 손바닥이 날아들었다.

"어머니!"

나는 짧게 외쳤고, 한동안 침묵이 이어졌다. 겸연쩍어진 아버지는 오히려 어머니에게 화풀이를 했다.

"딸이 무슨 생각을 하는지도 모르고! 연극 같은 거에 미쳐서 돌아다니니 점점 애가 이상해지지! 너무 오냐오냐하지 마!"

어머니는 내게 조용히 말했다.

"네 방으로 올라가거라. 이따가 나도 올라갈 테니."

조선인이라는 것을 자랑스럽게 여기기 때문인지, 재일조선인 중에서도 아이들을 민족학교에 보내는 가정은 특히 유교적인 색채가 짙다. 우리 가족이 그랬다. 가장의 존재는 절대적이었다. 즉 아버지가 하는 말이 우리 집의 법. 어머니도 아버지를 가장 중요하게 여기는 분이기 때문에 아버지의 기분이 최우선이었다. 어느 쪽이 맞고 틀리고의 문제가 아니었다.

어머니가 이 상황을 모면하기 위해서였는지 결정타를 날리듯 한마디를 토했다.

"영희야, 일단 지금은 헤어져라."

나는 바로 쏘아붙였다.

"그 사람에 대해 잘 모르면서 무슨 말을 그렇게 해요. 만나본 적도 없는 사람을 무조건 부정하다니. 만약 내가 일본인한테 '저 사람은 재일조선인이니 사귀지 마라'는 말을 들었다면 심정이 어떻겠어요? 그런 말 들으면 분하지 않아요? 화나잖아요. 아버지도 어머니도 지금 똑같이 하는 거예요. 그런 심한 말이 어디 있어? 우리는 '차별받고 있다'고 분개하면서, 우리가 차별하면 어떻게 해요! 정말 웃겨!"

서로 비난이 오갔다.

어쨌거나 실제 행동에 옮기고야 마는 게 우리 부모님의 대단한 점이다. 만나보지도 않았다는 사실에 화를 낸다면, 그럼 만나보자. 이야기는 이렇게 흘렀다.

우메다의 신한큐 백화점 지하에 있는 초밥집. 혼잡한 점심시간에 어머니와 나, 남자친구, 셋이서 테이블에 둘러앉았다. 880엔짜리 런치세트 3인분.

우리 딸에게 상처 준 게 이놈이구나, 생각했을지도 모르고, 내 딸에게 감정을 가득 담아서 '아이 미스 유'라고 편지에 써서 보낸 게 어떤 놈인가 관찰했을지도 모른다.

그런데 두세 마디 말을 주고받고 초밥을 다 먹자마자 어머니는 대화도 제대로 나누지 않은 채 서둘러 "돌아가겠다"고 말했다.

집에 오자마자 어머니가 말했다.

"좋은 사람인 건 알겠지만 너무 섬세해 보이더라."

내가 털털한 편이니 균형이 맞잖아. 마음속으로 속삭이면서도 밖으로 말이 나오지 않았다.

"영희야, 인연이라면 다시 만날 수 있어. 몇 년이 지나도 '저 사람이 아니면 안 되겠다' 싶을 수도 있고. 그러니 부탁이다. 일단은 헤어져라. 그렇지 않으면 집안이 잠잠할 리 없으니. 아버지 또 혈압 올라서 쓰러지시면 어떡할래!"

뭐지, 이 결론은? 나는 부모님이 안고 있는 모순으로 인해 머릿속이 빙빙 돌면서도 '아, 이제 곧 오빠들도 만나는데' 하고 생각했다.

두 번째 방문 날짜가 다가오고 있었던 것이다.

오빠들의 의견은 어떨까? 만약 이 자리에 오빠들이 있었다면 뭐라고 말했을까? 좋아, 전부 털어놓고 오빠들과 의논해보자! 오빠들에게 연애 상담을 하다니, 내 자신이 조금은 어른이 된 듯한 기분이 들었다. 그러면서 한편으론 이런 나의 고민이 너무 유치해서 상대도 해주지 않을지 모르겠다는 걱정도 들었다.

내게 닥친 모순 따위, 오빠들과 비교하면 소소한 일이다. 창피할 정도로 사소한 이야기다. 나는 그래도 부모님과 싸울 수 있고, 내 의지를 관철시킬 수도 있다. 하지만 오빠들은? 오빠들은 이제 아버지와 싸울 수도 없다. 그 나라 안에서 누구에게도 말대답은 허락되지 않는다.

두 번째 방문은 1984년. 처음과 마찬가지로 니가타 항에서 배를 타고 북으로 향했다.

첫 방문 때 여고생이었던 우리의 화제는 '기차게 맛있는 북한의 아이스크림'이었다. 배 안에서 나온 아이스크림이 일본 것과 비교도 안 되게 맛있었던 것이다. 일본에 돌아오자마자 함께 가지 못했던 친구에게 "아이스크림이 맛있다!"고 자랑했을 정도로, 매우 기억에 남았다. 배 안에서의 식사는 전부 훌륭했고, 갓 구운 빵도 최고였다. 이상한 점은 배 안에서 "푸딩이 먹고 싶다"거나 "카레가 먹고 싶다" 등등, 친구와 두서없는 이야기를 나누면 실제로 다음날 그 요리가 나온다는 것이었다. 그때는 처음 북한에 가는 거라 들떠서 알아채지 못했지만, 지금 생각하면 도청당하고 있었던 모양이다. '조국은 훌륭하다'고, 우리를 세뇌하기 위해 안쓰러울 정도로 애를 쓴 것이다.

두 번째 방문 때도 배에서 나오는 요리는 변함없이 맛있었다. 그렇지만 오빠들의 생활을 눈으로 확인한 나는 그것이 '설정'이라는 사실을 알고 있었다. 그 나라 사람들의 곤궁과 바꿔, 우리 같은 학생 단체와 승객들을 열심히 접대하며 겉으로 보이는 풍요로움을 필사적으로 어필하는 것이다. 실은 그 시기에 이미 북한의 경제는 기울고 있었다. 그 사실을 안 것은 좀 더 이후의 일이다. 그때 이후에도 몇 번인가 배로 북한을 방문했지만 식사가 맛있었던 것은 1980년대 중반까지였다. 그후 나는 북한으로 가는 배 안에서 아이스크림을 먹은 적이 없다.

나는 클래식을 좋아하는 건오 오빠를 위해 웨이트리스 아르바이트—조선대학교에선 금지돼 있었지만—를 해서 모은 돈으로 야마하의 CD플레이어를 사들고 갔다.

건오 오빠가 평양에서 알게 된 귀국자 친구 중에 작곡가의 꿈을 이루고자 북한에 건너간 사람이 있었다. 일본에서 파친코 가게를 몇 개나 운영하는 부모님이 풍족한 생활비를 보내주는 그 사람은 자기보다 클래식을 잘 아는 건오 오빠를 종종 집으로 초대해, 자랑스러운 스테레오로 음악을 함께 감상했다.

하루는 그 집에 초대받아 가보니 외화 백화점에서 갓 사들인 신형 오디오세트가 놓여 있었단다. 친구가 최신식 금속 오디오세트를 자랑하면서 지금까지 사용하던 낡은 스피커를 버리겠다고 한 모양이다. 건오 오빠는 쓰레기가 될 운명이었던 스피커를 얻어 서둘러 집으로 옮겼다. 하지만 집에 있는 고장난 오빠의 오디오는 부품을 구할 수 없어서 수리하지 못한 채 쓸모없는 상자로 변한 상태였다. 그런 탓에 나뭇결 무늬의 낡고 육중한 스피커는 음악 소리를 내는 본연의 역할을 하지 못한 채 건오 오빠네 집 한가운데 자리를 차지하고 있었다.

'쓰지도 못하는 스피커를 언제나 흐뭇한 표정으로 보고만 있어요.'

이것이 올케언니에게 받은 편지다. 그렇다면 오디오를 갖다 주자. 멀리 떨어진 동생이 할 수 있는 일은 이 정도다.

CD플레이어만 있어봤자 소용이 없으니 CD를 20장쯤 골라서 가져갔다. 오랫동안 모든 서양음악이 금지돼 있던 북한이지만 몇 년 전부터 클래식만은 해금조치가 내려져 있었다.

CD를 고르는 건 클래식을 좋아했던 남자친구에게 맡겼다. 그 역시 우리 오빠에게 뭔가를 해주고 싶었던 모양이다. 오빠가 좋아하는 베토벤과 슈베르트, 차이코프스키를 중심으로, 그가 좋아하는 시벨리우스까지 전부 20장.

건오 오빠에게 건네자, 물끄러미 보던 오빠가 한마디 한다.

"영희가 좋아하는 사람은 섬세한 남자구나!"

왜 어머니랑 똑같은 반응이냐고! '오빠 만큼은 아니야'라고 말하고 싶은 것을 참고 침묵했다.

둘째 건아 오빠와 셋째 오빠 겐짱의 반응은 건오 오빠와 달랐다.

"너, 정말로 아버지한테 대들었어?"

겐짱의 질문에 고개를 끄덕이자 두 오빠는 웬일인지 폭소를 터뜨렸다.

"영희, 대~단해."

그러면서 둘이서 껄껄껄 웃었다.

"아버지한테 실망했어."

두 사람의 목소리에 지지 않을 만큼 큰소리로 말하자 손뼉을 치며 즐거워한다.

"내 동생이라면 희망이 있겠구나. 우리는 못 했는데……."

눈물까지 흘리면서 폭소를 터뜨리는 오빠들을 보면서, 그렇구나, 오빠들은 대들지 못했구나, 생각했다.

오빠들이 한 번도 아버지의 말을 거역한 적 없었다는 사실을 새삼 깨달았다. 그래서 이곳에 있다. 그때 학교에서도 조직에도 부모에게도 반항하지 못한 탓에, 더 이상 절대로 반항할 수 없는 땅에서 살게 된 것이다.

"영희야, 힘내. 우리의 기대주니까."

그렇게 말하는 건아 오빠.

"그렇지. 꾸중을 듣든, 무슨 일이 있든 자기가 원하는 대로 하는 게 좋아."

그렇게 말하는 겐짱.

그 모습을 걱정스러운 듯 지켜보는 건오 오빠. 나는 밝고 당당하게 밝혔다.

"남자친구하고 홋카이도로 여행 갈 거야."

"둘이서?"

"물론이지!"

"아버지하고 어머니한테 비밀로 하고?"

"당연하지! 일본에 가면 아르바이트해서 여행 경비도 모을 거야!"

"영희야, 정말 멋지다!"

오빠들은 홋카이도는커녕 가족여행으로 갔던 와카야마와, 북으로 가는 배를 탔던 니가타밖에 가본 적이 없다. 혼슈*를 나가본 적이 없는 것이다.

"나도 홋카이도 가보고 싶다."

"갈 수나 있냐, 바보!"

그런 대화를 나누며 떠들썩하게 웃는데, 어느새 오빠들 셋이서 자기들끼리 소곤거리기 시작했다.

"영희야, 이거 받아라."

건아 오빠가 봉투를 불쑥 내민다. 안을 살펴본다. 1만 엔짜리가 아홉 장.

"뭐야, 이거?"

"우리가 네 용돈 한 번 챙겨준 적 없잖아. 여행 경비에 보태라고. 받아줘. 뭐, 돈이 나온 곳은 같지만."

돈이 나온 곳은 바로 내가 부모님께 받아온 봉투다. 생활비에 보태라고 어머니가 마련해준 돈이다.

"그렇지만 이거, 오빠들한텐 소중한 생활비잖아."

"괜찮아, 오빠들이 주는 용돈으로 혼전여행 다녀와라!"

* 일본은 크게 혼슈와 시코쿠, 규슈, 홋카이도의 네 개 지역으로 이루어져 있으며, 도쿄와 오사카를 비롯한 주요 도시가 혼슈에 있음.

"혼전여행을 권하는 오빠라니……."

넷이서 큰 소리로 웃었다.

아, 넷이 함께 있다! 나는 그 행복을 곱씹었다.

두 번째 방문이라 익숙해진 나는 꾀병을 부려 학교의 공식 방문은 일단 다 빠졌다. 철도기념관에서 주석님의 공적을 배우는 것은 이제 그만. 오빠들과 지낼 시간을 만들기 위해 낮에는 꾀병을 부려 호텔 침대에 누워서 오빠들에게 문병을 오라고 하고, 밤에는 오빠들 집을 습격했다.

시간은 금세 흘렀다. 간사이 사투리로 떠드는 오빠들은 예전 오사카에서 함께 놀던 오빠들 모습 그대로였다. 여기가 만약 평양의 아파트가 아니었다면 일본 어디서나 흔히 볼 수 있는 남매들의 화기애애한 그림이었을 것이다.

하지만 이곳은 북한이다. 오빠들이 일본을 방문할 일은 없다. 한순간의 짧은 행복이었다. '행복'이라고 부르기엔 너무도 불확실하고 기댈 곳 없는 것이었지만, 거기엔 확실히 웃음이 있었다. 넷만의 무언가가 있었다. 나는 그것을 믿고 싶었다. 그리고 그때도 믿고 있었다.

*

그리고 드디어 다가온 오빠들과의 세 번째 해후.

공식방문단과 달리 자유시간은 충분하다. 오빠들을 만나기 위해 영화 출연이라는, 내 주제에 어림도 없는 제안을 받아들인 것이다.

"일본 조류학자의 여비서 역할을 할 배우를 찾으려고 평양에서 오디션도 했지만, 일단 평양 배우들은 일본인으로 안 보인다는 거지. 그리고 한 사람쯤은 일본 쪽에서 참가하는 것이 일본과 북한의 합작이란 명분도 서고. 출연 분량도 수십 초 정도밖에 안 돼."

프로듀서의 설명을 듣고 '그렇게 쉬운 일이라면 당연히 고맙습니다, 하고 넙죽 받아야지. 어쨌든 교통비도 안 들이고 오빠들을 만날 수 있으니' 하고 맘 편히 수락했다. 북한에서의 여러 가지 불편함은 상상이 되었지만 일주일 정도의 체류라면 문제없다. 촬영은 2, 3일이면 끝날 테고 나머지 시간에는 오빠들과 즐겁게 지낼 수 있을 거라고 잔뜩 기대했다.

그러나, 일은 나의 상상과는 전혀 다른 방향으로 흘러갔다.

편한 마음으로 언제나처럼 원산항에 도착하니 벤츠가 서 있다. '누구를 마중 나온 걸까? 그렇게 지위 높은 사람이 배에 타고 있었나?' 하고 생각했는데, 바로 나를 위한 차였다.

영화촬영소 중역에, 영화수출회사 사장에, 이번 영화 제작에 관여하는 윗분들이다. 지체 높아 보이는 아저씨 세 분이 나를 위해 정장 차림으로 마중을 나왔던 것이다.

딱딱하고 숨 막히는 자동차 여행은 싫었지만 거절하면 평양까지

갈 방법이 없다. 어쩔 수 없이 시키는 대로 벤츠에 올라타자 "평양엔 안 갑니다"라고 말한다.

"지금 영화촬영팀이 금강산에서 촬영을 하고 있으니, 그 현장으로 모시겠습니다."

"저도 금강산에서 촬영할 신이 있나요?"

"아닙니다. 없어요. 하지만 아름다운 금강산에 함께 가시죠."

도착하자마자 눈앞이 하얘졌다. '아름다운 금강산' 관광은 이미 전에 경험했고, 평양과는 반대 방향에 있는 산으로 가게 되면 오빠들과 지낼 시간이 줄어들고 만다. '왜 평양에 안 가냐고! 나는 아웃도어는 질색이야! 금강산 같은 덴 가고 싶지 않아! 빨리 오빠들을 만나게 해줘!' 그렇게 외치고 싶었다. 하지만 여기서 나는 혼자다. 애초에 승산은 없는 것이다. 내 편이 없다는 사실을 깨닫고 이 모든 말을 속으로 삼켰다.

내 마음의 목소리가 들릴 리 없는 벤츠는 부르릉, 육중한 몸체를 흔들며 열심히 금강산으로 향했다.

가는 길에 그들의 대화를 귀 기울여 들어보니, 이 지체 높으신 양반들은 로케지 촬영장을 보고 싶은 모양이다. 평양에서 다른 지역으로 이동하기 위해서는 허가가 필요하다. 게다가 여비도 없다.

그런데 마침 일본에서 VIP(?)가 찾아왔겠다. 촬영에 중요한 손님이 참가한다고 하면, 안내를 구실로 자기들도 금강산에 갈 수 있다.

경비를 타내기 위해서 나라는 존재가 필요했던 것이다.

해발 1,638미터의 금강산은 백두산과 더불어 조선의 명산으로 알려져 있다. 백두산은 중국 국경 근처에 있지만 금강산은 한국 쪽에 가깝다. 바위가 많은 금강산 골짜기 여기저기에 주석님 부자를 칭송하는 시가 조각되어 있다.

나는 학생방문단에서도 금강산에 간 적이 있고, 게다가 원래 '인도어' 파다. 어느 나라에 가든 산이나 나무에 둘러싸여 '기분 좋다'라고 느끼는 타입도 아니다. 이런 귀찮은 일이 또 있나, 내심 불평하면서도 지체 높으신 양반님들의 뒤를 따른다.

안내받은 숙소는 근방에서 가장 훌륭한 외국인 전용 호텔. 나 외의 배우와 스태프는 다른 호텔에 있다. 일본에서 온 사람은 나뿐이다. 따라서 나만 VIP. 작은 배역임에도 불구하고 커다란 원탁에 차려진 호화로운 요리를 혼자서 먹게 됐다. 나를 위해 운전수 딸린 차까지 준비되었다.

일주일이면 일본으로 돌아가게 될지도 모르는데, 왜 오빠들도 못 만나고 북한의 명승지―바꿔 말하면 깡촌―에 유폐되어 있어야 하는가. 이 나라에서 의문은 해소될 리도 없고, 하릴없이 시간만 흘러간다. 더 이상 참지 못하고 지체 높으신 분께 부탁했다.

"호텔만이라도 바꿔주세요. 밥도 다른 사람들과 똑같은 걸로 먹을게요. 부탁드립니다!"

부탁은 했지만 허무하게 거절당했다.

"그것만은 안 됩니다."

이런 외골수 같으니. 그럼 허락되는 게 뭐냐고?

나는 마음을 고쳐먹고 영화촬영소를 찬찬히 견학하기로 했다. 가만 생각해보면 영화촬영 현장을 가까이서 볼 기회는 흔치 않다. 게다가 북한의 현장이다. 과연 어떤 촬영을 할까?

그러나, 그것은 맥 빠질 정도로 평범했다. 일본 극단 분위기와 똑같은 공기. 연기를, 영화를 너무도 사랑하는 이 열정. 이 사람들은 영화를 좋아하는구나, 그런 '마음들'이 현장에서 전달된다. 어느 나라나 창작을 하는 사람들은 같은 냄새를 풍긴다. 오로지 그것 하나에만 관심이 있다.

조선말을 알기 때문에 자연스럽게 모두의 이야기를 들어보기도 한다. 대화도 나눠본다. 오가는 대화 역시 일본과 같다.

기본적으로는 영화 이야기. 실수로라도 주체사상이나 주석님 이야기는 등장하지 않는다. 영화가 아니면 연애 이야기. 연애에 대한 고민으로 분위기가 무르익거나, 공감하는 것은 어느 나라의 젊은이나 마찬가지다.

누구나 영화 이야기에 굶주려 있었고, 내게도 일본 영화에 대해 질문을 던지는 사람이 많았다. 김정일은 영화를 좋아한다고 알려져 있지만, 유일하게 영화예술대학 같은 장소에서 감상을 허락한 일본영화가 〈남자는 괴로워〉 시리즈라고 한다. 그 영화에는 민중이 묘사돼 있다는 이유에서다. 그래서 북한의 영화인들도 그 영화밖에 알지 못한다. 구소련이나 동유럽의 영화는 TV에서도 조금씩 방영되지만 다른 나라 -일본이나 미국- 영화가 방영되는 일은 없다. 그래서 일본 영화에 대해 많이 듣고 싶어했다.

배우들 중에 북한의 '모리시게 히사야'*라고 할 만한 사람이 있었다. 어딘가에서 본 적이 있다고 생각했더니 주석이 사망했을 때 동상 앞에 쓰러져 울던 나이 많은 남자였다. 주석님에게 큰 사랑을 받았기 때문에 진심으로 울었을지도 모르지만, 그런 자리에서 대표로 앞에 나설 정도의 지위라는 뜻이기도 하다.

이 모리시게 씨-달리 부를 이름이 없으니 이렇게 부르기로 한다-는 북한의 톱 배우라고 하는데도 매우 겸손한 분으로 나에게조차 정중히 경어를 썼다.

"조금이라도 불편한 점이 있으면 바로 말씀해주십시오." 그렇게 말하며 언제나 웃는 얼굴이다.

"저희는 경제적으로 힘든 상황에서 영화를 찍고 있습니다. 여러 가지로 불편한 점이 있겠지만, 부디 넓은 마음으로 이해해주십시오."

감탄사가 절로 나왔다. 며칠 만에 돌아가는 상황을 이해하기 시작

---

* 森繁久彌, 1913년 ~2009년, 일본의 영화배우이자 연극계의 거장.

하고 여러 가지로 의문과 불만을 품고 있으리라는 것을 꿰뚫어본 '모리시게 씨'의 말이었다.

은근한 말투지만, 해석하자면 이렇다.

'일본에서 돈을 지원받아서 만들고 있는데도 이 모양이다, 그렇게 생각할지 모르겠지만, 원래 이런 나라니까 그 점에 대해선 이해하고 넘어가요.'

나는 모리시게 씨의 한마디에 '로마에 가면 로마법을 따르라'는 말이구나, 하고 혼잣말을 했다. 영화사 간부가 로케 현장을 방문할 비용도 마련하지 못해서 나까지 덩달아 이 깊은 산중에 갇히게 됐으니. 일본에서 보낸 제작비는 어디로 갔을까? 여기 화폐가치로 환산하면 막대한 예산이었을 것이다. 나의 존재도 VIP인지 뭔지 애매하다. 하지만 이것이 북한이다.

"나 역시 평양에 오빠들이 있고, 이 나라에 온 것도 이번이 세 번째입니다. 조선대학교도 나왔고, 대략적인 사정은 알고 있습니다. 그러니 일본에서 온 사람이라고 너무 신경 쓰지 마세요."

그런 대화를 주고받는 사이 모리시게 씨와 매우 가까워졌다.

간신히 금강산에서의 촬영이 끝나고 평양으로 현장이 옮겨졌다. 숙소는 평양 시내의 최고급 호텔인 45층 트윈타워, 평양고려호텔이었다. 고이즈미 준이치로 수상이 방북했을 때 묵었던 호텔이다. 금강산에 이어 VIP 대우는 변함이 없다. 게다가 매일 아침 운전수가 나를 데리러 온다.

VIP 대우에 따른 번거로움보다 더욱 곤혹스러웠던 것은 촬영 스케줄이었다. 일본에서의 영화촬영이라면 기본적으로 자신의 출연 신이 있을 때만 현장에 들어가면 된다. 똑같은 영화다. 당연히 여기서도 그럴 거라고 생각하고 있었다.

그런데 촬영장에 들어가도 나의 출연 신은커녕, 일에 진척이 없다. 주고받는 대화를 들어보니 '의상이 없다'거나 '전기가 나갔다'거나 하는 촬영 이외의 사고로 촬영이 한없이 늘어지는 것이다.

생각해보면, 배우도 스태프도 이 나라에선 공무원이다. 촬영이 지연돼도 수입이 늘거나 줄지 않는다. 그래서 어딘지 모르게 모두 여유롭다. 한편으론 포기한 듯도 하다.

그렇게 출연 신도 없는데 현장에 들락거리는 동안 커피숍 신 촬영이 시작됐다. 배경은 일본 호텔의 라운지로 되어 있는 듯, 처음엔 합작영화이니 일본 신은 일본에서 촬영할 생각이었다고 한다. 하지만 북한도 일본도 비자를 내주지 않았다(따라서 나의 존재는 합작영화임을 보여주는 유일한 상징이었던 것이다).

그래서 어쩔 수 없이 평양에서 일본의 커피숍을 재현하게 됐다.

일본의 커피숍. 북한의 촬영반이 내놓은 대답은, 농담 같지만 '기모노를 입은 웨이트리스'였다.

그때쯤 되니 스태프와도 친해져서 "일본에 관해서라면 양영희 씨에게 물어봐!" 하는 분위기였다.

스태프가 머뭇머뭇 묻는다.

"도쿄에 웨이트리스가 기모노를 입는 찻집이 있나요?"

"아니요. 웨이트리스는 기모노를 입지 않아요. 가게 유니폼이나 청바지……."

웃으면서 가볍게 대답했더니, 주변이 얼어붙는다. 싸늘한 분위기가 예사롭지 않다. 스태프들이 머리를 감싸쥐고 고민하기 시작했다.

그도 그럴 것이, '일본'을 표현하고자 하는 스태프는 일본에 가본 경험도 없고, 사진조차 본 적이 없다. 그래서 최대한 머리를 짜낸 것이 기모노로 일본 분위기를 연출하는 것. 그런 필사적인 노력이 가볍게 부정당했으니 당황할 만도 하다.

나는 바로 말을 번복했다.

"아, 있어요. 있어! 호텔 라운지요. 예를 들면 도내 호텔 같은 곳은 기모노를 입은 웨이트리스가 있습니다! 기모노, OK예요."

그 한마디에 모두의 얼굴에 미소가 번진다. 그 빠른 반응이라니!

감독은 "양영희 씨의 OK가 났으니 빨리 기모노를 가져와!"라고 불호령을 내리고, 스태프는 재빨리 움직인다(게다가 밝은 얼굴로). 기다리길 몇 시간, 간신히 두세 벌의 기모노가 도착했다.

내게 그 기모노를 보여준다.

"……."

정말이지 할 말을 잃었다.

아무리 봐도 이건, 시무라 겐의 '바보 영주님'*이다!

한 벌만 그런 게 아니라 전부가 '바보 영주님'이다. 이것도, 저것도, 아무리 봐도 코미디용 의상이다. 일본이라면 '지금 장난하니?' 하고 웃어넘길 테지만, 그런 점을 이 사람들에게 어떻게 설명하면 좋을까? 나는 어떻게 행동해야 할지 도무지 감이 잡히지 않았다.

"다른 건 없나요?"

"이것밖에 없어요. 죄송합니다!"

스태프는 금방이라도 울 것 같다.

감독이 다그쳤다.

"정말로 이것밖에 없나! 천하의 평양 영화촬영장이잖아! 의상실 전체를 뒤져서라도 찾아와!"

스태프의 눈에는 이미 눈물이 가득 고였다.

"그게…… 그 의상방에는 우리 스태프들이 들어갈 수 없습니다."

감독도 스태프도 모두 입을 다물었다.

장군님(김정일)은 영화를 좋아한다. 그래서 매년 몇 편씩 선전영화가 만들어진다. 스파이 영화를 만들기 위해 구 동유럽 로케를 추진할 정도로 공을 들였다. 당연히 예산도 풍성하다.

* 개그맨 시무라 겐(志村けん)과 기타 인물들이 기모노를 입고 등장하는 텔레비전 콩트 프로그램.

하지만 이 영화 〈버드〉는 장군님의 의지로 시작된 것이 아니다. 따라서 자유도 없고, 예산도 없다. 아마 일본에서 들어간 자금도 이 영화가 아닌, 다른 선전영화의 예산으로 돌아갔을 것이다. 그렇게 생각하니 지금까지의 모든 일들이 이해되었다.

젊은 스태프 한 명이 혀를 찼다.

"뭐든, 그 영화를 위해선가……."

모리시게 씨가 낮은 목소리로 말했다.

"어이, 양영희 씨가 계시네. 말조심하라고. 양영희 씨는 조선말에 능통하시니까."

현장 분위기는 한층 더 무거워졌다. 내가 여기에 있다는 이유만으로 '죄송합니다' 하고 사과라도 하고 싶은 심정이다.

의상은 그나마 가장 나은 기모노로 가기로 했다. 웨이트리스 역 배우는 헤어메이크업 담당자와 방에 들어가서 옷을 갈아입는다.

한 시간 후 등장한 웨이트리스 역 배우를 보고 나는 의자에서 굴러떨어질 뻔했다. 여배우가 게이샤 머리를 하고 나온 게 아닌가! 게다가 정성스럽게 게이샤 비녀까지 꽂았다. 헤어메이크업 담당자는 자기가 가진 낡은 일본식 헤어스타일 자료들을 뒤져서 열심히 흉내 냈겠지만, 내 입장에선 봐주기 힘들 정도다. 바보 영주님을 한 단계 넘어선 느낌이다.

나중에 알고 보니 헤어메이크업 담당자가 오래전 일본에서 출판된 헤어메이크업 카탈로그를 한 권 갖고 있었다. 몰수를 당하지 않은 귀중한 카탈로그다. 그 한 권으로 얼마나 공부를 많이 했을까? 다 떨어진 책자는 여기저기 잘려나간 상태였다.

공부하고 싶어도 자료가 없다. 이 카탈로그에 유일하게 실려 있던 일본식 헤어스타일을 참고로 머리를 만졌다. 이 코미디 같은 게이샤 머리는 그녀들의 땀과 눈물의 결정체였다. 우리가 한 번 읽고 버리는 패션지도 이들에겐 보물이나 마찬가지일 것이다.

스태프는 눈가가 촉촉해진 채 나를 바라본다.

'세이 예스'라는 그들 마음속의 목소리가 들리는 듯해서 더 이상 그 자리에 앉아 있기 힘들었다. 게이샤 머리를 한 웨이트리스를 눈앞에 두고, 솔직하게 말하고 싶지만 그러지 못한다. 이 모든 걸 어쩔 수 없는 상황에서 참고 있자니 두통이 찾아왔다. 그래도 이건 너무 이상하다.

"웨이트리스는 게이샤가 아니니까 그런 헤어스타일은 이상해요. 쇼트커트도 좋고, 머리가 길면 하나로 묶는 정도로 충분합니다. 그리고 머리의 비녀만은 제발 빼주세요."

다급히 헤어스타일을 바꾸고 나왔다. 내 말대로 하나로 묶긴 했지만, 음, 역시 시무라 겐의 세계를 벗어나지 못한다. 고심 끝에 내가 말했다.

"역시 기모노는 벗는 게 낫겠어요. 일본에서 이런 식으로 기모노를 입으면 코미디 프로의 콩트처럼 보이거든요. 평범한 원피스는 없나요? 그 정도로 충분하다고 생각해요."

나는 가능한 한 미소를 지으면서 친절하게 설명했다.

'기모노를 입히고 싶지만, 양영희 씨가 저렇게까지 말하니 어쩔 수 없다.' 현장도 그런 분위기로 흘러 웨이트리스 역의 배우도 원피스로 갈아입고 나왔다. 머리도 보통의 헤어스타일이다. 이 정도면 일본의 호텔 라운지라고 해도 어찌어찌 통할 것이다. 최소한 아까의 '바보 영주님'보다는 낫다.

의상을 결정하는 데 몇 시간이나 허비했지만 일단 촬영은 시작할 수 있었다. 안도의 숨을 내쉬는데 다른 스태프가 딸깍딸깍 소리를 내면서 다가왔다. 보니 커피 잔을 몇 개인가 들고 있다.

"영희 씨, 일본에서 사용하는 커피 잔은 어떤 건가요?"

설마, 의상 정할 때와 똑같은 일을 또 반복하자고? 반복은 콩트의 기본이긴 하지만, 혹시 지금 우리는 정말로 콩트를 찍는 건가?

현기증이 일었다. 결국 호텔 커피숍의 의상과 컵을 결정하는 데 그날 하루가 소비됐다. 이 신의 촬영은 다음날로 연기.

그러는 사이 최초에 약속한 일주일은 일찌감치 넘겨버리고, 나는 안절부절못하고 있었다. 이대로 북한에 계속 머무르게 되는 건 아니겠지?

스태프들이 신경을 써서 얼마간 쉬는 시간을 마련해주곤 했다. 원래 내 촬영 신이 없기 때문에 당연한 일이기도 하다. 나는 물론 오빠들 집으로 불평을 토로하러 간다.

"오빠, 여기서 평생 사는 오빠들에겐 정말 미안한 말이지만, 이제 더는 무리야. 나 여기서 지내는 거 이제 한계에 부딪쳤어!"

술이 들어가면 더욱 스파크가 튄다.

"오빠들 생활을 생각하면 고려호텔에서 지내고 호화로운 식사를 하는…… VIP대우가 싫다고 말해선 안 되겠지만, 더 이상은 불가능해. 부탁이야, 제발 일본으로 보내줘~."

개그인지 뭔지 모르겠다. 하지만 그렇게 말하면서 웃는 수밖에 없었다. 오빠들도 이 개그에 기꺼이 동참해주었다. 함께 큰소리로 웃어주었다. 건오 오빠만 빼고. 건오 오빠는 전부터 앓던 조울증이 더욱 심해져서 입원한 상태였다. 건오 오빠가 평양 교외 정신병원에 있다는 사실을 알게 된 것은 평양에 도착해서 어느 정도 시간이 흐른 뒤였다. 그럼 문병을 가고 싶다고 말했지만 건아 오빠도 겐짱도 들어주지 않았다.

영화 촬영도 중반을 지나고, 드디어 내 촬영 신이다. 야마시나연구소의 한 방에서 교수와 비서—바로 나—의 대화 신을 찍는다고 한다. 일본의 회관처럼 보이는 건물을 빌려서 촬영을 하게 됐다.

만약의 경우에 대비해 일본에서 가져간 의상이 도움이 되었다.

의상은 전부 영화사 측에서 준비해준다는 말을 들었지만, 북한에는 나처럼 키가 큰 여성이 드물다. 길이가 안 맞을지도 몰라, 그런 가벼운 마음으로 옷장 속을 뒤져서 의상을 가방에 잔뜩 넣어왔다. 연구소에서 입을 법한 캐주얼한 바지와 셔츠. 정장과 조금 여성스럽게 보이는 원피스.

웨이트리스의 의상조차 그러하니 내 의상이 준비되어 있을 리 만무했다. 결국 모든 신에서 내 옷을 입고 촬영했다.

감독이 촬영 구도를 정한다. 좋은 각도를 찾아 카메라를 세팅한다. 배우가 정해진 자리에 선다. 감독이 다시 한 번 카메라를 본다.

무슨 일인지 갑자기 물 흐르듯 이어지던 움직임이 멈췄다. "왜 그래요?" 물어보니 초상화가 프레임에 들어가는 모양이다.

주석님과 장군님의 초상화다. 우리 집 부모님 침실에도 걸려 있는 저 초상화. 김일성과 김정일 부자, 둘의 초상화다. 북한에서는 어느 집에나 초상화를 장식하는 것이 의무였다. 게다가 여기는 시내 공공시설이므로 모든 방에 초상화가 걸려 있다.

초상화 같은 건 잠깐 떼어내면 될 텐데, 그렇게 생각하면서 지켜보자니 감독 이하 스태프가 카메라의 각도를 바꿔보는 등, 이것저것 궁리한다. 초상화가 비치지 않는 구도로 잡으면 아무래도 장면이 잘 안 나오는 모양이다. 모두 한숨을 푹푹 쉬는 사이 공기만 점점 무거워진다.

젊은 스태프 중 한 명이 짜증 난 목소리로 외쳤다.

"5분 정도면 찍을 수 있는 신이죠? 얼른 떼어내서 촬영하고 바로 다시 걸면 되지 않을까요?"

조감독이 소리쳤다.

"너, 지난번 영화, 그걸로 몇 사람 목이 날아간 줄이나 아냐! 그런 말 함부로 입에 올리는 게 아니야!"

모리시게 씨가 조감독보다 더 큰소리로 화를 냈다.

"양영희 씨가 계시네. 말조심해!"

조총련 간부 집에서 자라 조선대학까지 나왔지만 나는 이 나라에 대해 전혀 몰랐다. 고작 몇 분간 초상화를 떼어내느냐 마느냐 하는 걸로 다 큰 어른들이 머리를 쥐어짜고, 화를 내는 이 나라는 어떤 곳일까? 이 나라는 미쳤다. 틀림없이 미쳤다.

스태프들은 하나같이 영화 제작에 대한 열정을 지녔다. 하지만 이 나라에서 창작활동을 하려면 그전에 풀어야 할 숙제가 너무 많다. 이 사람들의 창작 동기는 어디에 있는 걸까? 이런저런 제약 속에서 과연 얼마나 많은 고민을 하는 걸까?

말하자면, 영화를 만드는 것 자체가 기적인 것이다. 좋아하는 영화 일을 한다. 그것만으로도 행복하다고 누구나 생각한다.

이렇게라도 영화 제작이 가능한 것도 장군님 덕분이다. 장군님이 영화를 좋아하기 때문이다. 그 다음 우두머리가 "영화는 필요 없다"고 말하면 그 즉시 영화산업 자체가 날아가버리는 나라인 것이다. 생각할수록 뭐가 뭔지 알 수 없고, 한숨만 나왔다.

현장을 진정시킨 모리시게 씨는 내 쪽을 보자마자 씽긋 웃었다.

"양영희 씨, 차라도 한잔 하러 가시죠."

'더 이상 이 나라의 치부는 보이고 싶지 않다. 무엇보다 양영희 씨가 너무 불편할 것이다.'

그런 모리시게 씨의 배려였을 것이다. 다른 방에서 나를 위해 인스턴트커피를 타주었다. 달짝지근한 커피를 싫어하지만 배려에 감사하는 마음으로 전부 마셨다. 나는 그날의 단맛을 지금까지 잊지 않았다.

결국 그 신은 그날 찍지 못했다. 며칠 후 아무 일도 없었던 것처럼 촬영 장소가 계단으로 바뀌어 있었다.

나의 첫 영화 출연도 허망하게 끝났다. 연기 지도가 없는 대신에 준비 과정이 무척 세밀하고, 카메라를 돌렸다고 생각한 순간 금세 OK가 났다. "몇 테이크든 찍을 수 있다"는 말은 거짓말이었다. 결국 필름도 여유가 없어서 몇 번씩 카메라를 돌리지 못하는 것이다. 내 입장에선 연습하는 기분으로 일단 대사를 책 읽듯 읽어본 건데, 바로 OK가 나고 말아서 당황스럽기도 하고, 창피하기도 하고.

어쨌거나 그런가 보다 했는데, 대본에 없는 신의 촬영이 추가되었다. 감독이 "디스코 신을 찍고 싶다"고 했다. 미러볼이 빙글빙글 돌아가는 가운데 극의 주요인물과 내가 어쩐 일인지 춤을 추는 신이다. 옛날 외국에서 온 유학생들을 위해서만 영업을 하던 디스코장도 그 시점엔 이미 없어졌고, 어쩔 수 없이 고려호텔의 가장 깊숙한 곳에 있는 냉면집을 디스코장으로 연출했다.

창이란 창은 전부 커튼으로 가리고 미러볼과 춤추는 모습만 카메라에 담기게 촬영한다는 작전이다. '화려한 모습'으로 치장해달라는 요구에 응해 머리카락에 컬을 넣고, 원피스를 입고, 가져간 액세서리를 전부 주렁주렁 몸에 걸쳤다. 상대 배우에게 내가 스텝을 가르쳐야 한다니, 더 이상 뭐가 뭔지 모르겠다.

커다랗게 울리는 디스코 뮤직. 스텝을 밟는데 주위 스태프들의 모습이 눈에 들어왔다. 스태프들의 발이 금방이라도 들썩일 것 같다. 몸을 흔들고 싶은 것을 필사적으로 참고 있다. 그렇다. 디스코 신을 찍느라 마음껏 음악을 크게 틀 수 있는 것이다. 틀림없이 듣고 싶었을 것이다. 엄청나게 큰 팝송 소리를 듣고 고려호텔 종업원들도 구경하러 몰려들었다. 다른 신보다 스태프들이 즐거워하고, 열기가 넘치는 촬영이었다. 하지만 완성된 영화에서 디스코 신은 전부 잘렸다.

매일같이 마주치는 이 나라의 모순. 그런 모순들에 부딪칠 때마다 나까지 우울해졌다. 여긴 오빠들이 사는 나라가 아닌가. 모순은 그대로 오빠들이 일상적으로 껴안고 있는 모순과 겹쳐진다.

이유도 없이 촬영은 늦어지고, 두 번째 방문 때처럼 밤에 오빠네 집을 습격할 기력도 없다. 시간이 비는 날이면 건아 오빠나 겐짱과 연락이 안 닿는다.

시간만 허비하다 커피라도 마실까 하고 고려호텔 카페에 갔더니 어떤 남자가 일본어로 말을 걸었다.

"양……영희? 영희 아니니?"

목소리의 주인공을 보니 K였다. 학창시절 친구다. 무역 관계 일을 하고 있어서 도쿄와 평양을 오간다고 한다. 그때도 일 때문에 평양에 장기체류하는 중이었다. 숙소는 고려호텔. 같은 호텔이다.

"아 맞다. 오빠들이 여기 살지?"

친척 중에 귀국자가 있는 K는 우리 오빠들이 귀국한 사실을 알고 있었다. 그리고 귀국자들이 처한 상황도.

"실은 지금 영화 때문에……."

그와 이야기를 나누니 스트레스 해소가 되었다. 나를 괴롭히는 '모순'도 제삼자에게 토로하면 웃어 넘길 만하다. 서로의 모순을 이야기하면서 둘이 함께 웃었다.

K와 이야기를 나누자니 나만 괴로운 게 아니라는 생각이 들었다. 내 하소연을 듣고 "더 심한 경우도 있어"라며, 웃을 수 있는 방향으로 이야기를 리드해주는 것이다.

아니, 얘가 이렇게 좋은 놈이었나? 나는 K를 다시 보게 되었고, 한숨 돌리고 싶을 때면 함께 차를 마시거나 식사를 했다.

세 번째 방문에서 유일하게 고립돼 있던 것은 건오 오빠였다. 건오 오빠는 정신병을 앓고 있었다. '귀국'한 후 건오 오빠는 곧바로 궁지에 몰렸다고 한다.

1971년 가을, 건아 오빠와 겐짱이 자진해서 귀국하고 바로 3개월 후 건오 오빠가 북한의 귀국자로 선발되었다.

그런데 무슨 착오가 있었는지, 아니면 평양에서 더 받아줄 여유가 없었는지, 건오 오빠는 원산에 배치됐다. 그곳을 생활의 거점으로 삼으라는 것이었다.

북한에서는 수도인 평양과 지방의 격차가 극심하다. 물자도 부족하고 인프라도 정비가 안 된 지방에서 사는 것은 평양에서보다 수십 배는 힘들다.

자신이 원해서 간 것도 아닌데 건오 오빠는 지방에서 살라는 지시까지 받은 것이다. 게다가 가져간 짐 속에는 오픈릴 플레이어와 소형 스테레오, 클래식 레코드가 십여 장 들어 있었다.

1970년대, 북한에선 클래식조차도 금지돼 있었다. 위법적인 물건을 소지하고 있었다는 이유로 수용소에 갈 수 있는 나라다. 틀림없이 오픈릴 플레이어와 클래식 레코드 때문에 오빠는 '자아비판'을 계속 강요당했을 것이다. 끔찍이 사랑하는 클래식 음악을 모독하는 억지 발언을 사람들 앞에서 계속 토해내야 했을 것이다. 자기를 경멸하고, 혁명에 대한 충성 맹세를 강요당하던 나날이 오빠를 노이로제에 걸리게 하고, 정신이상을 초래한 것이다. 뒤틀리고 병든 환경 속에서 오빠는 순수했던 만큼 누구보다도 깊은 상처를 입고 무너져내리고 만 것이다.

처음 북한에 갔을 때 나는 전혀 눈치 채지 못했다. 두 번째로 갔을 때는 건오 오빠의 상태를 살피는 것도 목적 가운데 하나였다.

그리고 세 번째. 오빠는 확실히 이상해졌다. 조울증 환자에게 자극은 좋지 않다. 게다가 평소보다 상태가 나쁘기 때문에 입원까지 했다. 건오 오빠에겐 내가 평양에 온 사실도 비밀이었다. 그 사실을 아는 것만으로도 오빠에겐 너무 큰 자극인 데다, 내가 온 걸 알면 보고 싶다고 말할 게 틀림없다. 그래서 내가 아무리 "건오 오빠를 만나고 싶어!"라고 말해도 건아 오빠도 겐짱도 고개를 끄덕이지 않았다. 그들은 건오 오빠의 추이를 곁에서 쭉 지켜봐왔고 사태의 심각성을 알고 있었다.

그런데 엉뚱한 곳에서 이야기가 새고 말았다. 큰오빠네 올케언니가 지나가는 말처럼 흘리고 만 것이다. 일부러 그런 건 아니다. 사소한 말 한마디에 감이 빠른 오빠가 눈치를 챈 것이다.

흥분한 오빠는 병원에서 큰 소동을 벌였다고 한다. 병원 측에서도 어찌할 도리가 없어서 동생을 만나게 하는 편이 정신 상태를 유지하는 데 더 낫겠다는 결론을 내렸다.

음악과 영화에 대한 사랑이 각별한 오빠다. 동생이 영화에 나온다! 그것은 오빠에게 꿈같은 뉴스였다. 자신이 마음속에 품었지만 결코 이룰 수 없는 꿈을 여동생이 실현시킨 것이다. 나로선 부끄러운 출연이었지만 오빠에겐 자랑거리였다.

두 번째 만난 날로부터 5년의 세월이 흘렀고, 온화하던 건오 오빠는 돌변했다. 굳이 말하자면 어둡고 조용하던 오빠가 들떠 있었다. 흥분한 채 끊임없이 말을 하면서 조금이라도 오래 나와 함께 있으려고 했다.

처음엔 좋아진 걸까 생각했다. 오빠가 밝아졌다고.

"오빠, 예전보다 말이 많아졌네! 안심했어."

겐짱이 다가와서 사람들이 눈치 채지 못하게 귓가에 속삭였다.

"항우울제 부작용이야. 지금 독한 약을 꽤 많이 먹거든. 형이 '영희랑 있으니 맥주 마시고 싶다!'고 말해도 한 방울도 마시게 하면 안 돼. 알겠지?"

나는 살짝 머리를 끄덕였다.

억지로 의사의 허가를 받아낸 건오 오빠는 그때부터 나를 빈번히 만나러 왔다. 고려호텔에는 외화 식당이 모여 있다. 초밥집에 일본풍 선술집, 서양식 요리를 내는 카페도 있다. 오빠들에게도 그런 식당에 가는 것은 기분전환이 되었다.

나는 변함없이 미뤄지는 촬영에 한가했기 때문에 건오 오빠와 함께 여기저기 밥을 먹으러 다녔다. 하지만 '건오 오빠'만 함께하는 경우는 없었다. 아무리 바빠도 건아 오빠나 겐짱이 반드시 건오 오빠의 곁을 지켰다. 마치 인솔자처럼. 그런 눈치를 못 채게 신경 썼지만, 두 오빠는 건오 오빠를 걱정하며 계속 주의 깊게 지켜보았다.

여름의 공기가 느껴지기 시작하는 기분 좋은 날이 이어졌다. 초여름. 맥주의 계절이 시작된다. 우리는 최고로 멋진 식사를 즐기기로 했다. 검소하면서도 맛 좋은 식당을 오빠들에게 추천받았다.

평양에는 대동강이라는 커다란 강이 시내를 가로지르며 흐른다. 황해로 흘러들어가는 이 강은 시민들의 쉼터이기도 하다.

이 대동강에 선상 레스토랑이 등장했다. 타이의 시골마을에서 봄직한 소박한 전등으로 장식한 배지만, 북한에서는 무척 화려한 명소였다. 젊은 사람들이 동경하는 가게인 듯, 자리를 잡고 앉아 있자니 강가에서 보내오는 부러운 시선들이 우리에게 잔뜩 꽂혔다.

나는 모처럼 만든 자리이니 오빠들에게 양해를 구하고 고려호텔에 머무는 동급생 K도 불렀다. 사정을 아는 K라면 가족 모임이긴 해도 부담이 없다.

건오 오빠, 건아 오빠, 겐짱, K, 그리고 나까지 다섯 명. 평양에 사는 귀국자들 이야기, 일본에서의 추억, 건아 오빠가 걱정하는 한신타

이거즈의 성적까지, 화제는 끊이지 않았다.

메뉴는 조선요리와 불고기. 맛도 아주 좋다. 병을 앓는 건오 오빠만 차를 마시고 나머지 네 사람은 맥주를 마셨다. 강에서 불어오는 바람 때문인지, 분위기 때문인지, 맥주로 한결 부드럽게 목을 넘어간다.

건오 오빠에게도 무척 오랜만에 누리는 즐거운 한때였다. 일본에서 온 VIP가 함께하니 오빠들의 해방감도 각별했고, 그야말로 농밀한 시간이 흘러갔다.

"앗!"

겐짱이 돌연 짧게 소리를 질렀다. 건오 오빠가 맥주잔을 입에 댄 것이다.

우리도 움직임을 멈췄다.

"형, 안 돼."

겐짱이 말했지만 건오 오빠는 멈출 줄 모른다. 만면에 웃음을 띠고 맥주잔을 기울인다.

"형!"

건아 오빠가 말렸다.

"뭐 어떠냐. 영희도 왔고. 오늘은 괜찮잖아."

건오 오빠는 계속 마신다.

"하지만 형……."

“시끄러워! 오늘은 특별한 날이야. 영희랑 같이 있잖아. 기쁜 날이
야.”

건오 오빠는 컵에 남아 있던 맥주를 한숨에 다 마셨다.

마셔버린 건 어쩔 수 없다. 두 오빠는 걱정스러운 듯 건오 오빠를
보면서 더는 못 마시게 감시한다.

건오 오빠 혼자만 기분이 좋다. 약의 영향인지, 아니면 알코올 탓
인지 들떠서 계속 수다를 떤다.

“한 잔 더. 맥주 한 잔만 더 줘.”

건오 오빠가 두 손을 모아 애원했다.

“형, 그것만은…….”

“그렇지 참, K씨, 모처럼 만났는데 이 컵에 맥주 좀 따라줘. 이렇게
함께 마시는 것도 무슨 인연이지 싶네.”

“형!”

“K씨, 부탁해.”

K의 입장에서 보면 건오 오빠는 10년 이상 대선배다. 조선 사회에
서 ‘선배의 말을 거역한다’는 것은 있을 수 없다. 몇 번이나 애원하는
건오 오빠에게 두 손 들어버린 K는 눈으로 나에게 ‘미안하다’고 하면
서 오빠의 컵에 맥주를 따랐다.

“정말로 딱 한 잔만이야, 형.”

건아 오빠가 못을 박는다.

건오 오빠는 기쁜 듯 맥주를 다 마셨다. 걱정스러운 얼굴로 서로를 쳐다보는 건아 오빠와 겐짱. 지금까지도 술 때문에 문제가 많았던 것일까? 어색한 시간이 흘러간다.

건오 오빠는 지금까지처럼 밝다. 괜찮아, 문제없어. 긴장됐던 분위기는 원래대로 다시 이완되었다. 조금은 눅눅한 공기가 강 표면을 어루만졌다. 기분 좋다. 맥주도 맛있다. 오빠들과 K의 웃음소리를 배경음악 삼아 나는 행복에 잠겨 있었다.

그때였다.

탁.

오빠가 양손으로 테이블을 짚으며 일어섰다. 눈을 감고 있다. 양손을 어깨까지 올렸다.

탄~탄탄탄타~안 따당, 탄탄 타타타~안, 타~안 탄탄타~따당, 탄타타타타타 다다다당…….

건오 오빠가 손을 흔들면서 큰소리로 노래하기 시작했다. 드보르작의 〈신세계교향곡〉. 9번 4악장.

"여기서 호른, 더 세게! 트럼펫은 음정을 정확히. 그렇지, 좋아. 바이올린! 좀 더 앙상블을 의식하고……."

노래를 하면서 중간중간 지시를 내리기 시작했다. 지휘자다. 건오 오빠는 지휘자가 되었다!

주위 테이블에 앉은 손님들이 놀라서 우리 쪽을 보았다. 건오 오빠 혼자만 다른 세계에 있다. K를 보니 입을 쩍 벌리고 있다. 나 역시 입을 벌린 채 굳어버렸다.

건아 오빠와 겐짱을 봤다. 두 사람만 놀라지 않았다. 고개를 숙이고 한숨을 쉰다. 하필 이럴 때, 하는 느낌이랄까. 두 사람의 체념한 듯한 표정을 훔쳐보며 이런 수난을 몇 번이나 겪었을까 생각했다.

두 사람은 어쩔 수 없다는 얼굴로 일어서더니 건오 오빠의 어깨를 부드럽게 두드리며 앉으라고 했다.

불가능하다. 마치 우리가 존재하지 않는 듯하다. 건오 오빠의 눈앞에는 교향악단밖에 보이지 않는다.

건오 오빠의 손이 점점 세차게 흔들린다. 곡 자체가 절정을 향해 가는지 목소리도 더욱 커진다. 건오 오빠의 시야에는 나나 다른 오빠들이 들어오지 않는다. 연주자들을 둘러보는지, 오빠는 두 눈을 빛내며 엷은 미소까지 띠었다.

'미……'

내 머릿속에 불현듯 '미'로 시작되는 세 음절이 떠올랐다. 아, 이 단어는 건오 오빠를 위해 존재했던 것인가. 동시에 오빠에 대해 그런 생각을 한 나 자신을 혐오했다. 세 음절 단어가 툭 하고 가슴에 떨어진 순간, 둑이 무너진 것처럼 눈물이 철철 쏟아졌다.

아, 건오 오빠는 미쳤다. 미쳐버렸다. 이 나라가 오빠를 미치게 만든 것이다.

오빠들에게서 눈을 떼고 싶다. 하지만 뗄 수 없다. 눈물이 멈추지 않는다. 정말로 슬픈 것은 건오 오빠일 텐데. 손으로 닦을 여유도 없다. 몸이 움직이지 않는다. 나는 건오 오빠에게서 눈을 떼지 못한 채 계속 눈물을 쏟아냈다.

상황이 이상하게 흘러가는 걸 눈친 챈 두 오빠가 강경책을 썼다.

"영희가 있잖아. 형, 정신 좀 차려!"

겐짱은 낮은 목소리로 건오 오빠를 질타하고, 건아 오빠와 둘이서 건오 오빠의 양 어깨를 잡았다. 억지로 앉힌다. 두 사람이 양 어깨를 누른 채 두 번 다시 일어서지 못하게 막았다.

"영희한테 이런 모습을 보여 어쩌자는 거야! 형, 진정해."

둘이서 건오 오빠를 진정시키려 애썼다. 하지만 건오 오빠의 눈은 먼 곳을 향한 채 계속 유영한다. 대체 어디를 보는 것일까. 그 옛날 믿기를 강요받았던 꿈의 '신세계'인가.

K가 내 손을 잡았다.

"영희야, 괜찮으니까, 나는 신경 쓰지 마. 귀국해서 시골로 보내진 친척이 우리 집에도 많아. 우리도 많은 일이 있었으니까."

잡은 손에서도, 건네는 말에서도 K의 자상함이 전해져왔지만 나는 그 자리에서 일어설 수 없었다. 눈물도 멈추지 않았다.

건오 오빠는 두 오빠에게 끌려가다시피 해서 가게를 나섰다. 나는 K의 부축을 받으며 가게를 나왔다.

강변길을 다섯 명이 걷는데 겐짱이 여전히 우는 나에게 조용히 다가와서 말했다.

"미안하다, 영희야. 모처럼 즐겁게 식사하는 자리였는데. 너무 울지 마라."

겐짱이 나에게 미소를 지어 보였다.

"울고 싶은 건 우리야."

그 말대로다. 나는 이렇게 울고 나면 끝이다. 하지만 오빠들에겐 내일부터 이 나라에서 똑같은 현실이 시작된다. 울어봤자 아무것도 변하지 않는다.

"응, 알아. 미안."

안다. 알고 있다. 하지만 눈물이 멈추지 않는다.

"저, 영희 씨는 제가 호텔까지 배웅할 테니 걱정하지 마십시오."

K의 제안에 겐짱은 미소를 지으며 고개를 끄덕였다.

선상 레스토랑에서 걸어서 10분도 걸리지 않는 곳에 평양호텔이 있다. 모두 함께 평양호텔까지 걸어가서 세 오빠가 택시를 타고 먼저 돌아갔다. 나는 다음 택시가 올 때까지 K에게 기댄 채 주저앉고 말았다. 평양호텔의 벨 보이가 나를 쳐다보았다. K는 내가 조금 몸이 안 좋다고 설명하고, 고려호텔까지 가고 싶으니 택시를 잡아달라고 부탁했다. 나는 울어서 엉망이 된 얼굴을 누구에게도 보이고 싶지 않아서 계속 땅만 내려봤다.

건오 오빠의 인생은 무엇이었는가? 사회주의국가 건설이다, 주석님을 위해서다, 그런 이유로 조국에 보내진 오빠. 지명당해 조국에 보내진 후, 클래식 음악을 듣는다는 이유로 책망당하고 감시받고 자아비판을 강요당한 건오 오빠.

아무리 노력해도 그 오명은 벗을 수 없었고, 애를 쓸수록 무너져내렸다. 게다가 오빠를 막다른 지경까지 몰고 간 원인 가운데 하나였던 클래식 음악 금지는 그로부터 몇 년 후 해금되었다.

무너지지 않는 게 이상하다. 이제 와서 무너진 오빠를 누구도 어찌할 수 없다.

호텔에 도착해서도 눈물은 멈추지 않았다. 걱정하던 K가 방까지 따라 들어왔다. K는 창가 의자에 나를 앉히고 컵에 생수를 따라주고는 테이블 맞은편에 앉았다.

"우리 집에도 시골로 보내진 친척이 있어. 귀국자들은 역시 힘들어. 지금도 우리 어머니가 송금을 하는데, 그 친척도 무슨 이유인지 머리가 이상해졌어."

컵을 쥔 내 손을 K가 커다란 손으로 감싸 쥐었다.

"물 좀 마시는 게 좋겠다."

나는 고개를 끄덕이고 컵의 물을 목으로 흘려보냈다. 너무 많이 울어서 말라버린 몸 구석구석에 수분이 스며드는 듯했다.

"같은 재일조선인이라고 해도 귀국한 가족이 있는 사람들이나 그 심정을 알 거야. 우리 어머니도 삼촌한테서 편지가 오면 자주 우시거든."

K의 말을 흘려들으며, 나는 건오 오빠의 모습을 떠올렸다. 너무 많이 울어서인지 머리가 아프다.

"홀로 귀국한 사람들은 아주 힘들다던데, 영희네 경우는 그나마 나은 편이야. 저렇게 형제 셋이 평양에서 의지하며 사니 말이야. 밑의 두 오빠가 큰오빠를 잘 보살필 거야."

간신히 정신을 차리고 K의 얼굴을 보았다. K는 자상한 미소를 띤 채 화제를 바꿨다.

"참, 영희가 결혼했다는 소식 충격이었어."

나는 어안이 벙벙해서 얼빠진 목소리로 외쳤다.

"그게 무슨 말이야! 나한테 고백도 한 적 없으면서."

"그랬나?"

웃음이 나왔다.

"이제야 웃었다. 영희야, 너무 많이 울어서 완전 못난이가 됐어."

그렇게 말하고 K는 일어서서 침대 위에 놓인 윗옷을 집어들고 문 쪽으로 몇 발자국 걸어가서 돌아보았다.

"잠들 수 있겠니?"

"응, 고마워."

그렇게 말하면서 나는 K의 팔을 붙들었다.

"가지 마. 함께 있어줘."

나는 K의 뺨에 내 뺨을 갖다 댔다. K의 팔이 등을 감쌌다. 아무 말 없이 꼭 안아주는 K가 고마웠다.

살을 맞대니 K의 따뜻한 체온이 전해져왔다. 비로소 내 몸이 얼마나 차가워진 상태였는지 깨달았다. K는 내 머리를 쓸어올리고 손바닥으로 눈물을 닦아주며 얼굴에 키스를 했다. 목에서 가슴, 몸 구석구석까지 더듬어가는 그의 입술은 따뜻하고 부드러웠다. 체온이 돌아오면서 서서히 쾌감이 느껴졌다. K의 숨소리와 냄새에 감싸이고도 머릿속에서는 건오 오빠의 모습이 주마등처럼 스쳐갔다. 눈물이 끊임없이 흘렀다. K에게 오해받고 싶지 않아서 눈물을 참으려고 했지만, 어쩔 수 없었다.

"미안, 그냥 눈물이 멈추질 않네."

"실컷 울어."

K는 한손으로 내 눈물을 닦으면서 다른 한손은 내 몸 위에서 움직였다. 몸이 녹을 듯한 감각에 빠져들면서 흘러넘치는 눈물과 함께 건오 오빠의 모습이 떠오른다.

베토벤의 인생 이야기를 들려주면서 내 작은 머리에 헤드폰을 끼워주던 건오 오빠.

아버지의 설교를 정좌한 채 듣는 건오 오빠.

니가타 항에서 배웅한, 건오 오빠의 얼굴.

11년 만에 평양에서 만났을 때 건오 오빠의 기쁜 표정.

대동강에서 소리 지르며 지휘를 하는 건오 오빠.

K의 몸이 내 몸과 겹쳐져 하나가 되었다. 쾌감 속에서, 건오 오빠가 부르던 교향곡이 머릿속에서 계속 울려퍼졌다.

"아아!"

회한인지 쾌락인지, 나 자신도 알 수 없는 소리를 냈다.

K가 당황해서 내 입을 손으로 막았다.

"조심해. 밖에서 들리겠어."

번쩍 정신이 든 나는 K의 얼굴을 보며 작게 고개를 끄덕였다. 평소엔 '도청당하고 있을지도 모른다'고 항상 신경 썼는데, 그걸 완전히 잊었던 것이다.

오빠를 생각하니 또 눈물이 난다. 온몸을 관통하는 쾌감에 몸을 맡기면서 나는 내 입을 양손으로 막았다. 울고 있는데, 느끼고 있는데, 아무 소리도 낼 수 없다.

도대체 여긴 어디일까?

누가, 무엇을 위해 내 목소리를 듣는단 말인가?

들어서 뭘 어쩐다고?

혼란 속에서 몸은 떨고 있었다. K는 부드럽게, 격렬하게, 움직였다. 내 머릿속의 마비가 정점에 도달했다.

아주 잠깐 깊은 잠에 빠졌다가 눈을 뜨니 K는 변함없이 작은 소리로 속삭였다.

"영희의 안 좋은 상황을 내가 이용한 셈인가."

"내가 먼저 손을 내밀었잖아."

"맞아."

둘이서 풋 하고 소리 내어 웃었다.

"오늘 영화 촬영인데 눈이 부어서 어떡하지."

눈을 누르는 내 손을 끌어당기며 K가 말했다.

"샤워하자."

조금 놀랐지만 그가 이끄는 대로 욕실에 따라 들어갔다. 차가운 물을 적신 타월로 눈의 열기를 식히면서 따뜻한 물로 함께 몸을 씻었다. 내가 "꽤 대담한 행동을 하네" 하고 말하자 "다음엔 큰 소리도 내보자"라고 K가 속삭였다. 둘이서 천장과 벽을 향해 중지를 세우면서 크게 웃었다.

아침 5시. 그날 볼일이 있다며 K는 자기 방으로 돌아갔다. 두 시간쯤 선잠을 잔 듯하다. 침대에서 나와 창문을 열었다. 호텔 앞쪽 대로가 아닌 생활감이 느껴지는 아파트 뒷골목을 내려다볼 수 있는 이 창의 조망이 좋았다. 창가에 서서 건오 오빠를 생각했다.

부모님을 위해.

생각해보면 건오 오빠의 인생은 항상 '누군가를 위해서'였다. '자신을 위해' 산 적이 없다.

그렇다면 나는?

어릴 땐 '부모님을 슬프게 하지 않기 위해' 애를 썼다. 학교에서 근무하던 시절엔 '학생들을 위해' 살았다. 결혼했을 때는 '세상 사람들의 눈 때문에' 참았다. '회사를 위해', '친구를 위해', '리더를 위해'……. 자유로운 일본에서 사는데도 '누군가를 위해서'라는 변명으로 스스로 자신을 옭아맸다.

이제 그만둬야지.

나는 오늘, 이 순간부터 '누군가를 위해서' 살아가는 건 관두겠다. 나 자신만을 위해 살겠다.

아무도 나의 인생을 책임져주지 않는다. 무너진 건오 오빠의 인생도 누가 책임져주지 않는다. 어떻게 살든 후회는 한다. 그렇다면 애초에 후회할 인생은 살지 말자.

나는 나로서 살아간다.

더 이상 참지 않겠다.

대동강에서 건오 오빠가 소리 지른 다음날 아침, 고려호텔의 한 방에서 나는 새로운 나로 태어났다.

*

2009년 7월. 첫 감독 데뷔작인 〈디어 평양〉을 발표한 후 나는 조총련으로부터 북한 입국금지 처분을 받았다. 작품에 대한 '사죄문'을 쓰라는 명령에 나는 그렇게 하는 대신 또 하나의 작품—평양에서 태어나 자란 조카 선화의 성장 과정을 그린 두 번째 작품—을 제작할 결심을 굳혔다. '가족의 이야기를 계속하겠습니다'라는 선언이다. 나는 포스트프로덕션(편집, 녹음, 자막 등 촬영 후작업)을 맡아줄 회사를 찾고 있었다.

그러던 어느 날 평양에서 편지가 왔다. 국제우편은 아니었다. 건아 오빠가 평양을 방문한 재일조선인 A씨 편에 편지를 보냈다. A씨는 귀국 후 나에게 속달로 편지를 부쳐주었다. 그렇게까지 해서 보내고 싶었던 편지에는 무슨 말이 쓰여 있을까? 기쁜 소식은 아닐 듯하다. 나는 가슴이 쿵쾅거리는 걸 느끼며 봉투를 열었다.

영희야, 이런 편지를 쓰는 오빠를 원망하지 마라. 건오 오빠가 심장

발작으로 급사했다. 일주일 전에 장례식도 치렀어. 어머니에게 전화로 알리고 싶은데, 오사카에 혼자 계신 어머니한테 급작스런 소식을 전하는 게 너무 힘들구나. 바쁘겠지만 7월 ○일 아침, 오사카의 집으로 내가 전화할 테니 그전에 오사카에 가서 어머니가 전화를 받을 때 네가 옆에 있어주면 좋겠다. 바빠도 그날만큼은 어머니 곁에 영회가 있으리라 믿고 전화할게. 건아.

떨리는 손으로 스케줄이 적힌 수첩을 열었다. 눈물 때문에 글자가 안 보인다. 건아 오빠가 오사카 집으로 전화를 거는 날은 사흘 후였다. 몇 개의 선약을 급히 취소하고 어머니에게 전화를 했다.

"어머니? 내일 오사카에 가려고요. 오랜만에 짬이 나서 집에서 쉬고 싶은데, 괜찮아?"

"정말? 그럼 삼계탕 끓여놓고 기다릴 테니 얼른 와라. 도쿄에선 쉬지도 못하지. 아파트도 좁다고 했으니. 내일 기다리마."

아버지가 돌아가시고 혼자 지내시는 어머니는 딸이 오랜만에 집에 온다는 소식에 무척 기뻐했다. 어머니의 목소리를 듣는 순간 울음이 터져나올 것 같았지만 간신히 참으면서 밝게, 그리고 짧게 용건을 전했다. 전화를 끊자마자 눈물이 쏟아졌다. 도쿄의 작은 아파트 한구석에서 혼자 울었다. 어머니에게 알려드려야 했을까? 하지만 나는, 어머니가 슬픈 소식을 듣는 날을 하루라도 늦춰드리고 싶었다.

고향집 현관에 들어서니 닭 삶는 냄새가 났다. 현관도 평소보다 깨끗하다. 딸을 맞으려고 어머니가 열심히 청소를 하는 모습이 눈에 보이는 듯했다.

나를 보자 어머니는 무척 기뻐했다.

"친한 사이에도 예의는 차려야 한다잖니. 오랜만에 딸이 온다고 해서 화장실도 반짝반짝하게, 현관도 반짝반짝하게. 이불도 햇볕에 잘 말려뒀다."

어머니는 계속 들떠 있었다. 일 때문에 피곤해서 안색이 안 좋은 거라 지레짐작하고 열심히 요리를 만들어주셨다. 오랜만에 딸과의 단란한 한때. 그 시간을 즐기는 어머니에게 아무말도 전하지 못한 채 이틀이 지났다.

아침에 어머니와 사과를 먹는데 전화가 울렸다. 내가 전화를 받았다. 예상대로 건아 오빠였다.

"오빠? 아직이야……. 한 시간 후에 다시 전화 줄래?"

나는 곧바로 전화를 끊었다.

"오빠? 건아니? 건오니? 왜 끊었어?"

"어머니, 있잖아, 저기…… 건오 오빠가 죽었대."

한순간 시간이 멈췄다.

"아이고, 너 무슨 말이냐, 그게……. 무슨 소리야."

어머니는 그 자리에 쓰러져 울었다.

언제? 왜? 그럴 리가 없다. 아이고, 불쌍하게…….

어머니는 누구에게랄 것도 없이 혼자서 중얼거리기 시작했다.

눈물을 다 쏟고 나자 어머니는 곧바로 조총련 본부에 가서 평양 방문 신청을 했다. 급사한 큰오빠의 무덤을 만들어주기 위한 특별 방문이므로 딸도 동행하게 해달라고 했지만, 나의 입국금지 처분은 풀리지 않았다.

어머니는 혼자서 건오 오빠의 무덤을 만들어주기 위해 비행기를 타고 북경을 경유해 평양에 갔다.

나는 서울로 날아갔다. 두 번째 작품의 포스트프로덕션을 맡아준 회사가 서울에 있었기 때문이다. 평양과 땅으로 이어진 서울에서 건강했던 시절 건오 오빠의 영상을 보면서 매일 편집 작업에 몰두했다. 부산국제영화제와 베를린국제영화제의 심사까지 시간이 없었다. 나는 눈물과 콧물로 뒤범벅된 얼굴로 '살아 있을 때' 건오 오빠의 모습을 화면으로 좇았다. 울고 있을 여유는 없었다.

2부

◎

너에게 보내는 마지막 편지 — 건아 오빠의 스텝 패밀리

이제 더는 오지 말자.

이 나라에 올 때마다 나는 그런 생각을 한다. 오빠들은 만나고 싶다. 하지만 그들의 슬픈 이야기는 듣고 싶지 않다. 보고 싶지도 않다.

북한에 올 때마다 내 마음은 흔들린다.

2001년 평양에서 친척들이 모두 모였을 때의 일이다.

오빠들이 기획하고 아버지가 돈을 댄, 아버지의 70세, 고희 축하연이었다. 아버지는 1927년생이니 원래라면 고희 잔치는 4년 전에 했어야 한다. 하지만 1990년대는 북한에서 아사자가 수백만 명 발생한 시기여서 "나라가 어려울 때 칠순 잔치 같은 건 할 수 없다"며 부모님이 연기했던 것이다.

한편으로 아버지에겐 다른 생각도 있었다. 자신이 건강할 때 평양뿐 아니라 지방에 사는 친척과 친구들을 잔치에 초대해 그들에게 '애국적 친족의 일원'이라는 '보험'을 들어주고 싶었던 것이다.

"건강할 때 한 번은 모두를 평양에 초대해야지."

이것이 아버지의 오랜 입버릇이었다.

처음 이야기를 들었을 때는 바보 같다는 생각밖에 들지 않았다. 하지만 잔치 당일, 나는 생각이 바뀌었다.

지방에 사는 친척과 아버지의 옛 친구들이 '조총련 간부의 잔치에 참석하기 위해 평양에 초대받았다'는 명예를 가슴에 품고 자랑스럽게 모여들었다. 참가자들은 수십 시간, 혹은 며칠씩 열차에서 시달리며 달려와주었다. 모두 고향이 남쪽인 재일조선인 1세와 그 자녀들이다. 전쟁 전에 한국에서 일본으로 건너가 '지상낙원'이라며 북을 찬양하는 흑색선전을 믿고 '귀국'한 사람들이다. 대부분의 친척들이 '귀국' 결심을 하는 데 아버지의 영향을 받았고, 그들이 '귀국'한 뒤로 부모님은 적은 돈이지만 꾸준히 송금을 해왔다.

평양에 온 우리에게 모두 기쁜 듯 다가와 인사를 했다. 그 모습을 보며 아버지의 심정을 조금은 이해할 것 같았다. 그러나 잔치에 참가한 기념사진을 집에 걸겠다고 말하는 사람들의 웃는 얼굴을 보니 내 마음은 복잡해졌다.

한 사람 한 사람 인사를 나눌 때였다. 나는 한 여자의 옷을 알아보고 말았다. 그녀는 예전에 내가 입던 옷을 입고 있었다. 꼼꼼한 어머니가 친척들에게 내가 입지 않는 옷을 보낸 모양이다. 몇 번이나 수선했다는 것을 알 수 있었다. 자세히 보니 친척 여자들 대부분이 내가 본 적 있는 옷을 입었다. 뭔가 느낌이 묘했다.

다른 테이블에서 한 여성이 내게 다가왔다. 건아 오빠와 같은 나이로 역시 오사카에서 '귀국'한 여성이었다. 인사를 하려는 내게 갑자기 속삭였다.

"너는 좋겠다. 돌아갈 수 있으니까."

나는 소름이 끼쳤다. '언제든 일본으로 돌아갈 수 있는' 내가 이 땅을 어슬렁거리는 것은 이 사람들의 마음을 심란하게 할지 모른다. 그렇게 생각하니 더 이상 그 자리에 앉아 있을 수 없었다. 나는 그후 무슨 일이 있을 때마다 그녀의 말을 떠올린다.

마찬가지로 '귀국'한 오빠의 어릴 적 친구들은 내 얼굴을 보자마자 그리운 오사카 시절 이야기를 나누고 싶어했다. 당시 펀치파마에 헐렁한 교복을 입고 껄렁껄렁 다니던 통칭 '보스'도 가슴에 배지를 단 당원이 되어 있었다. 예의를 차려 인사하는 내 귀에 대고 '보스'는 미소를 지으며 속삭였다.

"영희야, 일본에 꼭 돌아가라. 우리처럼 길을 잘못 들어서면 안 돼."

잔치를 하는 동안, '공식적인 평양 시민'을 연기하던 그들이 때때로 보여주는 무방비 상태의 대화와 표정을 잊을 수 없다. 전쟁 영화의 등장인물처럼 임기응변으로 행동하는 그들에게 머리가 숙여졌다. 어떤 경험이 이 '임기응변'을 습득하게 했을까. 일본에서 '귀국'한 약 9만 4천 명 가운데 1백여 명에 불과하지만, 나는 내 의지와 상관없이 그들의 본모습과 만나고 만 것이다.

*

"건아 오빠, 잠옷 파티 할까?"

"잠옷…… 뭐?"

"잠옷 파티."

1997년 가을, 이날 나는 둘째인 건아 오빠의 아파트에 있었다. 침실 마루에 뚫린 커다란 구멍을 판자로 막아놓은 아파트다.

내 눈앞에는 다섯 살이 된 선화가 있었다. 건아 오빠의 막내딸. 사랑스러운 선화. 나의 분신.

건아 오빠의 장남인 지성이는 이제 열두 살. 변성기도 시작되었고, 가장 어른스럽다. 차남인 지홍이는 일곱 살. 신나는 일이 있으면 금세 춤을 추기 시작하는 '익살꾸러기'다.

큰오빠인 건오 오빠와 그의 아들 운신도 있었다. 음악을 좋아하는 건오 오빠의 영향으로 어릴 때부터 피아노를 배웠다. 나이는 지홍이보다 한 살 아래다.

겐짱도 있다. 부인은 오지 못했지만 아들인 현과 영을 데리고 왔다. 장남인 현은 열세 살. 사촌들 가운데 가장 나이가 많다. 그 아이의 장래희망은 의사다. 동생인 영은 지홍이와 같은 나이로 지홍이보다 반년 빨리 태어났다.

방 한쪽엔 건아 오빠의 부인인 정순 씨가 미소를 지으며 앉아 있다. 그 옆에는 건오 오빠의 부인인 순옥 씨. 올케들은 오빠들이 "맥주!" 하면 바로 내오려고 대기하고 있다. 손님 대접하는 것을 지상 최고의 명령으로 삼는 이 나라에서 그녀들은 나와 함께 떠들썩하게 즐기기보다는 한발 물러서서 언제나 조용히 앉아 있다.

어디를 봐도 행복이 가득한 세 가족. 웃음은 끊이질 않고, 아이들도 순수하고 귀엽다.

하지만 여기는 일본이 아니다. 이것은 면회시간이 제한돼 있는 가족방문인 것이다. 이 사실을 떠올리면 내 마음은 무거워진다.

그래, 그러니까 파티다!

내가 '잠옷 파티'라고 말을 꺼내자 방 한쪽에서 올케들이 쿡쿡거리며 웃는다. 아이들도 "뭐? 뭐?" 하며 모여들었다.

"일본에선 잠옷 파티라는 걸 해. 모두 잠옷만 입고, 화장도 지우고, 놀다가 바로 잘 수 있는 상태로 모이는 거야."

"그래서? 그래서?"

"아무도 요리를 하거나 접시를 옮기거나 하지 않아. 술도, 주스도 마시고 싶은 사람이 알아서 마셔. 그리고 졸리면 그대로 자는 거야."

"양치질은?"

"그런 건 하지 않아요!"

아이들의 웃음소리가 통통 튀었다. 올케들은 어떻게 해야 좋을지
모르겠다는 듯 당황하면서도 웃고 있었다.

"정순 언니도, 순옥 언니도 같이 해요! 자, 빨리 화장 지우고 잠옷
으로 갈아입고 모이세요!"

나는 이날을 위해 외화 가게에서 사온 일본 맥주와 위스키, 과자들
을 기세 좋게 전부 탁자 위에 펼쳤다. 일본의 편의점에서도 살 수 있
는 가루비 과자와 나비스코 스낵 과자는 오빠들에겐 추억의 맛이며,
아이들에겐 평소 사달라고 조를 수 없는 비싼 간식이다.

"자, 파티 시작!"

음악을 좋아하는 건오 오빠의 부인이 노래를 부르기 시작한다. 그
소리에 맞춰 춤을 추는 지홍. 지홍이의 춤이 너무 괴상해서 모두 손
뼉을 치며 웃었다.

"지홍아, 너는 요시모토*에 들어가야겠다. 영희야, 네 가방에 이
녀석을 담아서 오사카로 데려가줄래? 훌륭한 코미디언이 될 테니!"

"지홍아! 같이 일본에 갈래? 가방 속에서 2, 3일 참을 수 있어?"

"정말이요? 나 일본 갈래! 배가 고플 테니 쌀을 들고 가방 속에 들
어가야지!"

다시 웃음소리가 커진다. 주먹밥이나 도시락이 아닌 "쌀을 들고"

---

* 요시모토 흥업. 오사카에 본사가 있는 연예기획사. 유명 개그맨이 대거 소속돼 있다.

라고 말하는 것이 조선 아이답다.

　건아 오빠가 내 눈을 보며 머리를 숙였다.

"정말, 미안하다"

"왜 그래, 데려가지 못한다는 거 뻔히 알면서."

"그게 아니라, 이렇게 이 나라에 와주는 것에 대한 감사의 인사야."

"뭐야, 새삼스럽게."

"일부러 찾아와주는데, 우리는 아무것도 해줄 수 없잖아. 그러면서 영희한텐 돈과 선물을 잔뜩 받기만 하고. 영희는 대신에 나쁜 이야기나 괴로운 이야기를 잔뜩 짊어지고 돌아가야 하잖니. 정말 얼굴을 들 수가 없다."

"그런 말, 하지 마."

"아니, 미안하다. 다시 한 번 말하고 싶다. 안 그러면 다신 안 찾아와줄 것 같아서 말이야."

　그럴 리가 있나. 분명 그런 대답을 듣고 싶겠지만, 내 입은 무거웠다. 지금 내 눈앞에 있는 이 사람들은 내 부모가 먹여 살리고 있다. 어머니가 열심히 싸서 부치는 일상용품과 옷, 영양식품 상자들. 그리고 돈. 어머니는 겨울이면 김치를 담그기 힘들 거라며 고무장갑을 챙기고, 손자들을 위해서 휴대용난로를 챙긴다. 어머니의 배려와 지원이 없으면 이들은 지금처럼 생활할 수 없다.

그럼, 부모님이 돌아가신 다음에는? 일본에 남는 건 나 혼자다. 내 어깨에, 언젠가는 이 모든 짐이 지워질 것이다. 그 무게를 알고 있기에 곧바로 '응'이라고 대답하지 못한다.

"……응, 또 올게."

언제나 대답하기까지 시간이 걸린다.

그렇지만 오늘은 잠옷 파티다. 이 나라에 있다는 사실을 잊어버리자.

선화가 방실방실 웃으며 다가왔다.

"있잖아요, 고모."

"선화야, 왜?"

"고모, 또 취했네요."

"괜찮아요! 고모는 선화 아버지랑 술 마시러 왔거든요!"

"그래서 우리 집에 올 때마다 술을 잔뜩 마시는 거예요?"

"그래요! 고모는 술하고 선화가 좋답니다!"

선화를 바짝 끌어당겨 아이의 볼에 내 볼을 비빈다. 아, 사랑스런 선화. 선화를 만날 때마다, 선화와 이야기를 나눌 때마다 '이 아이를 만나기 위해서라도 또 올지 모르겠다'고 생각하곤 한다.

어쩌면 선화를 만나는 것이 이게 마지막이 되지 않을까. 더 이상 선화의 얼굴을 못 보는 건 아닐까.

문득 노래 하나가 머리에 떠올랐다.

"있잖아, 고모가 선화한테 한국 노래 불러줄까?"

'한국'이라는 단어에 아이들이 화들짝 놀란다. 어린아이들도 '한국'의 모든 것이 금지라는 사실을 안다. 선화도 당황해서 아버지와 어머니의 얼굴을 쳐다본다. 건아 오빠가 크게 고개를 끄덕인다. 선화의 얼굴에 웃음꽃이 피었다.

"불러줘요. 고모!"

뭐가 시작되려나, 궁금한 듯 건오 오빠도 멍하니 나를 바라봤다. 겐짱은 관심 없는 듯 구석에 비스듬히 앉아 있으면서도 한편으론 내 노래에 신경을 쓰고 있다. 나는 취하기도 했고, 무척 기분이 좋아진 상태다.

"한국의 '015B'라는 밴드 노래인데 고모가 아주 좋아하는 거야. 자, 들어봐. 제목은 〈너에게 보내는 마지막 편지〉야."

너를 위한 마지막 노랠 불러야 할 때가 이젠 찾아온 것만 같아

간직하던 너의 선물은

모두 다 태웠어 끝없이 흐느끼며

후회는 않을게, 여태까지 모두 충분하니까

어느새 이미 나도 어른인걸

그냥 살다보면 가끔씩은 가슴 찢어지겠지

어차피 모든 각오 돼 있어

행복해야 돼 언제까지나

추억이란 건 항상 아름다울 테니

눈물 따윈 괜찮아

이젠 모두 잊을게

그대여 안녕

그동안은 너를 그리며

너무 힘들었지, 6년 동안 비틀거렸어

그렇지만 남이 가지지 못하는 추억을 우리는 가졌잖아

잠에서 깰 때면 시린 가슴속에 담밸 찾았지

오늘은 우연히 만날 수 있나

그렇게 지내다 너무 멀리 가버린 걸 알았지

어차피 그런 채로 살았어

행복해야 돼, 언제까지나

추억이란 건 항상 아름다울 테니

눈물 따윈 괜찮아

이젠 모두 잊을게

그대여 안녕

선화와 눈이 마주쳤다. 진지한 표정으로 나를 본다. 마치 어린 시절 내 모습 같다. 니가타 항에서 오빠들을 배웅하던 여섯 살 나.

여러 감정이 뒤섞여서 눈물이 끊이지 않았다. 가장 밝은 건아 오빠의 얼굴이 눈에 들어왔다. 울면서 웃는다.

선화에게 노래 선물을 할 생각이었는데, 오히려 선화에게 위로를 받는다. 지성이가 옆에 다가왔다. 눈이 마주치자 지성이가 방긋 웃었다. 다른 아이들은 놀라서 멍하니 있지만, 지성이는 벌써 어른이다. 선화가 티슈를 가져다주었다. 그걸로 눈물을 닦고 코를 풀면서 모두에게 물었다.

"어때? 좋은 노래지? 가사도 멜로디도 좋아."

선화도 노래가 마음에 든 모양이었다. 선화는 계속 노래하면서 우는 내게 미소를 보내주었다.

"너에겐 너의 인생이 있어. 영희야, 더 이상 무리하지 않아도 된다."

건아 오빠가 울다 웃다 뭉개진 얼굴로 말했다.

왜 나는 울기만 하는 걸까. 왜 울지 않으면 안 되는 걸까. 왜 나보다 더 울고 싶은 사람들 앞에서 울고 마는 걸까.

나에겐 '다른 사람들이 갖지 못한 추억'만 있다.

'후회는 않을게, 여태까지 모두 충분하니까'라고 말하면 될 텐데, 그렇게 말하지 못하는 내가 있다.

나에겐 다른 사람들이 가진 추억이 없다. 왜냐하면, 오빠들이 바다 건너 떠나버렸기 때문에.

＊

"건축가가 되고 싶어."

건아 오빠가 선언한 것은 열여섯 살 가을이었다. 중학교 3학년이 었던 오빠는 당당히 선언했다. 그렇다고 해도 나는 당시 여섯 살이었 기 때문에 그때 일을 정확히 기억하지는 못한다. 어머니가 들려준 이 야기다.

당시 재일조선인이 건축가가 된다는 건 이루지 못할 큰 꿈이었다. 조선대학교에 진학해 조선학교 선생이 되거나, 조총련 직원이 되거 나, 아니면 파친코 업계에 몸담거나. 직업 선택의 자유라는 건 꿈도 꿀 수 없었고, 기대도 하지 말아야 한다는 걸 모두가 알고 있었다. 꿈 을 실현하기 위해서는 '지상낙원'에 갈 필요가 있었다. 여기선 바랄 수 없는 것들이 거기선 가능했다.

"건축가가 되고 싶어."

따라서 건아 오빠의 이 말은 일본을 떠나겠다는 뜻이었다. 그것은 재일조선인으로서는 단 하나의 선택을 의미했다.

조국으로의 귀환.

건아 오빠는 얼떨결에 같이 "귀국하겠다"고 말한 동생 겐짱을 데리고 1971년 가을, 니가타 항에서 배를 타고 저 나라로 건너갔다.

그리고 귀국 10년 후, 건아 오빠는 첫 번째 결혼을 한다.

건아 오빠가 맞이한 여자는 같은 귀국자 출신인 M씨였다. 가늘고 긴 눈을 가진 단아한 얼굴로 평양에 사는 귀국자들 사이에서 모르는 사람이 없었다는 여성이다. '누가 M을 차지할 것인가'가 남자들 사이에서 화제였다고 한다.

첫 방문 때 건아 오빠는 신혼이었다.

"오빠, 미인이랑 결혼했네."

"그렇지?"

싱글벙글 웃는 건아 오빠. 웃음으로 주름진 얼굴이 아버지랑 꼭 닮았다. 그랬다. 오빠는 아버지의 유전자를 가장 많이 물려받았다.

제일 위의 건오 오빠는 우울함이 짙게 밴 미소년. 껄렁한 데가 없고, 약간은 우수 어린 얼굴로 클래식 음악과 문학에 대해 조용조용 이야기한다. 이런 남자에게 빠져드는 여성은 세상에 널렸다. 여자에게 그다지 관심이 있는 것도 아닌데 본인이 의식하지 못하는 사이 인기를 얻는다. 그게 건오 오빠다.

제일 어린 겐짱은 열네 살 때부터 북한에서 살았지만 언제 만나도 '북한스러움'이 느껴지지 않는다. 키 180센티미터가 넘는 겐짱에게 맞는 기성복이 없다는 이유도 있겠지만 인민복을 좋아하지 않아서 어머니가 보내주는 천으로 만든 양복을 입는다. 북한의 배지를 옷깃에 달지 않으면 아무도 북한 사람인 걸 눈치 채지 못할 것이다. 의식적으로 겉모습에 신경 쓰는 듯하다.

언뜻 보기에 문제는 건아 오빠였다.

"형제들 중에 내가 가장 못생겼지."

건아 오빠는 늘 그렇게 말했다. 무슨 일이 있을 때마다 "엄청 못생긴 나지만……" 하고 수식어처럼 이 말을 갖다 붙인다.

"이젠 머리도 많이 빠졌어. 끝난 거지."

웃느라 주름진 얼굴로 이렇게 말할 때마다 나는 언제나 솔직하게 대꾸했다. 실은 형제들 가운데 가장 인기 있는 사람이 누구냐 하면, 바로 건아 오빠였다.

내가 그 사실을 실감한 것은 건아 오빠가 북한에 가버린 후였다.

오사카에서 어디를 가든 건아 오빠를 아는 사람들을 만난다.

"건아는 잘 지내니?"

동급생 남자들은 물론이고 여자들도 내게 말을 건넨다. 건아 오빠가 자주 가던 오코노미야키 가게 아주머니에다 손님들, 성실한 동급생들, 펀치파마를 한 한눈에 봐도 무섭게 생긴 오빠들까지. 본 적도 없는 아주머니가 "비밀인데, 나 건아하고 자주 술 마시러 갔었다"라고 말했을 때는 깜짝 놀라서 입이 다물어지지 않았다. 그때 나는 고등학생이었기 때문에 한층 더 놀랐다. 그렇구나, 건아 오빠는 내 나이에 술을 마시러 다녔구나. 게다가 연상의 여인과!

생각해보면 일본에 있을 때도 건아 오빠 주변에는 언제나 사람들이 많았다. 조용한 성격의 건오 오빠나 쿨한 겐짱과 달리, 건아 오빠는 항상 사람들과 떠들썩하게 지냈다. 좌흥을 돋거나 분위기를 띄우는 데 선수다. 그래서 발도 넓다. 그러고 보니 오사카 역에서 니가타행 열차를 배웅하던 건아 오빠의 동급생들 중에 돌연 "가지 마! 양건아~!"라고 울부짖던 여학생도 있었던 듯하다. 건아 오빠를 따라 북한에 가고 싶다는 마음을 전하러 오사카 우리 집까지 어머니를 찾아온 여학생도 있었다. 방바닥에 손을 짚고 어머니에게 큰절을 하면서 "어머니가 가라고 하시면 저는 건아 씨를 따라 귀국하겠습니다"라고 말하는 바람에, 어머니가 당황해서 말린 일도 있었다.

'귀국자 중 최고의 미인'을 차지했다고 들었을 때도 건아 오빠라면 그 정도는 할 수 있을 거라고, 쉽게 수긍이 갔다. 그리고 건아 오빠가 적극적으로 M씨를 꼬셨을 거라고도 짐작이 갔다. 건아 오빠는 극단적으로 미인을 좋아한다. 중병이라고 할 만하다. "엄청 못생긴 나지만"이라고 말하면서 미인밖에 눈에 안 들어온다니! 여동생인 내가 봐도 질릴 정도지만, 건아 오빠가 인기 있는 이유도 여자로서 이해가 간다.

건아 오빠는 항상 남을 배려하는 사람으로 상대방을 즐겁게 하는 것을 가장 중요하게 여긴다. 돈이 있으면 앞뒤 생각하지 않고 상대를 위해 다 써버린다. 언제나 주변 사람들이 웃는 모습을 보고 싶어 한다. 그리고 애교가 있다. 그렇게 해서 M씨의 마음도 완전히 사로잡고 말았다. '미녀와 야수' 커플의 탄생이었다.

내가 M씨를 만난 것은 건아 오빠와 결혼한 후였다. 조총련 가정방문단으로 북한에 갔을 때 아파트를 방문하니 M씨가 있었다.

"여배우가 세트장 부엌에 들어가 있는 것 같아."

M씨의 첫인상이 그랬다. 북한의 허름한 아파트 작은 부엌에, 피부까지 투명한 미인이 서서 익숙지 않은 손놀림으로 요리를 하고 있었다.

"어때, 미인이지?"

건아 오빠는 입만 열면 이렇게 말하면서 웃었다.

오빠는 집에다 미인을 장식해놔서 기쁜 모양이다.

정말로 M씨는 인형 같았다. 북한에서 살면서도 생활 감각이 없는 사람이었다. 하지만 가족끼리 사이좋게 지낸다면 그걸로 충분하다. 오빠의 행복해 보이는 얼굴을 보니 나도 행복했다.

북한은 겉으로는 자유연애, 자유결혼 제도이다. 하지만 실정은 그렇지 못하다. 계층이 몇 개로 나뉘어 결혼도 절반은 계층에 따라 결정된다. 사회의 밑바닥에 ‘출신성분’이라는 사고가 깔려 있는 것이다. 일본에서는 ‘신분’이라고 해석할 수 있을까. 1950년대부터 존재해온 시스템인 듯, 어떤 그룹에서 태어났느냐로 장래가 결정된다.

계층은 대략 세 개로 나뉜다. 첫 번째는 북한 건국 당시 노동자와 빈농, 애국열사의 가족 출신인 사람과, 조선노동당 출신인 ‘핵심계층’, 두 번째는 지식인, 민족자본가, 중농, 상인으로 이루어진 ‘동요분자’인데 이들은 ‘요 감시대상자’로서 당국의 감시를 받는다. 세 번째는 ‘적대분자’, 해방 전 지주나 기독교 신자, 친일분자나 친미분자가 여기에 해당한다. 그들은 ‘특별감시대상자’다.

귀국자는 오랫동안 ‘동요분자’로 여겨져 왔다. 당사자들도 바랐고, 조국도 원한다고 믿었던 ‘귀국자’는 북한 입장에서 보면 자본주의 사상과 타락한 생활을 들여오는 반란분자였다. 조금이라도 이상한 행동을 하면 그 즉시 ‘적대분자’라는 꼬리표가 붙었다. 그리고 같은 출신성분끼리 서로 감시하게 했기 때문에, 같은 계층의 북한 사람들도 대개 미심쩍은 눈으로 이들을 바라보았다.

오빠들이 갔을 때는 그나마 귀국자에 대한 비난 공세가 조금 누그러든 상태였지만 현지인들은 귀국자들을 뒤에서 이렇게 불렀다.

'귀포.'

'귀국동포'를 줄여서 '귀포'다. 비슷한 발음인 '기포'라고도 불리는데, 이는 '거품'이라는 뜻이다. 귀국자는 거품처럼 금방 사라질 수 있다. 언제라도 없애버릴 수 있는 존재다. 자신들보다 낮게 보고 멸시하는 의미에서 그리 부르는 것이다.

귀국자는 귀국자대로, 북한보다 발전한 나라에서 왔다는 자부심이 있다. 그래서 현지인들을 '원주민'이라고 부르며 깔보았다.

"나를 원주민하고 똑같이 보지 마라."

귀국자끼리 모여서 술을 마시면 반드시 누군가가 입에 올리는 농담이다.

출신성분의 벽을 넘고 싶어서 당 간부의 자제와 결혼하려고 애쓰는 여성들도 많다고 한다. 출신성분이 낮은 귀국자는 결혼상대로 그다지 인기가 없지만, 그럼에도 경제적으로 빈부격차가 엄청난 상황에서 살아남기 위해 '일본에서 정기적으로 돈을 보내오는 귀국자'는 혼담도 잘 들어온다고 한다.

김정일은 귀국자인 고영희를 정식 처로 맞이해 센세이션을 일으키기도 했다.

*

　가족 모두가 귀국한 M씨는 일본에서 소액이지만 꾸준히 돈을 보내오는 귀국자 집안에 시집온 셈이다. 시부모는 아들들을 모두 조국에 바친 모범적인 조총련 간부. 귀국자끼리의 결혼으로 치자면 '좋은 집안에 시집온' 셈이 될 것이다. 결혼 후 어머니가 보내는 소포 상자를 열 때마다 M씨도 자신의 선택에 만족했을 것이다.

　결혼하고 4년이 지나 건아 오빠가 서른 살이었을 때, M씨가 첫아이를 낳았다. 양지성. 남자아이다. 장남을 키우면서 M씨는 육아와 살림을 간신히 병행해나갔다.

　그리고 그로부터 5년 후, 두 번째 아이를 낳았다. 양지홍. 또 아들이다. 둘째를 낳은 후 M씨는 더욱 눈에 띄게 육아를 내팽개치다시피 했다. 젖먹이인 지홍이를 두고 자주 외출을 했다. 점집에도 다니고, '인생의 어려움을 서로 이해해주는 사람들'의 모임에 열심히 얼굴을 내밀었다고 한다. 엄마를 찾으며 우는 젖먹이를 팽개쳐두고. 그리고 그 젖먹이 동생을 안고 배가 고파 어쩔 줄 모르는 장남에겐 눈길도 주지 않은 채 M씨는 열심히 집밖으로 나돌았다.

　결혼하고 10년도 되지 않아 건아 오빠의 '행복'한 마법은 완전히 풀렸다.

*

하루는 건아 오빠가 집에 돌아오니 이상하게 아무 소리도 들리지 않았다고 한다. 부엌에서 요리하는 소리나 아이들이 떠드는 소리도 나지 않았다. 왜 이렇게 조용할까, 이상하다 싶어 문을 열어보니 어두운 방 안에서 지성이가 벌떡 일어났다.

"누구야?"

"무슨 일이야? 왜 이렇게 어두워. 엄마는?"

"아버지?"

"엄마는 어디 갔어?"

지성이가 소리 높여 울기 시작했다.

지성이는 M씨가 지금까지 본 적도 없는 커다란 가방을 가지고 집을 나갔다고 말했다.

"무슨 말 없었니?"

지성이가 고개를 저었다.

건아 오빠는 웬일인지 놀랍지 않았다고 했다. 어렴풋이 뭔가가 끝나버렸다는 것을 느끼고 있었던 것이다. 건아 오빠의 노력으로 어떻게든 바뀔 수 있다면 애를 써볼 수도 있다. 하지만 M씨의 불만은 이미 그렇게 해서 해소될 차원이 아니었을 것이다.

"배고프다. 뭐 좀 먹자. '하라가 헷테와 이쿠사가 데키누*.' 아버지가 태어난 나라에선 이렇게 말하지."

"아라가 엣테와?"

"그러니까, 아무리 힘들 때라도 뭐든 먹어야지 힘을 낼 수 있다는 말이야."

건아 오빠는 능숙하게 냄비에 물을 끓여 쌀을 넣고 죽을 만들었다. 끓인 물을 조금 남겨 우유병에 담고 지홍이의 분유를 탔다.

우선 지홍이부터. 지홍이가 기세 좋게 분유병을 빤다. 눈동자가 이리저리 움직인다. 엄마를 찾는 걸까?

건아 오빠는 아내가 두 아이를 두고 집을 나갔다는 사실을 깨달았다. 그리고 두 번 다시 돌아오지 않을 것이 확실했다.

*

오사카에서 어머니와 함께 평양으로 달려갔다.

그렇지만 니가타 항에서 만경봉호를 타고 가는 배 여행이다. 오사카에서 평양까지 짧아도 사흘은 걸린다. 손에 든 짐은 대량의 분유와 기저귀. 남겨진 젖먹이 손자가 걱정된 어머니는 평양에 도착할 때까

---

* 배 고프면 전쟁도 할 수 없다.

지 안절부절못했다.

평양에 도착해서도 곧장 건아 오빠네 집에 갈 수는 없다. 평양 시내에 있는 수하물검사소를 통과해야 하는 것이다.

만경봉호에서 내린 일행은 곧바로 평양행 버스에 태워진다. 개인당 10개부터 30개까지의 종이상자를 가져가기 때문에 화물은 별도 차량으로 평양 수하물검사소로 옮겨진다.

상자를 무작위로 몇 개 골라 열어보고 통과되는 널널한 검사가 아니다. 20개면 20개 전부 포장을 뜯어 거꾸로 쏟아낸다. 그야말로 속옷 한 장, 양말 한 짝까지 세세히 체크하는 것이다.

그들이 걱정하는 것은 '메이드인 코리아' 라벨이다(웬일인지 '메이드인 USA'와 '메이드인 재팬'은 허락된다). '메이드인 코리아'가 발각되면 그 즉시 몰수. 북한 사람들은 모두 한국이 유복한 나라라는 것을 알지만, 공식적으로 한국은 최빈국으로 여겨진다. 한국이 질 좋은 공산품을 만들어낸다는 것이 이런 물건들을 통해 공공연한 사실로 드러나는 것을 두려워하는 것이다.

물론 짐을 가져가는 사람들도 이 사실을 알고 있어서 사전에 태그를 가위로 전부 오려낸다. 그런데 워낙 많은 양을 가져가기 때문에 개중에 빠뜨려서 미처 잘라내지 못한 것들이 섞이기도 한다. 그 자리에서 잘라내면 만사 OK일 거라 생각하지만 이 나라에서 그런 융통

성은 기대할 수 없다. 이것도 몰수다.

상자 틈새를 메우기 위해 꼬깃꼬깃 구겨 넣은 신문지도 몰수된다. 신문지 조각이 발견될 때마다 담당자들이 눈에 띄게 예민해지기 시작하는 게 보인다. 아무리 작은 정보라도 철저하게 막아내는 것이 그들의 가장 큰 임무인 듯하다.

그래서 비디오나 DVD, CD 등의 기록물도 문제가 된다. 예를 들어 가족의 결혼식 기록을 담은 것도 일단은 전부 몰수다. 검열을 통과한 것만 한 달 후쯤 수취인에게 전해진다. 대체 이 작업에 얼마나 많은 인원과 시간을 할애하는 것일까.

'장군님 덕분에 세상에 부러울 게 없다'는 슬로건을 내걸면서도 작은 '메이드인 코리아' 태그까지도 잘라내게 한다. '조국은 당신들 동포를 감싸 안는다'는 슬로건이 창고 벽에 걸린 걸 보면 화를 내는 것도 바보 같다는 생각이 든다.

일본에서 북한에 갈 때는 조총련의 허가를 받아야 한다. 적어도 가기 한 달 전에 조총련에 신청서를 제출해야 한다. 비용은 25만 엔에서 30만 엔. 그 외의 경비와 현지 체류비용, 가족에게 전할 돈, 담당 간부의 주머니에 몰래 찔러줄 돈까지 필요하니 한 번 갈 때마다 비용은 한 사람당 총 1백만 엔. 이것이 북한에 가족이 있는 방문자들이 쓰는 평균 비용이다. 물론 수백만 엔의 현금을 들고 가는 사람도 있다.

조총련이 전담하는 배 여행이기 때문에 배 안에는 귀국자를 만나러 가는 가족뿐이다. 그 수가 약 1백 명. 그들이 전원 평양 수하물검사소에 모이는 것이다. 한 명이 가져가는 종이상자가 평균 20개니 대략 2천 개. 2천 개의 종이상자가 휑하니 넓은 창고에 쌓여 있는 모습은 압권이다.

아침 일찍 원산항을 출발해 평양에 도착하는 것은 저녁 무렵. 거기서 집요하고 세세한 수하물검사가 시작된다.

창고는 대략 다섯 개의 그룹으로 나뉘고, 도착한 사람들 1백 명도 상자를 따라 다섯 개 그룹으로 갈라진다. 모든 수하물검사가 끝날 즈음이면 이미 해질녘이다. 모든 것이 끝나지 않으면 이동하는 것도 허용되지 않으므로 1백 명 전부 창고 안에서 기다려야 한다. 그렇게 수하물검사로 반드시 하루가 소모된다.

몇 번씩 수하물검사를 경험한 어머니는 수하물검사 담당자와도 낯이 익다. 익숙하게 성큼성큼 다가가 얼굴을 아는 사람에게 얼른 돈을 쥐여준다.

"술 먹지 말고 이걸로 쌀이라도 사요."

마치 그 청년의 부모라도 되는것처럼 말한다.

담당자는 씽긋 웃으며 어머니를 맨 앞에 세워준다. 이 나라에선 팁이 모든 걸 말한다. 어머니도 그 사실을 안다. 얼굴을 익힌 그 청년의 힘든 사정도 알고 있다. "담당자를 잘못 만나면 눈도 마주치지 못해." 그렇게 말하면서 어머니는 웃는다. 실제로 "저 사람은 물건을 마구 다뤄서 안 돼!"라며 어머니가 피하던 검사관들은 인생의 스트레스를 전부 수하물에 푸는 듯 함부로 다뤘다. 쓰레기라도 만지는 것처럼 상자를 휙 뒤집어서 정성스레 싸둔 포장을 찢고 내용물을 쏟아붓더니 그것들을 다시 상자에 쑤셔박고 테이프로 대충 쌌다. 검사받는 방문객은 몰수되는 게 두려워 아무 불평도 하지 못한 채 아연실색 바라보는 수밖에 없다.

어머니가 눈짓으로 지명한 검사원들이 우리의 종이상자를 열어볼 때였다. 서너 명이 팀을 이뤄 상자를 열어나가는데 따뜻해 보이는 스웨터가 나오자 다들 '와' 하고 함성을 질렀다. 그들도 목구멍에서 손이 나올 만큼 갖고 싶은 것이다.

"어머니의 수하물은 언제나 깔끔하네요. 다음엔 저도 이런 물건 하나 보내주세요"

농담 반 진담 반으로 말했다.

검사원들이 어머니의 수하물은 정리를 잘 해놓아서 검사하기도 수월하다고 말한다. 그러나 그들의 작업은 정성스레 포장한 물건을 뒤집어엎고 하나하나 꼼꼼히 체크하는 것이다. 즐거운 일일 리 만무하다.

검사를 기다리는 방문객들은 완전히 지친 모습으로 창고 바닥에 쭈그려 앉아 있다. 한편에선 눈에 불을 켜고 검사를 하는 북한의 검사원들. 어느 누구도 행복하지 않은, 기묘한 시간.

＊

건아 오빠네 집에 도착하자마자 어머니는 고개를 크게 저었다.

"이대로는 안 된다. 지홍이가 불쌍해."

건오 오빠와 겐짱의 부인이 교대로 집에 와서 지홍이를 봐준다고 했다. 건오 오빠의 부인 순옥 씨는 장남인 운신이를 막 낳은 상태였다. 겐짱 집에는 지홍이보다 한 살 위인 아이가 있다. 양쪽 다 아직 모유가 나온다.

"지홍이의 눈이 흔들리는구나. 엄마를 찾는 모양이지. 누구한테 안겨도 두려운지 눈빛이 불안정하네. 계속 저렇게 두면 안 된다. 얼른 새엄마를 찾아줘야지. 아이 성격만 이상해진다."

아이를 여럿 키워온 어머니다운 관찰력이었다. 당장이라도 이 아이만 사랑해줄 어머니가 필요하다. 이 아이만 안아줄 엄마가.

어머니가 건아 오빠에게 말했다.

"빨리 새 사람 찾아라."

내가 이혼했을 때 곧바로 전 남편 사진을 태운 어머니다. 체념할 건 체념하고 빨리 해결책을 강구하는 어머니의 특기는 여전했다. 안 되면 다음! 그래도 안 되면 그 다음! 이 건강한 긍정주의에 우리 남매 는 구원받았다.

실제로 북한에서 결혼은 사활이 걸린 문제였다.

일반적인 북한 가정에서는 '물'을 확보하는 일이 무척 힘들다. 기 본적으로 평양시에서는 새벽 두 시간이 급수시간으로 정해져 있지만 날에 따라, 지역에 따라 물이 나오는 시간도 제각각이어서 누군가가 집에서 대기하고 있다가 물을 받아두어야 한다. 물이 없으면 요리도 할 수 없다. 물론 목욕도 할 수 없고, 화장실 사용도 어렵다.

정전도 당연한 일이므로 해 지기 전이나 전기가 들어오는 동안에 집안일을 마쳐야 한다. 매일 암시장 가격으로 식료품을 살 수는 없으 니 평상시 농가에 다니는 사람과 연락을 취하거나 식당의 운영자나 종업원을 통해 값싼 식재료를 공급받곤 하는데, 거기에도 끈기와 인 내가 필요하다. 아파트 한 채에 판을 벌인 간판 없는 상점이나, 아르 바이트로 배달 일을 하는 주부들과 친하게 지내면서 일상용품이나 식료품을 사거나 교환을 해야 한다. 밖에서 일하는 아버지 이상으로 어머니의 인맥과 생활력이 자녀의 양육 환경을 좌우한다. 결혼하는 상대 여성의 처세술에 따라 가족의 건강과 생활수준도 달라진다고 할 수 있다.

게다가 건아 오빠네 집에는 한 살도 안 된 젖먹이 지홍이와, 아직 엄마 손이 필요한 다섯 살 지성이가 있다. 두 아이에게도 엄마는 필요했다. 형수와 제수의 손을 빌리는 데도 한계가 있다. 그들에겐 그들의 생활이 있다.

어머니가 분개하면서 말했다.

"다른 사람들이 없을 때 건아한테 강하게 얘기했다. 얼굴 보고 결혼해서 이렇게 됐다고. 이렇게 된 건 네 책임이기도 하다고."

"건아 오빠 뭐래요?"

"그렇긴 하지, 라고는 했지만, 그애는 여자 얼굴만 따지니까 재혼도 똑같이 반복하지 않을까 걱정이 되어서 미리 못 박아뒀다."

"뭐라고요?"

"네 취향대로 선택하는 건 이제 안 된다고"

나는 웃음이 터졌다.

"너 말고 지성이랑 지홍이한테 새엄마를 선택하게 해라, 그랬더니 건아가 웃더라. 아이들이 따르지 않는 사람은 절대 안 된다고. 그 어린 아이들을 그냥 두는 건 너무 불쌍하니, 아이들이 따르는 사람을 택하라고 말이다. 그 점만은 분명히 짚고 넘어가야 한다고 신신당부했다."

예전 일본에서 흔히 볼 수 있었던 '중매 아주머니.' 북한에도 그런 아주머니가 있다. 건아 오빠가 신청을 했는지, 아니면 어머니가 손을 쓴 건지 분명하지 않지만 '중매 아주머니'가 후보 몇 사람을 데리고 왔다.

어머니도 못을 박았고, 아이들 문제도 있었다. 건아 오빠는 결혼할지 말지를 먼저 아이들에게 물어봐야겠다고 생각했다. 건아 오빠는 곧 여섯 살이 되는 지성이를 불렀다.

"아버지가 결혼할까 하는데, 어떨까? 지성이나 지홍이한테도 어머니가 필요하다고 보는데. 지성이 생각은 어떠냐?"

지성이는 숨을 한 번 들이마시고 아버지의 눈을 보며 말했다.

"동생을 위해서라도 결혼했으면 좋겠어."

중매 아주머니가 추천한 여성들이 차례로 찾아왔다.

잘생기지도 않은 데다 애까지 딸린 남자한테 시집오겠다는 여자가 몇이나 있을까 싶었지만, 북한에서 건아 오빠는 우량 상품이었다.

무엇보다 정기적으로 일본에서 물건을 보내주는 시어머니가 있었다. 좋은 물건을 잔뜩 보내는 어머니의 존재는 일반적인 북한 사람들이 볼 때, 그것만으로도 플러스 알파였다. 살아남기 위해 좋은 조건을 선택한다. 자본주의 사회에서 여자들이 결혼상대의 수입에 연연하는 것 이상으로 이 나라에선 절실했다.

새로 온 엄마는 정순 씨라고 했다. 무엇보다 동생인 지홍이가 잘 따르고, 지성이도 새엄마를 신뢰하는 듯했다. 지홍이가 엄마 품에 안겨 편안하게 젖병을 빠는 모습은 주변의 우리들을 안심시켰다.

언젠가 어머니가 절절하게 말했다.

"건아네는 다행이야. 새엄마랑 잘 지내면서 지홍이도 지성이도 안정을 찾은 것 같고. 그런 데다……."

"그런 데다?"

"얼마 전 건아가 전화를 했는데, 아무래도 정순 씨가 임신한 모양이야."

여자아이가 태어났다. 남자형제들 틈에서 처음 태어난 여자아이였다. 태어난 아이에겐 '선화'라는 이름이 붙여졌다.

어머니도 각별히 기쁘셨는지 북한에 보낼 물건을 싸는 데 여념이 없었다. 귀여운 꽃무늬 셔츠에 헬로키티 잠옷, 프릴 달린 양말에 새빨간 점퍼.

"여태껏 예쁜 옷을 봐도 남자아이들에게 보낼 순 없었잖니. 영희 때 사보고 처음이구나. 예쁜 옷들을 살 생각만으로도 여자는 기분이 좋아지는 법이지. 처음 생긴 손녀딸이니, 뭐든 사주고 싶다."

"그렇지만 그 나라에서는 너무 눈에 띄는 옷을 입히는 것도 별로

안 좋잖아요?"

"괜찮다! 예쁘면 됐지. 여자애가 예쁜 옷을 안 입으면 어쩐다니."

*

예쁜 옷은 절대 입지 않게 된, 어머니의 불량한 딸은 홀로 인생의 기로에 서 있었다. 곧 서른 살이 되는데 인생의 앞길이 전혀 보이지 않았다. 극단에서 무대에 서게 되었지만 내가 연극을 계속하고 싶은지 어떤지 잘 모르겠다. 연극판에서 살았지만 여배우로서 계속 살아가고 싶은지 어떤지도 알지 못하는 상태였던 것이다.

내가 소속된 극단은 조선대학교 출신이 설립한 것이었다. 따라서 무대에서는 조선어와 일본어, 두 언어로 공연하는 일도 많았다.

두 가지 언어로 연극을 하기에, 무대에 서는 것은 재일조선인뿐이었다. 조명이나 음향 담당, 뒤에서 일하는 스태프 중에는 일본인도 더러 있었지만 배우로는 한 명도 없었다.

하지만 이런 상태로는 활동 반경이 넓어질 수 없다고, 막연하게나마 생각하던 것을 어느 날 모두에게 말했다.

"일본인 배우를 무대에 세우면 어떨까요? 극단에 들이는 겁니다. 다른 극단 배우들에게 객원 출연을 부탁하거나, 우리가 다른 극단에서 연기를 하는 것도 좋고요. 그렇게 좀 더 활동 반경을 넓히면 재미

있지 않겠어요?"

나름대로 괜찮은 제안이라고 생각했다. 나와 마찬가지로 모두가 고립감을 느껴왔을 것이다. 우리는 결코 '닫힌' 활동을 지향해온 게 아니다. 일본인이 무대에 서는 것만으로 극단의 활동은 더욱 활발해질 것이다.

모두가 열렬히 찬성해줄 거라고 생각했는데 웬일인지 모두 떨떠름한 표정이다. 핵심 멤버 중 한 사람이 입을 열었다.

"그건 불가능한걸."

"왜요?"

"스태프라면 모를까, 일본인은 무대에 설 수 없어. 우리는 조선어로도 연기를 해야 하고……."

나는 물러서지 않았다.

"그건 이상하잖아요? 우리가 쓰는 조선어도 네이티브가 아니라 조선학교 선생님께 배운 거잖아요. 한국에서 유학을 했거나 한국어를 제대로 배운 일본인은 어떨까요? 국적이 어떻든 조선어를 할 수 있고 연기력만 좋다면 상관없잖아요?"

극단 내에서 의견이 갈릴 것을 예상하고 꺼낸 얘기였다. 그러나 내 의견에 찬성하는 사람은 없었다.

"우리 극단의 연극은 재일조선인이 아니면 연기할 수 없어. 일본인은 한(恨)을 몰라."

나는 한동안 할 말을 잃었다.

"진심으로 하는 말씀이세요? ……그런 생각 불쾌하네요. 극단을 그만두겠습니다."

그날로 나는 짐을 쌌다. 더 이상 오사카에 있고 싶지 않았다. 도쿄로 간다. 아무런 계획이 없었지만 그것이 유일한 답처럼 여겨졌다.

어머니에겐 도쿄에서 취직이 되었고, 사무실로 출근한다고 거짓말을 했다.

도쿄 다카다노바에 있는 6조*짜리 원룸아파트. 내 새로운 보금자리였다. 조선대학교 시절 기숙사 생활 이래 첫 도쿄 생활이다.

극단 활동밖에 한 적 없는 나는 도쿄에 가서도 그것밖에 생각하지 못했다. 무모하게도 마침 1기생을 모집하고 있던 기타쿠쓰카코헤이 극단에 응시했다.** 2차 심사까지 합격하고, 쓰카 씨가 면접을 봤다. 내 이력서를 보면서 쓰카 씨는 말했다.

"양영희 씨……. 자네, 도쿄에서 연극한다고 이렇게 다녀봤자 고생만 할 뿐이야. 오사카에서 학교 선생을 하는 편이 낫지 않나?"

* 집의 너비를 재는 단위로 바닥에 까는 다다미 크기가 기준임. 1조는 세로 180×가로 90cm.
** 1994년 극작가 쓰카 고헤이가 설립한 극단.

결과는 당연히 불합격. 쓰카 씨에게 그런 말을 들었다고 해도 별 뾰족한 수가 있는 것도 아니고, 나는 도쿄에서 아르바이트를 하면서 극단을 더 찾아보기로 했다.

돈이 필요했다. 찻집에서 낮 동안 아르바이트를 해선 생활이 불가능하기에 밤 아르바이트를 시작했다. 신주쿠의 가라오케에서 청바지 차림으로 아침까지 맥주잔을 날랐다.

술도 좋아하고, 낯가림도 없는 편이라 내게 딱 맞는 일이라고 생각했다. 그런데 막상 시작해보니 힘들었다. 억지로 웃느라 생긴 스트레스 때문에 위장 약을 먹는 나날이 이어졌다.

나를 좋게 본 손님이 "영희 씨가 같이 마신다면 샴페인 한 병 주문할까"라고 말해도 "술은 못 마십니다"라고 거짓말을 할 정도였다.

반년쯤 지난 어느 날, 몸 전체에 두드러기가 났다.

깜짝 놀라서 병원에 가니 풍채 좋은 의사선생님이 내 눈을 보며 물었다.

"갑자기 생활이 바뀌거나 하진 않았나요?"

도쿄로 나온 뒤로 아침 5시 반까지 신주쿠에서 일했다. 자전거를 타고 다카다노바바의 허름한 아파트로 돌아가면 이미 아침 6시가 넘은 시각. 술은 마시지 못한다고 거짓말을 했지만, 도저히 거절할 수 없어서 마실 때도 있었다.

"그 일을 하신 지는 얼마나 됐나요?"

도쿄에 나온 지 반년. 나는 아무런 목적 없이 그저 돈을 벌기 위해 일하고 있었다. 어쩌면 단순히 시간을 보내고 있었는지도 모른다.

"지금이라면 아직 늦지 않았습니다. 몸이 지금 생활에 거부반응을 일으켰다고 생각하십시오."

받은 약을 먹고 가게를 하루 쉬었더니 두드러기는 거짓말처럼 사라졌다.

얼마 안 되는 연줄을 동원해 몇 번인가 극단 문을 두드렸지만 잘 안 풀렸다. 아르바이트를 관둬도 할 일이 없었다.

마침 그때 가게에서 알게 된 재일조선인 S씨가 "그럼 내가 아는 연예인 기획사를 소개해줄게"라고 제안했다. 지푸라기라도 잡는 심정으로 면접을 보러 갔다.

엑스트라든 뭐든 한다, 그런 마음이었다.

40대 중반이 넘은, 회색 줄무늬 양복을 입은 사장이 나왔다. 단조로운 표정으로 내 이력서를 꼼꼼히 들여다봤다.

"음, 키도 크고 아직 서른 전이군. 음, 자네 꽤 괜찮은데?"

나를 보며 사장이 말했다.

"양영희……라고. 음, 이름이 별로군. 이 이름 어떻게 할 수 없겠나? 소극단에서 작은 규모로 활동하는 거라면 몰라도 이 이름으로 큰 무대엔 설 수 없어! TV나 잡지는 일단 힘들어. 일본 예능계란 그런 곳이거든."

굳어 있는 나를 보면서 사장이 말을 이었다.

"아니, 나는 정말로 차별 같은 건 하지 않고, 차별하는 사람을 아주 싫어해. S씨도 그렇고, 재일조선인 친구들도 많이 있지. 실제로 예능계라는 곳에 재일조선인이 많기는 하지만 다들 예명을 쓰니까. 로마에 가면 로마의 법을 따르라고 하잖나. 그렇게 깊이 생각하지 말고 바꿔버리지, 이름 같은 거."

내 인생을 통틀어 바보 취급받은 느낌이었다. 이런 사람에게 매일 머리를 숙이는 건 싫다. 내 직감이 그렇게 말했다. 하지만 내겐 갈 곳이 없었다. 아르바이트도 계속할 수 없고, 오사카로 돌아가기도 싫다.

고민하고 있는데, 사장이 혼잣말처럼 중얼거렸다.

"자, 일단 몸을 볼까……."

사장이 시험하듯 말했다.

"지금 여기서 벗을 수 있겠나?"

"전부, 말입니까?"

어디까지가 진심인지 시험받는 기분이 들었다. 상투적인 수법일지도 모른다는 생각이 들었지만, 웬일인지 옷을 벗는 것에 주저함은 없었다.

"네, 벗을 수 있습니다. 하지만 지금 생리중인데요……."

"나는 전혀 신경 쓰지 않지만……. 뭐, 그래서 싫다면 어쩔 수 없지. 무리해서 벗는 것은 의미 없으니까."

"알겠습니다."

그 자리에서 하나하나 옷을 벗었다. 셔츠를 벗고 브래지어를 풀었다. 바지를 벗자 팬티 한 장만 남았다.

"자, 가볍게 팔을 벌리고 돌아보지. 음, 나쁘지 않은걸? 다시 한 번 볼까?"

옷을 입는 동안에도 사장은 계속 나를 지켜봤다.

"괜찮은데? 자, 5일 후 다시 와주겠나?"

사무실을 나와 신주쿠 거리를 터벅터벅 걸으면서, 발가벗고 서 있던 내가 한심해서 견딜 수 없었다. 내가 뭘 하는 건가? 무엇이 하고 싶은가?

나는 그 사무실에 다시 가지 않았다. 그 아저씨에게 열심히 머리를 조아리는 내 모습을 떠올리자니 너무 한심해서 온몸에서 힘이 빠졌다. 내 마음 깊은 곳에서 약하게 끓어오르는 자존심과 아무것도 하지 못한다는 열등감 속에서, 뭔가 토해내고 싶은 충동에 휩싸인 채 어쩔 줄 몰라하며 방황했다. 조립식주택 같은 아파트 방에서 며칠을 울었다. 나를 둘러싼 모든 것이 싫었다. 꿈과 현실, 둘 다로부터 도망치고 싶었다.

그때 전화가 왔다. 뉴욕에 사는 동창이었다.

"영희야, 연극 아직도 하지? 그렇다면 본고장인 브로드웨이에 연극 보러 한번 와라!"

"뉴욕 같은 데를 어떻게 갈 수 있겠어!"하고 교토에 사는 대학시절 친구 I에게 하소연 했다. 그러자 친구는 "조선 국적을 가진 우리가 미국 비자를 받는 게 쉽지는 않겠지만, 그래도 가야지. 넌 장래에 재미있는 일을 할 사람이니까. 나도 함께 가고 싶지만 가게에 세무조사가 들어와서 정신이 없다. 내 몫까지 뉴욕 구경 잘하고 와." 그러면서 비행기 표 값을 보내주었다.

나는 도쿄의 아파트를 비운 뒤 도저히 버릴 수 없는 것들만 집으로 보내고 혼자 뉴욕으로 건너갔다.

뉴욕에는 다양한 사람들이 있었다.

한국인 커뮤니티도 있었고, 마이너리티 커뮤니티도 여기저기에 있었다. 그들은 자신의 인생을 만끽하고 있었다. 어느 누구도 마이너리티라는 이유로 비하하거나 하지 않았다.

나는 파티 삼매경에 빠진 나날을 보내면서 사람들을 만나고 다녔다. 영어를 못했기 때문에 손짓 발짓으로, 친구에게 통역을 부탁하며 다양한 입장의, 다양한 사람들과 이야기를 나눴다.

밤에 어머니에게 전화를 걸었다.

"멋대로 물건만 보내서 죄송해요."

"뭐가 많이 왔길래……. 그래서 너 어디 있니?"

"있잖아, 여기 뉴욕이야."

"뉴욕?"

"응, 회사에서 보너스가 나와서 바람 쐬러 왔어요. 한동안 여기서 지내다 돌아갈게요."

약삭빠르게도, 어머니를 안심시키기 위해 작은 거짓말을 했다. 나는 뉴욕이란 도시에 사는 사람들로부터 흠뻑 에너지를 얻었다. 할 일은 정해지지 않은 상태였지만 그런 건 아무래도 상관없었다.

재일조선인에 연연하는 극단을 뛰쳐나왔지만, 누구보다 재일조선인이라는 울타리에 연연한 것은 바로 나 자신이었다는 사실을 깨달았다. 뉴욕에서 '재일조선인' 같은 건 아무 의미도 없었다. "오빠가 북한에 있다"고 말하면, 더 자세한 이야기를 들려달라고 한다. 일본에서는 모두가 오빠들 이야기를 꺼리며 더 물으려고 하지 않았는데. 뉴욕에서 그런 사정은 누구에게나 하나쯤 있을 법한 가족사에 불과했다. 누구나 나름의 가족 스토리를 갖고 있었다. 일본에서는 재일조선인 2세라는 사실을 계속 자각하며 살아야 한다고 생각했었지만, 미국에서는 이민 2세, 3세는 당연했다. 아무리 큰 어려움이 있었다고 해도, 어떤 불행이 닥쳐도 지금 여기에 가족이 함께 있다는 사실이 그들에겐 중요했다. 출신과 가족은 그들의 자랑이었다.

나는 그때까지 나 자신에 대해 번뇌하고 있었다. 왜 부모님의 살아 가는 방식에 의문을 품고 마는 걸까? 왜 조국—이라 배운 나라—을 혐오할까? 마음속 어딘가에서 그런 자신에게 지쳐 있었다.

그런데 뉴욕에 사는 사람들은 대개 내가 자란 곳에선 만나볼 수 없 는 이들이었다. 재미한국인과도 많이 알고 지내게 됐는데, 개중에는 '북'에서 태어난 사람도 있었다. 한국전쟁 때 '북'의 공산주의에서 탈 출하고 싶어서 '남'으로 도망쳤지만, 한국에선 '북한 출신'이라고 차 별받고 정치적 탄압을 받았다고 한다. 그렇게 북에서 남, 그리고 최 종적으로 미국으로 도망친 사람들이 적지 않았다. 한국 출신 이민자 이면서 부모의 고향은 '북쪽'이라는 재미한국인도 있었다. 그리고 일 본에서 태어났지만 부모의 고향은 '남쪽'이고 '북쪽'에 오빠들이 있 는 나.

다양한 백그라운드를 터놓고 이야기하는 코리안 친구들과의 만남 은 신선했다. '북'에 대해서도 '남'에 대해서도 이상하다고 여겨지는 점은 터놓고 비판하고, 칭찬하고 싶은 부분은 아무 조건 없이 칭찬한 다. 모두 자신의 욕망에 솔직했고 꿈을 향해 열심히 달렸다.

뉴욕에서 돌아온 나는 이전까지의 나와 달라져 있었다. 그러자 신 기하게도 일이 계속 들어왔다. 귀국하고 며칠 후 오사카에서 내가 출 연한 연극을 본 적이 있는 마이니치방송 프로듀서가 전화를 걸어왔던 것이다. 라디오 프로그램 보조를 찾는다고 했다. 조건은 일본어 외의 아시아 언어가 가능한 사람. 절호의 기회였다.

순조롭게 시작한 라디오 일이 계기가 되어 나는 비디오 저널리즘이라는 장르를 알게 되고, 결국 직접 비디오카메라를 들게 되었다. 라디오에서 말만 하는 건 재미가 없다. 나는 내 눈으로 세계를 보고, 자신의 관점에서 포착한 장면들을 담고 싶었다. 나에겐, 오빠들에겐 없는 '자유'가 있는 것이다. 하고자 하면 뭐든 할 수 있다. 지금까지는 단지 하지 않았을 뿐이다.

연기를 하는 입장에서 찍는 입장으로. 이 모든 일의 계기는 뉴욕에 간 것이었다.

그리고 나는 비디오카메라를 손에 들고 북한으로 건너갔다. 그렇다. 나의 분신, 선화를 만나기 위해.

보고 싶다. 그애가 보고 싶다.

＊

처음 본 그애는 완전히 '나'였다. 오빠들과 놀던 시절의 내가 눈앞에 있었다. 목마를 태워준 오빠, 칼싸움 놀이를 함께 하던 오빠, 자전거 짐칸에 태워준 오빠, 함께 웃던 오빠. 선화를 보고 있으면 오빠들과의 추억이 한꺼번에 머릿속을 가득 메웠다.

안 된다. 또 울고 만다. 기쁠 때는 웃어야지.

건아 오빠의 장남인 지성이와 선화는 일곱 살 차이가 난다.

나와 셋째오빠인 겐짱은 여덟 살 차이다. 비슷한 나이 차다. 지성이를 보고 있으면 그애의 자상함이, 예전 오빠들 추억과 겹쳐진다.

지성이는 선화를 정말로 잘 돌본다. 길을 걷다 지쳐서 칭얼대기 시작하면 바로 업어준다. 다른 일을 하다가도 선화가 놀고 싶다고 말하면 함께 놀아준다. 선화를 지키는 왕자님이다.

"지성이는 멋진 오빠가 됐네."

"그렇지? 날 닮았어."

"무슨 소리야. 전혀 닮지 않았거든!"

"하긴, 쟤는 머리도 벗어지지 않았고, 배도 안 나왔지. 지성이가 나보다 약간 더 괜찮은 남자기는 해."

내가 웃으니 건아 오빠가 드물게 진지한 표정으로 말을 이었다.

"지성이는 정말로 잘해주고 있어. 나도 무슨 일이 생기면 지성이와 상의할 정도라니까."

"대화하는 걸 보면 부자지간이라기보다 친구 같아."

"친구라기보다는 동지지. 그만큼 내가 저애를 믿고 의지한다."

건아 오빠가 말하길 지성이가 전화에 대고 "다시는 전화하지 마!"

하고 외친 일이 있었다고 한다.

집에 돌아왔을 때 마침 지성이가 통화 중이었다. 지성이는 전화기를 붙잡고 필사적으로 말했다. "동생을 버린 당신을 나는 용서하지 않겠어", "우리 행복을 방해하지 마!", "두 번 다시 엄마라고 하지 마!" 단편적으로 들려오는 내용은 과격했다.

"M씨?"

"응, 지성이는 지금의 가족을 지키려고 필사적이야."

"지성이가 가장 힘들었을지도……."

"게다가 전화뿐만이 아니야."

M씨가 학교에까지 찾아갔다고 한다.

"초등학교 교문 건너편에서 지성이를 기다리고 있었대."

"아이가 보고 싶어서?"

"뭐, 그렇겠지."

"이제 와서 무슨! 너무 이기적이잖아."

"글쎄, 그런 게 엄마라는 존재일지도 모르지."

"지성인 뭐래?"

"가족들 누구 앞에도 두 번 다시 모습을 보이지 말라고 소리를 질렀대. '우리 다섯 식구는 지금 행복하게 지내. 당신 얼굴은 다시는 보고 싶지 않아. 나도 지홍이도 당신을 엄마라고 생각하지 않아'라고 말이지."

그때 지성이 나이 열 살. 불과 열 살짜리 아이가 이런 말을 해야 한다니.

"지성이도 많이 괴로웠을 거야. 그런 일이 있었다고 내게 알려준 날 지성이 눈이 새빨갛게 부어올랐더라. 내게 말은 안 했지만 혼자 많이 울었을 거야."

선화를 낳은 정순 씨는 M씨와 비교하면 정말 얌전하고 겸손한 여성이었다. 언제나 웃는 모습에 큰소리를 내는 일이 없었다.

결혼 축하선물로 어머니는 정순 씨에게 예쁜 레이스가 달린 란제리를 보냈다. 북한에는 좋은 속옷이 없으니 내가 챙겨야지, 하면서 어머니가 열심히 발품 팔아 사 보낸 것이다. 처음엔 귀걸이와 목걸이를 보낼 생각이었지만 그런 물건들을 몸에 달고 다니는 건 너무 튄다. 저 나라에서 튀는 것은 도움이 안 된다. 그런 생각 끝에 선택한 것이 레이스 달린 속옷이었다.

그런데 정순 씨는 모처럼 생긴 좋은 란제리를 입으려고 들지 않았다.

"기왕 생긴 건데 입으면 어떠냐고 정순 씨한테 말했어. 하지만 '이런 속옷은 보는 것도 처음입니다'라며 부끄러워 해. '아깝다, 아깝다' 하는 말만 하고. '서랍에 넣어두는 게 더 아깝다'고 말했더니 웃기만 하더라."

건아 오빠도 그만 포기해버렸고, 결국 정순 씨가 그 란제리를 입는 일은 없었다. 건아 오빠 말로는 가끔 상자를 열어서 흐뭇하게 바라보기만 했다고 한다.

내가 드라이어로 머리를 만지고 있을 때였다.

일본에서 가져간 '웨이브 드라이어'를 쓰는데 정순 씨가 물끄러미 이쪽을 바라봤다.

처음엔 알아채지 못했지만 머리를 말 때마다 내 모습을 신기하다는 얼굴로 쳐다봤다.

"뭐가 이상해요?"

정순 씨는 부끄러운 듯 고개를 저었다.

"아니요. 그 물건 참 신통방통하다 싶어서요."

"아, 드라이어? 자 그럼, 제가 오래 쓰던 거지만 돌아갈 때 두고 갈게요. 다음에 올 땐 새 걸 사올게요."

정순 씨의 얼굴이 금세 환해졌다.

돌아가기 전날, 정순 씨에게 '웨이브 드라이어'를 건넸다. 그런데 다음날 건아 오빠가 말했다.

"영희야, 정순 씨한테 그 '웨이브' 사용법 좀 알려주지 않을래?"

미안해서 내게 직접 물어보지 못한 모양이다. 하지만 귀국 시간이 다가왔다. 지금 가르쳐줄 시간이 없다.

"미안해요, 정순 언니. 다음에 올 때 찬찬히 알려드릴게요."
"알겠어요. 저는 그때까지 열심히 연습하고 있을게요!"

그러나 그후 정순 씨에게 드라이어 사용법을 가르쳐줄 기회는 찾아오지 않았다. 그렇게 될 줄 알았다면 정순 씨가 나를 물끄러미 쳐다볼 때 함께 드라이어를 가지고 놀았으면 좋았을 것을.

*

오빠들의 나라에 왔다는 걸 실감하는 것은 언제나 '냄새' 때문이었다.

예를 들면 나리타 공항에 도착한 외국인은 '간장 냄새'를 맡는다고 한다. 출근 시간 지하철 야마노테 선 안에는 샴푸 향기가 떠다닌다. 마찬가지로 모든 거리에는 그곳 특유의 냄새가 있다.

평양의 냄새를 무엇에 비유하면 좋을까? 대동강물이나 버드나무 냄새와는 별도로 사람이 많은 장소 특유의 냄새가 있다.

트롤리버스 안, 현지인들만 가는 영화관 안이나 콘서트홀, 복잡한 거리에도 그 '냄새'가 있었다.

땀과 먼지가 섞인 냄새라고 하면 좋을까? 인사치레라도 좋은 냄새라곤 할 수 없다. 세제나 비누, 향수 등 향기를 풍기를 것과는 동떨어진 냄새. 피부에서 분출되는 땀과 기름이 옷에 오랫동안 들러붙은 냄새일지도 모른다.

북한 남자들은 대개 외출할 때 인민복을 입는다. 장군님이 자주 입는, 바로 그 짙은 녹색 인민복이다. 건아 오빠는 "인민복이 가장 편하다"고 말한다.

"구멍 뚫린 티셔츠 위에 걸쳐도 되고, 그냥 맨살에 걸쳐도 괜찮아. 정장으로도 통하니, 이거라면 어디든 입고 갈 수 있지."

양복을 입어 눈에 띄는 것보다 사람들 틈에 섞이는 편이 편하다는 마음도 있을 것이다.

세탁조차 수월치 않은 이 나라에서 거의 매일 인민복을 입는다는 건 어떤 의미일까? 옷깃에 묻은 검은 때가 굳어 반짝반짝 빛나는, 명백히 이상한 냄새를 풍기는 아저씨도 있었다. 수백 명의 '북한 사람들'이 모이면 역시 이 '냄새'로 가득했다. 결코 좋은 냄새는 아니었지만 이상하게도 이 '오랜 세월 땀과 먼지로 굳어진 곰팡내 같은 냄새'를 맡으면 이 나라의 진짜 생활을 접한 듯해서 기분이 좋아졌다. VIP 전용 호텔이나 극장에는 없는, 시민들의 생활을 직접 접하는 느낌이 들었다. 물론 이 냄새는 공식적인 일정 속에서는 맡을 수 없다. 내가 게릴라처럼 '자유행동'을 할 때만 불쑥 찾아오는 냄새였다. 이 나라에 오래 머무른다 해도 이곳의 진짜 생활을 접하는 것은 쉬운 일이 아니었다.

나는 어느 도시를 가든 거리에 나가 '사람'을 봤다. 비디오를 손에 들고부터 아시아의 다양한 도시를 접하면서 나는 반드시 사람들의 생활을 보러 다녔다. 관광지나 겉으로 드러난 얼굴들만 봐선 실상을 알 수 없다. 나는 그곳에 사는 인간을 보고 싶었다.

평양에서도 나는 여건이 허락되는 한 다양한 거리들을 걸어다녔다. 물론 혼자서는 어려웠다. 대개 오빠들과 함께였다.

건아 오빠와 트롤리버스를 탔다.

오빠가 작은 목소리로 내게 속삭인다.

"잘 들어. 가방은 꼭 붙잡아라. 몸 앞쪽으로 잘 안고 있어야 해. 어두워지면 무슨 일이 벌어질지 알 수 없으니까."

어두워진다, 무슨 말일까? 가방을 필사적으로 몸에 붙이며 그런 생각을 하는 사이 곧 답을 알게 되었다.

트롤리버스가 달리기 시작하자 곧바로 전기가 꺼졌다. 연료 절약을 위해서일까? 이유야 알 수 없었지만 어쨌든 차 안은 불빛 한 점 없이 깜깜하다. 이따금 비추는 거리의 불빛 때문에 어둠이 더욱 도드라졌다. 나는 가방을 꼭 껴안은 채 오른손을 뻗어 건아 오빠의 팔을 필사적으로 붙잡았다.

트롤리버스에서 내리자 건아 오빠는 안쪽 주머니에서 손전등을 꺼내 켰다.

"언제나 들고 다녀?"

"이건 필수품이야. 그렇다고 해도 모두가 가질 수 있는 건 아니지만. 영희도 곧 알게 될 거야."

어두운 것은 트롤리버스만이 아니었다. 아파트 계단이나 복도에도 전기가 없다. 자세히 보니 전등은 있지만 고장이 났는지 대체로 꺼져 있다. 낮에는 괜찮지만 밤이 깊어지면 아파트는 암흑에 싸인다. 엘리베이터 같은 건 없기 때문에―있어도 움직일 일이 없기 때문에― 계단을 오르내리면서 자기 집으로 향한다. 하지만 계단은 비좁다. 사람 그림자가 보이지 않으므로 주의하지 않으면 지나가는 사람들과 부딪친다.

부딪치는 게 당연하기 때문에 아무도 사과하지 않는다. 익숙치 않은 나는 부딪친 순간 '꺅' 하고 소리를 지르고 말았다. 기분이 상했는지, 상대방이 노려본다. 그러자 건아 오빠가 바로 말했다.

"일본에서 오신 손님이야. 조총련 방문단의 선생님이시란 말이지."

상대방은 후환이 두려운 듯한 표정으로 급히 태도를 바꾸고 배시시 웃으면서 지나간다.

나는 "죄송합니다" 하고 사과하면서 오빠한테 작은 목소리로 묻는다.

"왜 손전등을 못 들고 다니는데?"

"고급품이랄까? 건전지도 사야 하니까."

한숨을 쉬는 내 손을 오빠가 붙잡았다.

"조심해라. 콘크리트 계단이 위험하니까."

나는 고개를 끄덕이고 미끄럼 방지턱도, 손잡이도 없는 어두운 계단을 한 발 한 발 디디며 천천히 올라갔다.

오빠와 손을 잡고 걷는다. 어린 시절에 하고 싶었던 것이 이제야 실현되는 기분이다. 멀지 않는 곳에 살면서도 쉽게 잡을 수 없는 손. '일본이라면 건축기준법 위반인데.' 속으로 이런 생각을 하면서 오빠와 손을 잡고 5층까지 올라갔다. 어두운 계단도 나쁘지 않다고 생각했다.

건아 오빠의 집에 도착하니 선화가 반겨주었다.

"고모!"

활짝 웃는 얼굴이다.

건아 오빠 일가는 새로운 생활을 시작하기 위해 염원하던 이사를 했다. 물이 잘 안 나오던 아파트에서 물만큼은 잘 나오는 아파트로 옮긴 것이다. 외국인 전용 호텔에 가까워서인지 몇 시간이나마 날마다 물이 나온다. 매일 물이 나오는 아파트를 찾는 것은 북에선 거의 불가능에 가깝기 때문에, 낡은 아파트지만 희망자가 많아 얻느라 고생했다고 한다. 거실과 부부 침실 바닥에 커다란 구멍이 뚫려 있었지만 판자로 안 보이게 가려놓았다.

북한에서 주거는 정부에서 지급된다고 알려져 있다. 하지만 아파트가 부족하기 때문에 혼자 사는 것은 기본적으로 인정되지 않는다. 통상은 결혼이 정해져 있으므로 신혼집 '배당'을 신청한다. 연줄 없이, 돈도 쓰지 않고 정직하게 주거 할당을 기다리면 몇 년씩 걸린다고 한다. 여기서도 어디서나 통하는 것이 외화다.

집은 있지만 가난해서 생활이 어려운 사람이나 여러 친척들이 함께 살기로 해서 집이 필요 없어진 사람 등, '공급'은 적지만 있기는 하다. 이런 물건을 중개하는 사람―대개는 부동산 관리를 맡은 당원이겠지만―이 있어서, 중개인과 원래 집주인에게 돈을 건네면 그 아파트에서 거주할 권리를 사들일 수 있는 것이다. 외화라면 거래가 수월하다. 파는 사람도 흔쾌히 계약을 해준다. 일본 돈으로 몇십만 엔만 내면 거실과 부엌이 있는 방 세 칸짜리 아파트가 일주일 후에 손에 들어온다. 말하자면 일상화된 자본주의식 거래다.

손에 넣은 아파트에 그대로 들어가 살긴 힘들다. 여기서도 외화가 등장할 순서다. 이것만 있으면 최신식―이라고 해도 북한 기준에서― 부엌과 난방시스템까지 뭐든 손에 들어온다. 몇만 엔만 있으면 부엌 전체를 바꿀 수 있는 것이다. 통상적인 일만 해선 먹고살기 힘들기 때문에 직업이 있는 사람들도 아르바이트를 한다. 수도공사라면 이 사람, 목수 관련 일이라면 이 사람…… 하는 식으로 정보가 돌아서 실력이 확실하면 꽤 돈을 벌 수 있다. 주부들도 마찬가지로 아르바이트를 하는데, 케이크 만들기나 재봉 등 잘하는 것을 해서 돈을 번다. 간판이나 회사는 없다. 그렇지만 대규모 기아 사태를 낳은 국가에 대한 신뢰 같은 건 아주 옛날에 갖다버린 인민들은 그렇게 지혜를 짜내면서 씩씩하게 살아간다.

다음날, 내가 "시장에 가고 싶다!"고 했더니 지성이가 따라와주었다. 당연히 나이는 내가 많지만 마치 지성이가 오빠 같다.

"시장에 자주 가니?"

"선화가 어릴 때는 아버지와 함께 자주 갔어요. 지금은 혼자서 가요."

그렇다면, 이번 동행은 건아 오빠가 시킨 걸까?

내가 짐을 들면 금세 자신이 뺏어든다.

"저거, 괜찮다"라고 속삭이면 곧바로 가게 주인과 가격 흥정을 벌인다.

지성아, 너는 정말로 열두 살이니? 힘든 인생이 너를 급격히 어른으로 만들어버린 걸까?

"지성인 어른이구나. 뉴욕 신사 같다."

"뉴욕 신사?"

"뉴욕 남자들은 말이지, 여자들에게 친절하거든. 택시를 탈 때도

문을 열어주고, 무거운 물건을 드는 건 당연히 남자가 하지. 일본에
는 그런 남자가 많지 않거든. 지성이의 자상함은 세계 최첨단이야!"

지성이가 웃었다. 아이다운 미소를 보며 나는 행복한 기분에 젖
었다.

밤에 건아 오빠에게 시장에서 있었던 일을 얘기했다.

"정말 멋진 남자가 되었어, 지성이는. 이웃 나라에 살았다면 엘리
트 직장인이 됐겠지. 머리도 좋고, 상황 판단도 빨라."

"그렇지?"

"건아 오빠를 닮았네."

"나 정도야 금방 뛰어넘어야지."

건아 오빠는 맥주를 한 모금 마셨다.

"지성이가 저래 보여도 이지메를 꽤 당했단다."

"이지메?"

"귀포인 데다 어머니가 집을 나갔잖아……. 저녀석, 그런 말은 한
번도 한 적 없지만."

현지 아이들이 볼 때 귀국동포의 자녀는 분명 '외부인'일 것이다.
일본에서 돈을 받는 가정이 많기 때문에 옷은 잘 갖춰 입는다. 허름
한 옷을 입은 아이들 사이에서 일본제 옷을 입은 아이들은 눈에 띈
다. 선망은 이내 질투로 바뀐다. 귀포는 쉽게 표적이 되었다.

"어떻게 했어? 지성이는?"

"녀석이 조용히 지나갔을 리 없지. 육탄전이야. 저 작은 몸 어디에 그런 힘이 감춰져 있는지 모르지만 뒤에서 수군대거나 욕을 하는 녀석들을 주먹으로 때려눕힌 모양이야."

"지성이는 역시 멋지구나."

"그래서 지홍이가 초등학교에 들어가니까……."

"혹시, 또 이지메를 당했어?"

"응, 역시 귀포니까. 하지만 지성이가 한발 앞서 움직였지. 지홍이 주변에 얼쩡대는 놈들을 전부 항복시켰단다. 반장같이 영향력 있는 아이들에게 '내 동생한테 손대지 마!'라고 말하면서 돌아다녔대. 반장들도 지성이의 집요함을 아니까 금세 '저 형제에게 손을 대지 마'라고 아이들 사이에 일러둔 모양이야. 지홍이뿐만 아니라 선화에 대해서도 미리 얘기를 해둔 모양이니 선화가 이지메를 당하는 일은 없을 테지."

정순 씨의 존재도 분명 컸으리라. 친엄마는 아니어도 간신히 자리를 잡아가는 가족을 지키려고 지성이도 필사적이었을지 모른다.

"정순 언니가 있어서 다행이야. 정순 언니가 자상한 어머니라서 지성이도 저렇게 남동생과 여동생을 챙기는 오빠가 됐을지도."

"그건 '건아 오빠 같은 사람이 아버지라서……'라는 말이 되는 거지?"

"무슨 소리야!"

"농담이 아니라, 정순 씨는 정말 잘해. 어머니가 항상 웃는 얼굴로 지켜봐주니 지성이도 당당하게 행동할 수 있는 걸 테고."

"성격 좋은 사람이어서 다행이야. 이렇게 좋은 사람이 애 딸린 재혼상대인 오빠에게 와주다니."

"……예전 아내만큼 미인은 아니지만."

"작작 좀 하시지."

둘이서 웃었다. 건아 오빠는 행복해 보였다.

풍요로운 일본에서도 애 있는 남자의 재혼은 쉽지 않다. 부부 중 어느 한쪽, 혹은 양쪽이 아이를 데리고 결혼을 해서 생긴 가정을 '스텝 패밀리'라고 부르는데 일본에는 스텝 패밀리를 지원하는 비영리 단체가 있을 정도다. 지원이 필요할 정도로 어려운 일이라는 뜻일 것이다.

과연 건아 오빠의 스텝 패밀리는 얼마나 고생해서 지금의 행복을 손에 넣었을까. 게다가 북한에서! 나는 그들의 행복이 계속되기를 기도했다. 이 멋진 패치워크 가족이 잘 살아가기를. 이웃나라에 사는 나에겐 기도하는 것밖에 할 수 있는 일이 없다.

*

그 소식을 들었을 때, 나는 한순간 사고회로가 정지했다.

"뭐라고?"

물어도 대답해줄 사람은 없다.

소식을 전해준 건 어머니였다. 어머니가 전화기에 대고 빠르게 말했다.

"영희야, 놀라지 마라. 정순 씨가 죽었다."

"어떻게 된 일이야?"

"아무래도 오진이었나봐."

정순 씨가 배가 아파서 병원에 간 모양이다. 다녀오고도 낫지를 않아서 건아 오빠가 일본제 의료기기를 갖춘 좋은 병원에 가보라고 권했지만, "돈이 아깝다"며 근처 진료소에만 다녔단다. 내준 약은 위장약뿐.

하지만 그게 아니었다. 정순 씨는 자궁외임신이었다.

"어떻게 그런 일이……. 말도 안돼. 일본이라면 소송감이야! 병원 책임자는 오진을 인정했어요?"

정순 씨의 은은한 미소가 떠올랐다. 선화의 얼굴이 떠올랐다. 아, 지성아, 지홍아, 또다시 너희들의 어머니가 사라져버렸구나.

"그냥 울고만 있어야 해?"

"영희야, 저 나라에서 재판을 건다고 뭐가 달라지겠니. 그런다고 정순 씨는 돌아오지 않아. 무엇보다 조총련 간부 집안의 며느리를 오진으로 죽게 했다는 게 밝혀지면 그 의사는 '비밀리에 수용소행'이다. 그것도 불쌍한 일이고. 어쩔 수 없다. 그보다……."

조총련 간부의 아들이기 때문에 북에 건너갔고, 그렇기 때문에 이번엔 아내가 죽었는데도 그냥 울기만 해야 한다. 우리 부모는 무엇을 위해 조총련에 심혈을 쏟아왔을까. 아버지도 어머니도 오로지 조총련을 위해 일생을 몸 바쳐 일하지 않았는가. 이건 마치 아들 가족을 꽁꽁 묶어놓기 위해 해온 일이나 마찬가지가 아닌가. 나는 어머니가 말하는 '조총련 간부'라는 단어에 머릿속이 아찔해졌다.

항상 현실적인 결단이 빠른 어머니는 묵묵부답인 나를 재촉했다.

"영희야, 빨리 좀 돌아올 수 없겠니? 어머니는 바로 평양에 가서 장례식을 치러줘야 해. 하지만 아버지 혼자 남겨두고 갈 수는 없잖니. 아버지는 계속 울기만 하신다. 차마 볼 수가 없을 정도로 침울해지셨어. 함께 가봤자 거치적거리기나 할 테고. 부탁이니 바로 집으로 돌아와다오."

어머니의 논리는 일본에서 가족이 찾아가면 저쪽에서 배려해서 장례식도 제대로 치러줄 것이고, 제대로 된 관도 만들어줄 거라는 말이었다. 어머니는 불쌍한 며느리를 위해 하얀 치마저고리 수의도 만들었다고 한다.

연락을 받았을 때 나는 뉴욕에 있었다. 비디오 저널리즘의 재미에 푹 빠진 나는 본고장인 뉴욕에서 본격적인 영상 공부를 할 생각이었다. '충성심'을 의무적으로 배워온 내가 처음으로 자발적으로 배우고 싶다고 생각한 것이었다. 그것은 아버지와 싸워서라도 해낼 가치가 있는 일이었다. 배운 후에 무엇을 할지 앞은 보이지 않았지만 미래를 암중모색하는 지점까지는 와 있었다. 남은 것은 무엇을 붙잡을 것인가, 아니면 붙잡을 수 없을 것인가이다.

어정쩡한 시기에 잠시라도 뉴욕을 떠난다는 것은 찜찜한 일이었지만 어쩔 수 없다. 지금은 가족이 중요하다. 곧바로 오사카로 돌아가자.

건아 오빠에게 무슨 일이 생겼다는 걸까?

"이전 아내보다 미인은 아니라는 게 안타깝지만"이라고 농담을 던졌지만, 곁에서 봐도 건아 오빠와 정순 씨는 잘해나갔다.

가족의 세세한 부분까지 신경 써서 실제 행동에 옮기는 건아 오빠. 정순 씨는 그런 든든한 오빠를 믿고 사랑했다. 피가 섞이지 않은 두 아이도 '어머니'라고 부르며 잘 따랐다.

이 가족은 다시금 어머니를 잃고 만 것이다.

내가 오사카에 돌아와 있는 동안 건아 오빠가 전화를 했다.

"아버지는 어떠시니?"

"매일 밤 울기만 하셔."

"괜찮니?"

"여긴 아무 문제없어. 오빠는?"

"나도 괜찮아. 아이들에게 또 슬픈 기억을 안겨주게 됐지만."

"재혼할 거야?"

건아 오빠는 분개했다. 저쪽 시댁은 자기 딸도 아니고 죽은 며느리를 위해 좋은 수의를 만들어서 가져왔다. 무덤도 만들어주었다. 그런 부모가 있어서 생활도 곤란하지 않다. 이런 소문이 주위에 퍼졌다고 한다. 장례식이 끝나고 일주일도 지나지 않아서 재혼 이야기가 쇄도했다.

"이 나라 여자들은 도대체 어떻게 된 사람들인지."

슬프지만, 이것이 저 나라 여성들의 현실인 것이다. 먼저 배를 채우는 게 중요하다.

"결혼하는 편이 생활은 안정되겠지만 당분간 그럴 마음 없다."

*

1년이 지났다.

나는 변함없이 뉴욕에서 아르바이트와 공부로 바쁜 나날을 보내다가 잠시 귀국했다. 정순 씨의 1주기에 참석하기 위해서였다.

1주기에 나는 어머니와 함께 건아 오빠네 집을 방문했다.

건아 오빠가 지난 1년 동안의 일을 들려주는데, 슬픔이 조금 가셨는지, 아니면 우리를 안심시키기 위해서인지 화제의 중심은 '재혼 공세'였다.

"나같이 못생긴 남자가 왜 이렇게 인기가 많은지 모르겠다. 아무리 일본에서 돈을 보내준다고 해도 우리 집안이 부자도 아니잖아. 게다가 아이가 셋이나 되고 머리숱도 적은 마흔다섯 살인걸. 누가 좋아서 이런 남자에게 시집온다는 건지."

말 그대로 매일 공세가 끊이지 않았던 모양이다. 개중엔 갓 스무 살 된 여성도 있었다고 한다.

"오빠, 좋아서 날아갈 것 같았겠다?"

"아니야. 그야말로 범죄지, 그건."

건아 오빠가 분개하는 것도 무리가 아니다. 그녀들은 건아 오빠에게 반한 것이 아니다. '조건'에 반해 결혼하고 싶다. 그뿐이다.

아내 없는 1년 동안은 신의주에 사는 사촌여동생이 집안일을 봐주었다. 지방인 신의주에서 사는 것보다 평양에서 사는 편이 몇 배나 낫다는 것을 이 나라의 모든 사람이 안다. 사촌동생은 집안일을 돌보면서 평양에서 결혼 상대를 찾을 생각이었다.

사촌동생이 집에 혼자 있을 때의 일이다. 서른 살쯤 된 여자가 아파트를 찾아왔다.

"양 선생님 댁입니까?"

"그런데요……."

"양건아 씨를 뵈러 왔습니다."

"지금 안 계세요. 저 혼자 있을 때는 아무도 집에 들이지 말라고 하셨어요……. 건아 오빠가 돌아오면 그때 다시 오시겠어요?"

"약속을 했으니 들어가서 기다리게 해주세요."

그 여자는 사촌동생의 제지를 무시하고 집 안에 들어왔다. 만날 때까진 절대로 돌아가지 않겠다고 했다. 이렇게 나오면 사촌동생 입장에선 어쩔 수 없다. 차라도 한 잔 마시고 돌아가라고 하자는 생각에 부엌에서 차를 준비하기 시작했다.

"바로 그때 내가 집에 돌아온 거야. 와, 깜짝 놀랐다."

"무슨 일이 있었어?"

"집 안의 서랍을 죄다 열어서 안에 있는 걸 전부 꺼냈더라. 사촌동생이 부엌에서 차를 준비하는 동안 멋대로 뒤진 거지. 나도 화가 나서 말했어. '당신 도둑이야? 나가!'라고. 그랬더니 변명을 하더라고."

"뭐라고?"

"'아무것도 훔쳐갈 마음은 없었습니다. 다만 뭐가 있는지 보고 싶었을 뿐입니다'라고. '도둑하고 뭐가 달라!' 하고 내쫓았다만."

그 여성은 결국 건아 오빠의 생활상을 두 눈으로 확인하러 온 것이다. 그런 도둑 같은 짓을 하고도 결혼할 수 있을 거라 생각했는지 모르겠지만, 상대방도 필사적이었을 것이다.

세계 어디나 비슷하다. 상대방의 수입이 결혼을 결정하는 중요한 조건이 되는 경우는 적지 않다.

건아 오빠는 곧바로 재혼을 하지 않은 탓에 '부인에 대한 사랑이 지극한 남편'이라고 더욱 평판이 좋아졌다고 한다. 그렇다고 불법침입을 하다니…….

"영희야, 아무리 그래도 머리가 이상한 거지, 이 나라 여자들은."

"그렇다고 하기도 그렇고."

"그뿐만이 아니야. 선화가 얼마 전에 초등학교에 올라갔잖아?"

선화는 우리 어머니가 마련해준 새빨간 책가방과 점퍼를 입고 집 근처 초등학교에 다녔다.

"얼마 전에 선화가 습격을 당했어."

초등학교에서 돌아오는 길, 선화는 혼자 걷고 있었다.

평양의 봄은 아직 서늘하지만, 할머니에게 받은 점퍼가 있어서 따뜻했다. 빨간 책가방에 빨간 점퍼. 선화가 좋아하는 차림새다.

그때였다. 별안간 왼쪽 팔을 붙들려 골목길로 끌려갔다. 넘어진 선화 주변을 서너 명이 둘러쌌다.

"전부 벗어."

한 여자가 낮은 목소리로 말했다. 선화는 너무 무서워서 얼굴도 보지 못했다고 한다. 시키는 대로 책가방을 내리고 점퍼를 벗었다.

"그 꽃무늬 셔츠도, 체크무늬 바지도 전부. 신발도 벗어. 속옷은 봐줄게."

둘러싼 어른들은 제각각 옷을 손에 들고 "역시 좋은 걸 입었네"라며 서로 이야기를 주고받았다. 전부 여자들이었다.

선화는 속옷만 입은 채 맨발로 집에 돌아왔다.

"그런 옷은 너무 튄다고 어머니를 말렸건만."

"뭐, 일어난 일은 어쩔 수 없지. 어머니도 선화를 생각해서 사주신 거고."

"그런데 그 옷과 책가방, 훔쳐서 어떻게 해?"

"화교들에게 팔아. 일본제 물건은 질이 좋아서 좋은 값에 사주거든. 같은 평양에 살아도 화교들은 중국을 오갈 수 있고, 게다가 돈도 있으니까."

"그렇다고 그런 강도짓까지, 남자도 아니고 여자들이잖아?"

"눈앞에 닥친 굶주림을 해결하는 게 먼저니까."

사느냐 죽느냐의 생활. 나는 선화에게서 빨간 점퍼를 빼앗아간 여자들을 책망할 마음이 사라졌다.

"선화를 지켜줄 엄마가 필요해."

"그러게. 선화와 지홍이가 믿고 따를 만한 좋은 사람이 있으면 좋겠는데. 뭐, 어렵겠지. 어떻게든 우리끼리 꾸려가야지."

건아 오빠네 집안일을 도맡아 해주던 사촌동생이 언제까지나 오빠네 집에 있을 수는 없다. 북한 당국의 특별 허가를 받고 한시적으로 거주하는 것이다. 계속 머물 수는 없다.

사촌동생이 돌아가버린 후에는 건아 오빠네 집에 직장 동료 C씨가 와주었다. 건아 오빠를 불쌍히 여겨 도와주기로 한 것이다.

C씨는 50대 중반이 넘은 여자분으로 건아 오빠가 말하길 '대단한 여성'이라고 한다.

남편은 섬세한 음악가. 과학자인 C씨가 일가를 지탱한다고 했다.

"뭐가 대단하냐면, C씨는 정말 터프해. 전쟁 전에 달리던 트럭 있잖아?"

"그 코끝이 비쭉 튀어나온 것 같은 차?"

"그래 그거. 여긴 아직도 그 트럭이 많은데, 그 허술한 트럭 짐칸에 올라타고 2박3일 출장을 가. 그런데도 펄펄하서."

구체적인 말은 해주지 않았지만 그다지 대우를 잘 받는 가족은 아닌 모양이었다. 실제로 C씨의 가족은 한동안 평양이 아닌 지방에서 살았다. 쫓겨났었을 것이다. 그러다 C씨의 노력으로 평양에 다시 돌아올 수 있었다고 한다.

"깔개 하나 들고 트럭 짐칸에 올라타서 아무리 멀리 가는 출장이라도 업무를 완수해내. 그런 노력을 쭉 존경해왔지. 동경하는 건지도 몰라."

하지만 C씨도 일이 바쁘다. 가족도 있다. 건아 오빠네 집에 매일 올 수는 없다. 그래서 자신이 올 수 없을 땐 큰딸을 보냈다.

혜경 씨라고 했다. 20대 후반의 활달한 여성이다.

건아 오빠도 더 이상 C씨 일가에게 부담을 줄 수는 없어서 중매 아주머니를 통해 맞선을 보기 시작했다.

직장을 쉬는 날 건아 오빠네 집에는 C씨와 혜경 씨가 와 있었다. 세 아이도 C씨와 그 딸과 친해졌다.

하루는 저녁나절에 건아 오빠가 혜경 씨와 C씨에게 말했다.

"항상 여러 모로 죄송합니다. 괜찮으시면 오늘은 여기서 아이들과 식사를 해주시겠어요? 저는 잠깐 나가봐야 돼서요."

혜경 씨가 아무렇지도 않게 물었단다.

"어디 가시는데요?"

"아, 이 나이에 부끄럽지만, 오늘도 맞선이 있어요."

혜경 씨의 얼굴색이 변했다. 슬픈 얼굴과는 다르다. 화난 얼굴과도 다르다. 싫어하는 얼굴과도 다르다. 그 모든 것이 뒤섞인 표정을 지으며 급히 자리에서 일어나 아파트를 뛰쳐나갔고 한다.

남은 C씨와 건아 오빠는 깜짝 놀라 서로 얼굴을 쳐다보았다.

"아, 우리 아이가 어쩌면……."

다음날 직장에서 C씨는 건아 오빠에게 털어놓았다.

"어제, 혜경이에게 물어보니 건아 씨를 좋아한다고 하네. 만약 건아 씨만 좋다면……."

청전벽력이란 이럴 때를 말한다.

"아이들에게 물어보겠습니다……."

건아 오빠는 간신히 그렇게 대답했다.

아이들의 결단은 빨랐다.

"혜경이 아줌마라면 좋아요."

지홍이도 선화도 모두 그렇게 대답했다.

"지성아, 너는 어때?"

"나도 혜경이 아줌마라면 괜찮다고 생각해. 나는 그 아줌마가 좋아요."

건아 오빠의 세 번째 결혼이 결정됐다. 지성이는 열네 살, 지홍이는 아홉 살, 그리고 선화는 일곱 살이었다.

결과적으로 열대여섯 살 연하의 귀여운 초혼 여성을 맞게 된 건아 오빠. 남의 말을 좋아하는 동료나 귀국자 친구들이 꽤나 놀려댔다고 한다.

"20대 여성을 신부로 맞이하다니, 뻔뻔하기도 하지. 자넨 범죄자야."

"무슨 소리야."

"아내 먼저 보냈다고 동정했더니만 막상 뚜껑을 열어보니 제일 행복한 놈이구나!"

"그만들 좀 해."

혜경 씨는 둥근 얼굴에 살짝 처진 눈을 가진 귀여운 여성이었다.

"오빠, 성격도 좋고, 미인이고, 잘됐다. 주변 사람들도 부러워하지?"

"근데 얼굴이 좀 둥글넓적하지? 나는 굳이 말한다면 얼굴이 갸름한……."

"작작 좀 하시지!"

내가 그렇게 쏘아붙였지만, 건아 오빠는 웃고 있었다. 웃는 얼굴로 건아 오빠가 말을 이었다.

"내겐 지켜야 할 소중한 여성이 셋 있어. 목숨보다 소중한 세 사람이야."

"응? 누구?"

"우선은 선화, 어머니, 그리고 영희 너야!"

"혜경 씨가 빠졌잖아."

"괜찮아, 괜찮다, 혜경이는."

오빠는 웃으면서 얼버무렸지만, 굳이 혜경 씨를 넣지 않은 것은 그 만큼 그녀를 신뢰한다는 뜻일 것이다. 내가 봐도 혜경 씨는 강한 여성이었다.

처음 집에 드나들 때부터 큰아이와 나이 차이가 얼마 안 나는 '아줌마'여서일까?

지성이와 지홍이, 위의 두 아이는 함께 살기 시작한 후에도 혜경 씨를 계속 '아줌마'라고 불렀다. 미워하거나 부정하는 건 아니지만, 지금 와서 '어머니'라고 부르는 것이 쑥스러운 모양이었다.

그러나 혜경 씨 입장에선 어떨까. 쓸쓸하지 않을까?

혜경 씨는 전혀 신경 쓰지 않았다. 그런 일로 고민하지 않는다. '어머니'라 부르는 선화도 '아줌마'라 부르는 지홍이도 똑같이 대한다.

선화가 학교에서 돌아와 늘어져 있으면 진짜 엄마처럼 큰소리로 혼낸다.

"선화야! 얼른 숙제해야지!"

건아 오빠의 두 번째 스텝 패밀리는 어느새 한 가족이 되어 있었다.

건아 오빠가 없을 때 나는 혜경 씨에게 물었다.

"아기 갖고 싶지 않아요?"

혜경 씨는 웃으면서 고개를 저었다.

"만약 다른 가족들 때문에 주저하는 거라면 절대 그러지 말아요. 낳고 싶어하는 게 여자 마음이고. 우리 어머니도 아버지도 손자가 하나 더 있어도 좋겠다고 말씀하세요."

혜경 씨는 조용히 웃기만 했다.

세계지도를 펼치면 일본과 북한 사이의 거리는 몇 센티미터에 불과하다. 이 몇 센티미터 차이가 인생을 가른다. 어떤 사람들은 자유를 누리고, 어떤 사람은 자유 없는 세계에서 내일의 양식을 걱정한다.

이 나라에서 아이를 낳는 것은 매우 큰 결단이 필요한 일일지도 모른다. 자기 아이가 갖고 싶다거나 불임치료를 해서라도 아이를 낳고 싶어하는, 그런 것과는 거리가 멀다.

건아 오빠와 달리 혜경 씨는 북한의 시골생활도 알고 있었다. 이 나라에서 주류로부터 소외된 생활이 얼마나 곤궁한지 뼈저리게 체험했다. 누구보다도 이 나라에서 '살아간다는' 것이 얼마나 힘든 일인지 알고 있을 것이다.

"영희야, 혜경이는 대단해. 배포의 차원이 달라."

혜경 씨는 각오의 차원이 다른 것이다.

친엄마의 죽음이라는 큰 충격을 겪었던 선화를 혜경 씨는 자기가 낳은 아이처럼 자상하게, 그리고 엄하게 교육했다. 선화는 그때까지 보통 공립학교에 다녔지만, 일본에서 말하는 '입시 전쟁'을 거쳐 예술대학 부속초등학교로 전학했다. 중학교에 올라갈 때는 "영어를 배우고 싶다"고 해서 이번엔 평양외국어대학 부속중학교에 올라갔다. 이때도 귀국자의 자녀라는 '성분'이 문제가 될 뻔했지만 할아버지가 조총련 간부라는 이유로 간신히 조건을 맞출 수 있었다고 한다. 엘리트 학교에 진학하는 것이 전부는 아니지만 이 나라에서 살아남기 위해서는 학력이 필요하다. 선화가 공부에 전념할 수 있도록 혜경 씨는 환경을 마련해주려고 열심이었다.

여담이지만, 이런 엘리트 학교에 들어가면 또 하나 특전이 생긴다. 국가 제전에 동원되지 않는 것이다. 스타디움을 가득 메우는 '연기자'들 중에는 초, 중학생이 많이 포함되는데, 그 아이들은 하루 중 많은 시간을 매스게임 연습에 할애해야 한다. 그러나 엘리트 학교는 국가를 이끌어갈 인재를 배출하는 것이 목적이다. 매스게임 연습을 하다 보면 학업에 지장이 생기기 때문에 항상 동원에서 제외된다. 엘리트 학교는 어찌 보면 일본이나 한국 이상으로 입시 경쟁이 치열하고, 그곳에서 엘리트가 배출된다.

건아 오빠의 아이들에겐 학력이 필요했다. 그들에겐 평생 귀국자의 자녀라는 '성분' 문제가 따라다닌다. '학력'이라는 무기가 없으면 언제 최하층으로 전락할지 알 수 없다. 대학을 나오면 가질 수 있는 직업도 많지만, 만에 하나 대학에 떨어지면 당의 명령으로 벽촌에 보내져도 불만을 토로할 수 없다. 어느 대학에 들어가느냐에 따라 이후 인생의 '소속'이 정해지는 것이다. 대학을 가는 지름길은 먼저 엘리트 학교에 들어가는 것이었다.

지홍이가 눈이 아팠을 때도 '성분' 탓에 하마터면 실명까지 할 뻔했다고 한다.

균이 들어가 눈이 부어오른 지홍이를 데리고 건아 오빠는 근처 진료소에 갔다. 하지만 그런 진료소에는 필요한 약품이 충분히 들어오지 않는다. 약은 만성적으로 부족했다. 그런 상황에서 그곳 의사가 해준 처치는 눈에 빨간약을 바르는 것이었다. 안약조차 없었던 것이다.

눈에 빨간약을 발라서 나을 리 만무하다. 그것은 뭣 모르는 일반인도 다 아는 사실이다. 눈이 더욱 부어올라 울부짖는 지홍이를 데리고 건아 오빠는 당 간부들이 이용하는 병원으로 달려갔다. 그러자 접수 창구에서 출신성분 증명서를 요구했다.

이쯤 되니 온화한 건아 오빠도 화를 냈다.

"아프다고 우는 어린애를 앞에 두고 출신성분을 확인할 증명서를
갖고 오라니, 당신들이 그러고도 의사야?"

건아 오빠는 놀라서 쳐다보는 접수원에게 계속 소리쳤다.

"이 아이는 조총련 오사카부위원장 손자야! 조사하려면 해봐! 당
장 약을 내놔!"

이런 윽박지름이 통했다는 것이 놀랍지만, 건아 오빠의 박력에 기
선을 제압당했을 것이다. 북한에서는 어쨌든 그 어떤 때라도 '성분'
이 거론되는 것이다. 이 나라에서 아이를 키우려면 이런 신분과의 싸
움을 각오하지 않으면 안 된다.

*

2005년 9월, 나는 북한에 있었다.

내가 손님으로 가 있는 동안에도 건아 오빠와 혜경 씨는 밤이 되면
매일같이 의식을 치렀다. 인체의 경혈도를 보면서 둘이서 혈자리를
맞추는 것이다. "우!", "앗!" 하고 소리 지르며 떠들썩하게 혈자리를
맞추는 게임은 건아 오빠네 집안에 밝은 기운을 몰고 왔다.

나는 건아 오빠에게 말을 걸었다.

"오빠, 정말로 멋진 가족이야."

"그렇지?"

“누가 봐도 세 번째 아내로는 안 보여.”

“그렇지.”

“어떻게 이렇게 잘 꾸려올 수 있었을까?”

“왜일까?”

나는 오빠가 없는 틈을 타서 혜경 씨에게 같은 질문을 했다. 혜경 씨는 웃기만 하고 대답하지 않는다. 정순 씨처럼 부끄러워하는 게 아니다. 지금 가족들에 대해 자신이 있는 것이다.

나는 혜경 씨에게 작심하고 한 가지 질문을 던졌다.

“만약 지성이나 지홍이가 자기를 낳아준 엄마를 만나고 싶다고 말하면 어떡할래요?”

“아이들이 원하는 대로 해줄 거예요.”

“불안하지 않아요?”

“만나든 안 만나든 M씨가 낳았다는 사실은 변함이 없으니까요. 그리고 괜찮아요. 지홍이랑 지성이라면, 저애들이라면 괜찮아요.”

건아 오빠네 가족은 ‘행복’을 찾는 데 선수였다.

아파트에서 물이 어제보다 잘 나온다며 기뻐하고, 오늘도 세끼 먹을 수 있었다며 환희한다. 작은 일이 ‘행복’이 되고 그것으로 웃으면서 지낼 수 있다. 출세욕도 없다. 좀 더 좋은 집에서 살고 싶다고 생각하지도 않는다. 무언가를 더 바라지도 않는다. 다섯 식구가 웃으면서 지내는 것이 중요하다. 오늘 하루를 무사히 보낼 수 있었다는 게 무엇보다 행복하고, 5년 후, 10년 후의 일은 생각하지 않는다. 이 나라에선 그런 것을 생각하기 시작하면 미치거나, 절망하는 수밖에 없다.

"영희야, 고민이 많지?"

건아 오빠가 물었다.

"고민투성이야. 오빠는?"

"더 이상 고민할 게 없어."

"왜?"

"고민해봤자 뭐가 달라지겠어. 고민한다고 길이 열리는 것도 아니고 말이야. 그보단 즐거운 일을 생각하는 편이 낫지."

"즐거운 일?"

"오늘 저녁 메뉴는 뭘까, 오늘 밤엔 섹스를 해야지, 그런 거."

"바보!"

"하지만" 건아 오빠가 진지한 표정으로 말했다.

"영희는 많이 고민했으면 좋겠다. 고민하고, 생각하고, 그래서 진짜 자신이 좋아하는 일을 하면 좋겠어. 우리 몫까지 치열하게 고민해다오. 치열하게 고민해서 답을 찾아내."

행복하게 산다.

그것은 이 나라에선 '사고 정지'와 동의어인 것이다. 앞일은 생각하지 않는다. 오로지 살아가는 일에 대해서만 생각한다. 건아 오빠는 그런 삶의 방식을 터득한 모양이다.

그렇다면 아이들은?

특히 지성이는 내가 평양에 갈 때마다 흥미진진한 표정으로 다가온다.

일본에서 태어나 미국까지 다녀온 고모는 자신들의 나라를 어떻게 볼까. 고모가 생각하는 '행복'이란 뭘까. 고모에겐 우리가 어떻게 보일까. 언제까지 우리를 보러 와줄 것인가.

지성이의 눈은 언제나 무언가를 호소하고 있다. 지성이에게 '나'라는 인간은 유일하게 세계를 알 수 있는 통로일 것이다. 나를 통해 지성이는 세계를 안다. 이 나라 말고 다른 세상이 있다는 것을 안다. 자유를 생각해도 좋은 세상이 있다는 것을 깨닫는다.

그렇다면 이미 알아버린 지성이는 앞으로 어떻게 살아갈 것인가.

만약 나였다면?

점집에 의지할 것인가.

술에 빠질 것인가.

정신을 놓아버릴 것인가.

아니면 엘리트를 지향할 것인가.

어쩌면 탈북을 하려고 마음먹을까?

혹은 건아 오빠 가족처럼 '작은 행복'을 발견하기로 할 것인가. 어쨌든 살아남으려고 애쓸 것인가.

지성이의 얼굴을 본다.

지홍이의 얼굴을 본다.

선화의 얼굴을 본다.

이 아이들은 인생을 선택할 수 없다. 그렇지만 씩씩하게 살아간다. 나는 이 아이들 앞에 가슴을 펴고 당당히 설 수 있을까?

"영희야, 네가 원하는 대로 하면 된다."

건아 오빠의 목소리가 내 가슴에 박힌다.

"인생은 한 번뿐이니까, 원하는 대로 살면 돼!"

내가 북한에 온 이유는 두 가지였다. 하나는 아버지가 쓰러진 자세한 상황을 오빠들에게 전하는 것. 뇌출혈로 쓰러진 아버지는 병원 침대에 누워 움직이지 못했다. 그리고 영화의 완성을 알리는 것. 나의 첫 다큐멘터리 영화 〈디어 평양〉의 완성을 알리고 싶었다. 뉴욕에서 공부를 마친 나는 그때까지 찍은 영상을 편집해 작품을 만들었다.

나쁜 소식과 좋은 소식. 하지만 내가 동요한 이유는 결코 그런 문제 때문이 아니다. 이 나라에서 살아가는 아이들과 내가 걸어왔을지 모를 인생을 겹쳐보니, 어떻게 해야 할지 모르겠다는 것이다.

"고모, 또 올 거예요?"

선화가 고개를 갸우뚱하면서 내 얼굴을 쳐다본다. 대체 나는 언제까지 이 나라를 방문하게 될까. 이 현실로부터 평생 눈을 감고 싶은 것인가.

나는 이 나라에 오고 싶은 것인가.

나는 이 나라에 계속 올 수 있을까.

나는 지성이와 선화를 만나고 싶은 걸까.

앞으로도 만날 수 있을 것인가.

"선화야, 고모는 또 올 거야. 올 수 있을 때까지 언제든 올게! 자, 우리 노래 부르자!"

"고모, 그 노래 불러요! 전에 불러준 한국 노래."

"아, 015B의 〈너에게 보내는 마지막 편지〉? 좋아, 불러줄게. 혼을 불어넣어서 불러줄게. 잘 들어봐."

기타를 잘 치는 혜경 씨가 구석방에서 기타를 꺼내왔다. 즉흥적으로 반주를 해줄 모양이다.

그냥 살다보면 가끔씩은 가슴 찢어지겠지

어차피 모든 각오 돼 있어

행복해야 돼 언제까지나

부드러운 한국어 가사에 쑥스러운 듯 귀를 기울이는 아이들. 술 취한 건아 오빠도 가사의 의미를 곱씹는 듯 눈을 감았다.

그렇지만 남이 가지지 못하는 추억을 우리는 가졌잖아

잠에서 깰 때면 시린 가슴속에 담벨 찾았지

내 옆에 앉은 선화가 손을 꼭 잡고 있다.

추억이란 건 항상 아름다울 테니

눈물 따윈 괜찮아

눈물이 멈추지 않는다. 눈물의 장막 너머로 모두의 얼굴이 보였다. 흐릿하게 보이는 그 모습이 마치 환영 같았다. 하지만 환영이 아니다. 건아 오빠의 가족, 이 스텝 패밀리는 이 땅에서 꿋꿋이 살아간다.

혜경 씨의 기타 소리가 귓전에 울렸다. 그것은 그곳 북한에 어울리지 않는, 밝고 힘찬 소리였다.

*

2008년, 조총련으로부터 북한 입국금지 처분을 받은 나는 그날 이후로 북에 건너가지 못했다.

〈너에게 보내는 마지막 편지〉. 내가 선화 가족에게 불러준 노래는 정말로 '마지막 노래'가 되고 말았다.

3부 ◎

하얀 그네 — 건민 오빠의 짧은 오열

인연.

나는 이 단어가 무섭다. 그것은 끊기도 어렵고, 항상 내 주위를 뱅글뱅글 돈다. 잠깐만 방심하면 이 단어에 질질 끌려다니다 더 이상 나로 존재할 수 없게 된다.

나는 나를 따르고 싶다. 나의 욕망을 따르고 싶다. 하지만 인연이라는 단어가 방해한다. 인연이라는 끈이 나를 얽매어 꽁꽁 묶어놓고, 움직일 수 없게 만드는 것이다. 나는 때때로 인연이라는 끈에 발이 묶인 채 나락으로 떨어지는 망상에 사로잡힌다.

내가 할 수 있는 일은 두 가지.

인연의 끈을 감추고 '어쩔 수 없다'고 말하며 살아갈까.

뒤엉킨 끈을 끊어버리고, 묶인 끈을 풀고 자유로워지기로 할까.

내가 이 인연이라는 끈을 끊어버리면 결국 가족은 전부 흩어져버리고 만다. 묶여서 하나였던 가족. 애국적 가족. 나는 끊어버리고 싶은 것일까? 아니면 뒤엉킨 채 존재하고 싶은걸까?

솔직히 말하면, 나는 언제나 그 반동으로 튀는 피를 뒤집어쓴다. 나는 가족들에게 "그때의 선택은 틀렸다"고 말할 수 있을까? 우리 가족은 잘못된 선택을 했다고 말할 수 있을까? 그럴 각오는 되어 있을까?

헤엄치지 않는 참치가 죽고 마는 것처럼, 나는 멈춰 서면 안 된다. 끈에 묶인 채 그 자리에 가만있으면 내 몸은 썩어갈 것이다.

*

셋째 오빠인 겐짱이 병에 걸렸다는 사실을 안 것은 언제였을까.

내가 친근하게 '짱'을 붙여 부르던 건민 오빠. 일본에 있을 때 허약했던 나를 자전거 짐칸에 태우고 매일같이 병원에 데려가주었던, 그 겐짱이다. 세 오빠들 중에 가장 어린 겐짱은 오빠들 중 제일 키가 크고, 팔다리가 긴 체격과 갸름한 얼굴은 나와 가장 닮았다.

병에 대해 알게 된 것은 선화가 태어난 직후쯤이었을까. 적어도 내가 뉴욕에 가기 전이었다.

처음엔 두통이었다고 한다. 내과에 가서 진찰을 받았지만 원인을 알 수 없었다. 그러는 사이 이번엔 치통이 생겼다. 치과에 갔다. 그렇지만 치아엔 문제가 없다고 했다. 눈 안쪽도 아파서 안과에 갔다. 하지만 역시 문제가 없다고 한다. 뺨이 부어올라 유행성 볼거리처럼 보였지만 그것도 아니라고 하고, 그후에도 뺨 주변이 아픈 것 같았지만 어느 의사를 찾아가야 할지 알 수 없었다.

겐짱의 귀국자 친구 중에 의사가 된 이가 있었다. 특별히 의논할 생각은 아니었지만, 함께 술을 마시다가 불쑥 병원에 찾아다닌 일을 이야기하자 "CT를 한번 제대로 찍어보라"고 강력히 권했다.

실제로 어떤 의사에게 가야 할지 모르겠다면 CT 검사를 하는 것도 나쁘지 않다. 겐짱은 그렇게 생각하고 일본제 의료기기를 갖춘 고급 병원에서 검사를 받았다.

"뺨 안쪽에 종양이 있다."

이것이 의사의 견해였다.

뺨이다. 눈도, 뇌도 가깝다. 만약 악성 종양이라면 위험한 수술이다. 입에서 코까지 젖혀서 종양을 들어내고 다시 닫아야 한다. 정형수술까지 필요할 것이다.

의사 친구는 겐짱에게 말했다.

"악성인지 양성인지 정밀히 검사할 필요가 있어. 어쨌든 수술을 하게 되겠지. 하지만 여기선 안 돼. 잘못 건드렸다간 후유증에 시달릴 거야. 나라면 이 나라에서 수술 같은 건 받지 않겠어. 어떻게든 아버지한테 부탁해서 일본에서 수술을 받을 수 있게 해봐라."

친구가 그렇게 말하는 데엔 근거가 있었다. 공식적으로는 알려지지 않았지만, 극히 일부지만 귀국사업으로 북한에 간 사람들 중에 병 치료를 위해 일본에 일시귀국이 허락된 예가 있었다. 당연히 거기엔 '출신성분'과 '돈'이 걸려 있다. 주로 조총련 대간부의 자식이나, 엄청 난 돈을 북에 보낸 사람들의 자식만 특별허가를 받았던 것이다.

우리 아버지는 도쿄의 중앙본부가 아니라 어디까지나 지방본부인 오사카의 간부다. 그래도 오사카에선 조총련 창립 때부터 관여해온 고참 간부이며 '실적'을 쌓아온 인물이었다. 젊어서 오사카 본부의 부위원장이 되어, 조총련의 황금기에 시와 부의 위원들과 동고동락 한 미워할 수 없는 성격의 명물 간부였다. 만년에 오사카부교육회 회 장이 된 후에는 오사카부의 조선학교를 위한 조성기금 증액에 공헌 해 전국 교육회의 모범으로 높은 평가를 받았다. 또한 세 아들을 전 부 조국에 바쳤다고 해서 조총련 조직과 북한 정부로부터의 신뢰도 두터웠다(오랜 세월 구축한 신뢰는 문제아 딸에 의해 와르르 무너진 듯하 다. 이 점에 대해서는 부모님께 죄송한 마음이다).

겐짱의 친구가 말을 이었다.

"너희 아버지, 그래도 조총련을 위해 꽤나 열심히 일해오신 분이잖 아. 아들을 셋이나 귀국시킨 간부는 예전에도, 앞으로도 너희 아버지 밖에 없을 거야. 부탁해볼 여지는 있지 않을까?"

이 소식은 부모님을 당혹스럽게 만들었다. 장남의 조울증만으로도 걱정이 태산 같은데, 거기다 그나마 문제없이 지내던 겐짱에게 병이 생긴 것이다. '북한의 엘리트'. 부모님은 그렇게 말하면서 겐짱을 자랑스럽게 여겼었다.

부모님은 매일 밤마다 소곤소곤 둘이서 늦게까지 논의를 했다. 이혼해서 집에 돌아와 있던 나는 두 분의 이야기를 우연히 엿들었다.

우리가 사는 3층짜리 주택. 원래는 어머니가 철야로 재봉 일을 해서 구입한 2층짜리 낡은 주택이었다. 아버지가 수입이 없는 정치활동가여서 부모님은 결혼 후 남의 집 2층에 세들어 살았다. 철야로 재봉틀을 밟아가면서 신사복을 만들어 돈을 모은 어머니는 쓰루하시에 낡은 남향 집 한 채를 샀다. 계단에서 삐걱삐걱 소리가 나는 낡은 집이었지만 "버는 돈이 적어도 살 집만 있으면 괜찮다. 아이들 키우는 데는 남향이 최고다!"라며 그 자리에서 결정했다고 한다.

세 아들을 낳은 후, 어머니는 산후조리도 충분히 하지 않고 재봉틀을 밟았다. 어머니가 꼼꼼한 일처리와 납기를 지키는 것을 신조로 삼은 덕에 주문이 늘었고, 낡은 집 1층에는 재봉틀과 종업원 수가 늘어갔다.

건오 오빠가 막 태어난 나를 돌보고, 어머니는 종업원 몇 명과 일을 했다. 바쁜 와중에도 아이들을 위해 꼬박꼬박 요리를 하고 라면 같은 인스턴트 식품은 금하는 식생활. 주말에는 한창때인 아들들에게 불고기를 해먹이고, 아버지가 밤중에 동료를 데리고 와도 웃는 얼굴로 술안주를 만들어 대접했다. 가족이 불고기를 먹는 날은 일을 마치고 집에 돌아가는 종업원들에게도 고기를 나눠주었다. 수십 년이 지나서까지 당시 함께 일했던 분들이 어머니를 찾아와선 "언니는 자기 식구한테 먹이는 거랑 똑같은 고기를 모두에게 나눠주었지! 우리는 평생 못 잊을 거야"라고 말하곤 했다.

당시 어머니의 활력은 그야말로 '억척어멈'이라고 부를 만했다.

"일본인들이 가난한 조선인이라서 꾀죄죄하게 입고 다닌다고 생각한다면 부끄러운 일이지. 하얀 옷은 새하얗게 입어라."

이것이 어머니의 입버릇이었다. 학교에 가는 아들들의 양말과 셔츠를 새하얗게 빨고, 바지 선도 칼같이 잡고, 심지어 손수건까지 다림질을 했다.

오빠들이 학교를 쉬는 일요일에는 세 아들의 운동화를 솔로 박박 문질러 빨아 말렸다. 보다 못한 건오 오빠가 동생들에게 "운동화 빨래는 어머니께 맡기지 마라"라고 룰을 정하고 부터는 아래 두 오빠도 마지못해 스스로 신발을 빨았다. 아버지의 속옷과 와이셔츠, 양복에 대한 어머니의 정성은 각별했다.

"아버지는 일 때문에 일본 의원님들도 만나야 하니 실례가 되지 않는 옷차림을 해야지. 옷을 잘 갖춰 입는 건 상대에 대한 예의야."

그렇게 말하며 어머니는 일터에서 나눠 받은 이탈리아산 천으로 코트를 만들어 아버지에게 입혔다.

나는 쓰루하시의 남향집에서 옮겨와 태어났기 때문에 고등학교를 졸업할 때까지 이사 경험이 없다. 세 오빠와 어머니의 재봉 일을 도와주는 종업원들에게 둘러싸인 집은 언제나 떠들썩했다. 모두가 어머니를 좋아했던 것이 기억난다.

내가 네 살쯤 됐을 때였나, 어머니에게 경양식집을 운영해보지 않겠느냐는 제의가 들어왔다. 어머니는 재봉 일을 하던 기자재 전부를 종업원 한 명에게 넘기고 완전히 다른 장사를 시작했다. 중학생, 고등학생, 대학생으로 한창 커가는 아들들에 외동딸도 쑥쑥 자라나는 마당에 좁은 집에서 재봉 일을 계속하는 것은 한계가 있었다. 경양식집 위치는 나무랄 데 없이 훌륭했다. 어머니는 조선인이라는 것을 숨긴다는 조건으로 고용 사장이 되었다.

화장을 하고 조금만 멋을 부려도 귀부인처럼 보이는 어머니는 금방 샐러리맨들의 인기를 끌었고, 가게는 번창했다. 나는 가끔 어머니 손을 잡고 가게에 갔다.

"어머니라고 부르면 안 돼. '오카상'이라 불러야 한다."

나에게 이렇게 말하는 어머니가 딴 사람처럼 보였다.

몇 번이나 '오카상' 하고 부르려고 했지만 어쩐지 창피하고, '영희'가 아니라 '에이코'(英子)라 불리는 것이 시간이 지나도 익숙해지지 않아서, 나는 가게에서 자연스럽게 말이 없어졌다. 웨이트리스나 주방 사람들은 친절했지만 만약 내가 "어머니"라고 부르면, 만약 "에이코가 아니고 영희예요!"라고 말하면 모두가 심술궂게 변하지 않을까 하는 의문을 언제나 마음속에 품고 있었기 때문에 그들의 친절도 진심으로 받아들이지 못했다.

오너로부터 2호점을 맡아달라는 이야기를 듣고 어머니는 자기 가게를 꾸려나가며 활동가로 살아가는 아버지를 경제적으로 확실히 지원하기로 결심했다. 민족애와 자존심의 화신 같은 어머니가 일본 이름을 쓰면서 장사를 하는 게 마뜩치는 않았겠지만, 그 수입으로 아이들을 아무 걱정 없이 기르고, 남편의 정치활동을 지원할 수 있다는 사실에 만족하면서 매일 충실히 일한 게 틀림없다. 데미그라스 소스를 듬뿍 얹은 어머니 가게의 함박스테이크는 정말 맛있었다.

하지만 가게가 궤도에 오를 즈음, 세 아들을 '귀국'시키게 되었다. 어머니는 모든 장사를 접었고, 부부는 함께 조총련 활동에 몰두했다.

그리고 15년 넘게 세월이 흘렀다. 어린 시절 추억이 가득 담긴 낡은 집 마루와 계단은 어머니가 열심히 쓸고 닦은 덕분에 언제나 반짝거렸지만, 오래되어 여기저기 삐걱대는 곳이 많았다. 내가 도쿄의 조선대학교에서 기숙사생활을 하는 동안 어머니는 작심하고 집을 다시 지었다. 원래 있던 집을 부수고 거기에 똑같은 구조와 외관을 가진 두 채의 집을 지은 것이다. 밖에서 보면 지붕은 하나지만, 가운데에서 양쪽으로 나뉘어 있다. 세 식구가 되어 그다지 넓은 집이 필요치 않다는 것이 이유 가운데 하나. 또 다른 중요한 이유는 다른 가족에게 세를 주어 수입을 얻기 위해서였다. 수입이 적어도 꼬박꼬박 정기예금을 하는 어머니는 은행 신용도가 좋은 편이어서 토지를 담보로 집 지을 돈을 빌렸다. 일처리가 확실한 어머니는 아등바등하며 한 푼 두푼 모은 돈으로 앞으로도 계속 이어질 '북'으로의 송금을 준비한 것이다. 임대 수입은 대출금 반환과 아들들 송금비로 사라졌다. 그 사이 임대 수입만으론 부족해져서 결국 집의 절반은 팔아버렸다. 집이 절반으로 줄었을 때 어머니는 허무해 하는 듯 보였다.

"남의 집 2층에 살 땐 항상 조심해야 했으니, 이 집 샀을 때 참 좋았지. 하지만 어느새 반으로 줄어버렸구나. 뭐, 어쩔 수 없지!"

남은 절반의 집이라도 어떻게든 지키고 싶다는 어머니의 마음이 절절히 전해졌다.

새로운 집은 1층에 부엌과 응접실이 있고, 계단을 올라가면 2층 복도가 나온다. 왼쪽은 부모님 침실. 이 침실에 김일성 부자의 초상화가 걸려 있다. 초상화 말고도 부모님이 조총련 대표단으로 '북'을 방문했을 때 찍은 기념사진이 걸려 있는데, 그중엔 김일성과 함께 찍은 것도 있다. 하나하나 정성스럽게 액자에 넣어 방 벽을 둘러싸듯 걸어놓았다. 그리고 오빠들이 귀국하기 직전에 사진관에서 찍은 가족 사진이 걸려 있다. 그 사진에는 중학생과 대학생 교복을 입은 세 아들과 여섯 살의 내가, 가슴에 훈장을 단 부모님과 함께 찍혀 있다. 모두 긴장한 얼굴로 아무도 웃지 않는다. 복도 오른쪽 재봉틀이 놓인 방은 어머니의 작업실이었다. 여기엔 항상 엄청난 양의 종이 상자가 쌓여 있다. 북에 사는 아들들에게 보낼 물건을 포장하는 도구, 여기저기서 세일 때 사 모은 옷과 일용품을 쌓아둔다. 정기적으로 이것들을 종이 상자에 담아서 우체국으로 보내거나 조총련 방문단 중 아는 사람에게 부탁해서 평양까지 운반시킨다. 우편은 중국 경유고, 방문단에게 맡기면 니가타에서 선박 만경봉호로 운반된다(우편도, 만경봉호로 운반하는 것도, 수년 전부터 일본정부의 경제 제재로 금지되었지만).

3층에는 내 방이 있다. 10조 정도 넓이로 피아노와 침대, 결혼할 때 산 장롱이 있다. 책장에는 일본과 외국의 책과 잡지, CD 등이 꽂혀 있는데, 연극에 관한 책이 특히 많다. 피아노 위는 좋아하는 배우 사진으로 장식돼 있고, 벽에는 뉴욕 지하철노선도를 붙여두었다. 한국의 음악이나 영화 잡지도 놓여 있어서 2층의 부모님 방과는 전혀 다른 세상이다.

우리 집에 놀러온 한 친구는 2층 부모님의 방을 동독, 3층의 내 방을 서독에 비유하며 그 사이 계단을 '베를린 장벽'이라 불렀다.

내 방에 가기 위해선 반드시 부모님 침실 옆을 지나치게 된다. 매우 사이가 좋은 두 분은 한밤중까지 이야기를 나눌 때가 많았는데, 겐짱의 병에 대해 알게 된 후로는 두 분의 한숨소리만 줄곧 들려왔다. 어머니는 한마디 할 때마다 "아이고"를 붙였다.

"아이고, 건민이를 어떻게 하면 부를 수 있을꼬? 아이고, 누구한테 부탁하면 좋을꼬?"

"기대하지 않는 게 좋아."

"그렇지만 아버지, 아들 셋을 전부 보냈잖아요. 한 명쯤 병 치료를 위해 보내줘도 되잖아요. 다시 안 돌려보내겠다는 것도 아니고……."

"어쨌든 할 수 있는 건 다 해봐야지."

"아이고, 사실 건오도 일본의 의사선생님께 진찰을 받았더라면 약도 정확히 그애한테 맞춰서 보낼 수 있을 텐데. 조울증은 안정이 중요하다고 책에 적혀 있던데 거기서 맘 편히 휴식을 취할 수 있을 리가 없지. 건민이는 수술하면 낫는대요? 아이고, 어떻게든 해봐야죠. 치료가 끝나면 돌아갈 거고. 딱 몇 달인데. 네, 아버지, 어떻게든 부탁해봐요."

"으응……. 중앙간부의 자식이 일시 귀국한 경우도 있었다고 듣긴 했지만……."

"아이고, 아들들을 병에 걸리게 하려고 보낸 것 같네. 왜 이런 일이……."

"그런 말 다시는 입에 담지 말아."

"어쨌든 담당자 선물도 이것저것 챙겨야지. 너무 눈에 띄어도 안 되겠지만 빈손으로 만날 순 없고."

한숨 섞인 대사가 어머니 입버릇이 되었다. 몇 년이 지나도 이 버릇은 바뀌지 않았다. 무슨 일이 있을 때면 중얼거리는 것이다. 나중엔 일본에 있을 때 겐짱이 무척 좋아했던 곰탕을 끓일 때마다 푸념을 했다.

"아이고, 열네 살에 가서 고생만 하고. 건민이는 저녁에 곰탕을 끓인 날은 꼭 '꼬리곰탕이다! 꼬리곰탕이다!' 하면서 좋아했는데. 그곳에선 고기 먹을 일이나 있을까."

그런 푸념을 들으면서, 불가능할 거라고 체념하고 있었다. 나는 저 나라에 대해서는 기대를 품지 않는 것이 좋다는 마음가짐을 배웠다.

부모님은 끝까지 포기하지 못하고 계속 관계자를 만나고 다녔다. 어떻게든 되겠지, 그렇게 생각할 때 어머니는 강하다. 평양을 방문해 담당 간부를 만날 때마다 가족에 대해 꼼꼼히 물어보고 그 사람과 가족들에게 필요한 것을 정확히 준비해서 다음번 방문 때 가져다주었다. 행동에 나서기 시작한 어머니는 푸념하는 것도 관뒀다. 누구에게 보내는지, 어마어마한 양의 옷과 잡화, 상비약과 영양제를 종이 상자에 쌀 때마다 "부모밖에 못하지. 어머니는 이런 존재야" 하고 말하며 포장의 달인이 되어갔다. 겨울엔 학교와 직장이 추울 거라며 일회용 난로를 몇 상자씩 사들이는 어머니에게 가게 주인은 "양로원에 보내는 건가요?" 하고 말하며 감탄했다. 오빠네 직장에서 사용할 자전거

와 운반용 카트까지 대량 주문했을 때는 배달온 업자가 "대지진이 일어난 고베에 보내는 겁니까? 하긴 아직도 복구하려면 한참이라고 하니"라며 엉뚱한 말을 했다. 웃는 얼굴로 대충 얼버무리는 어머니를 보면서 나는 마음속으로 '확실히 대재앙이다. 정치적·경제적 대재앙, 더구나 인재다'라고 혼자 생각했다.

그 시절 나는 20대까지의 꿈이었던 연극에 좌절하고 논픽션 세계에 흥미를 갖기 시작해, 비디오 저널리스트로서 아시아 각국을 취재하러 다녔다. 그 와중에 야마가타국제다큐멘터리영화제를 보면서 우리 가족을 소재로 다큐멘터리 작품을 만들 수 없을까 하고 막연히 생각하기 시작했다. 1997년부터는 본격적으로 미디어와 다큐멘터리를 공부하려고 아버지의 맹렬한 반대를 꺾고 뉴욕에 살기 시작했다. 바텐더 아르바이트를 하면서 대학원에 다니고, 다양한 나라에서 온 이민자들로 구성된 마이너리티 그룹을 취재하면서 24시간 뉴욕 생활을 만끽했다.

어머니는 겐짱의 일로 뭔가 진전이 있을 때마다 뉴욕으로 전화를 걸어왔다.

"평양의 담당자가 내년엔 반드시 돌아올 수 있다고 했다!"

흥분한 어머니의 목소리는 통통 튀었지만 듣는 나는 냉정하게 가라앉았다. 대체 몇 번째 '희소식'일까. 얼마 전엔 "몇 달 안에 올 수 있다"였다. 그보다 앞서는 "내년 여름쯤에는……"이었다. 반년마다 정보는 바뀌었고, 담당자도 바뀌었다. 게다가 항상 희소식만은 아니었다. 한동안 잠잠하다가 "이번에도 안 됐다……"는 어머니의 슬픈 목소리를 듣게 된다. 전화기 너머에선 아버지가 소리친다.

"J씨가 괜찮다고 하지 않았냐고! 어찌된 거야!"

아버지의 분노와 마주할 때마다 "그런 나라에 당신은 자식을 보냈지요, 아버지"라고 냉정하게 말해주고 싶기도 했다. 하지만 퍼뜩 제정신을 차린다. 내가 말하지 않아도 부모님은 그 사실을 처절히 깨닫고 있지 않은가. 북에 대해 의문을 품고 모순을 느낄 때마다 분노가 치밀어 오르지만, 그 모순이 그대로 자신들에게 부딪쳐 돌아오는 부모님을 보고 있으면 나는 아무 말도 할 수 없었다.

돌연 취소되었다고 해서 우리가 전화로 항의하는 건 불가능하다. 북한의 담당자가 전화를 걸 리도 만무하다. 나쁜 뉴스는 오빠와 올케에게서 전해져왔다. 10분에 5천 엔이나 드는 평양으로부터의 수신자 부담 전화. 거금을 지불하면서 웃을 수 없는 뉴스를 듣는다. 이유를 묻고, 상황을 묻고, 병의 상태를 묻고, 가족들의 상황을 묻는다. 도청될 것을 전제로 하는 통화이므로 겉도는 대화만 이어진다. 그럼에도 어머니는 조금이라도 아들과 손자의 목소리를 듣고 싶어서 대화를 계속한다. 20, 30분 정도 지나면 전화요금은 수만 엔에 이른다.

어머니는 오빠들과 관련된 소식이 없어도 뉴욕에 있는 내게 종종 전화를 걸었다. 이웃나라에 있는 평양보다 지구 반대편 뉴욕이 전화요금도 저렴하고 목소리도 선명하게 들린다.

뉴욕 행을 허락하지 않는 아버지와 대립하는 딸을 염려하던 어머니였지만, 목표를 향해 돌진하는 나를 지원해주었다. 집안이 가난해서 중학교밖에 못 나온 어머니는 나의 유학생활 소식을 즐겁게 기다렸다. 한국의 제주 출신이면서 사상적으로 '북'을 선택했다는 이유로 고향 땅을 밟을 수 없는 부모님이었다. 내가 뉴욕에서 한국 유학생들과 친하게 지내는 이야기도 즐겁게 들으셨다.

어머니는 항상 "영희야, 영어는 괜찮니? 선생님이 하는 말은 알아들어? 네가 영어로 말하는 거 들어보고 싶다"라고 놀리다가 마지막엔 "부족한 거 없니?"라고 물어본다. 나는 웃으면서 대답한다.

"어머니, 여긴 평양과 달라요. 일본 식료품을 파는 슈퍼도 있고, 겨울에도 실내는 일본보다 따뜻해서 괜찮아요. 아무것도 보낼 필요 없어요."

저녁 반주를 하던 아버지가 대화에서 제외된 걸 서운해하며 전화기 저편에서 큰 소리로 말한다.

"누구야, 영희야? 미제국주의에 빠진 딸 같은 건 그냥 내버려둬. 전화요금도 아까우니 끊어, 빨리 끊어!"라고 성질을 부린다.

어머니가 아랑곳하지 않고 "아버지 바꾸마" 하고 수화기를 건네면 순간 목소리가 돌변한다.

"영희냐, 돌아와라……."

나는 아버지가 다른 말을 더 할까 싶어 한동안 기다린다. 침묵.

"그것뿐이에요?"

"그거 하나다! 돌아와. 어머니가 끓인 삼계탕 맛있다. 공부 같은 건 안 해도 되니 빨리 돌아와 시집가서……."

전혀 대화가 안 통한다.

"아버지, 간신히 대학원에 들어갔어요. 앞으로가 중요하다니까. 그리고 여름방학과 정초엔 오사카에 돌아갈게요. 뉴욕과 오사카 사이엔 하루에도 몇 편씩 비행기가 뜨니까. 평양과 달리 여긴 가까워요!"

"아들은 평양에, 딸은 뉴욕에, 우리 집은 대체 어찌 된 건지!"

"평양과 뉴욕, 국제원자력기구의 핵사찰단 같네. 최첨단이고 좋잖아요?"

"무슨 바보 같은 소리냐!"

내가 미국에 갔을 무렵 아버지는 당혹스러워했다. 미국에 간 딸이 가치관이 다른 부모와 오빠들을 버리고 멀리 떠나버렸다고 생각한 모양이다. 더 이상 당신이 있는 곳으로 돌아오지 않는 건 아닐까, 말도 통하지 않는 미국 남자와 아예 눌러앉아버리는 게 아닐까, 가족과 인연을 끊고 평생 만나지 않을 결심을 하고 미국에 간 건 아닐까. 그런 불안감에 휩싸였던 모양이다. 아버지는 "영희가 돌아오지 않을지도 모르겠다"고 어머니에게 말을 흘리기도 했다.

나는 정초마다 아버지 선물을 사들고 일본으로 돌아왔다. 와야 할 것 같았다. 오빠들을 대신해 할 수 있는 최소한의 효도라고 생각했을지도 모른다. 아르바이트를 해서 아버지를 위해 폴 스튜어트 넥타이를 사서 돌아오는 딸은, 그때마다 서울의 유학생과 사귀게 된 이야기나, 한국계 미국인 친구가 생긴 이야기를 들고 온다. 공식적으로 북한 측 사람에게 '한국'은 허락되지 않는 나라지만, 실상은 다르다. 원래 한국은 자신의 고향, 모국인 것이다. 아버지 입장에서도 딸이 그런 친구를 사귄다는 것은 기쁜 일이었다.

"뉴욕에 사는 한국 친구들에게 맛있는 밥 사줘라. 아버지가 내는 거다!"

그러면서 돈까지 주시려고 했다. 어머니는 딸이 자신의 의지대로 살아가는 것을 기뻐해주셨다. "아들들 때와 다르니까"라고 말하면서 응원해주었다. 나도 부모님과 거리를 둠으로써 이전보다 좀 더 너그러워졌다. 나는 그때까지와는 다른 눈으로 가족을 보게 되었다. 가족에 대한 다큐멘터리를 만들고자 결심한 나는 전에는 알지 못했던, 부모님이 살아온 시대에 대한 공부를 시작했다. 동시에 전 세계에서 모인, 가족을 그린 다큐멘터리를 보면서 지금까지와는 다른 관점으로 우리 가족을 보게 되었다.

아버지는 "나도 뉴욕에 가볼까"라는 말까지 하게 되었다. 조총련 간부인 아버지의 미국 입국 비자가 발급될 리도 없었지만.

＊

1999년 가을의 끝 무렵이었던 것 같다. 나는 전날 파티에서 마신 술이 덜 깬 채 전화를 받았다.

"영희야, 건민이가…… 건민이가 돌아온단다!"

어머니의 흥분한 목소리가 들려왔다. 또 예전과 같은 소식인가 생각했는데, 상황이 다르다.

"12월 10일쯤 도착 예정이야. 건민이 말고도 몇 명인가 치료를 받을 사람들이 함께 온단다. 우리처럼 몇 년씩 걸려서 신청한 사람들일 테지. 드디어, 드디어 말이다!"

오빠를 포함해 다섯 명. 각지에서 건너간 귀국자들로, 오사카 출신은 오빠 한 명이었다. 인원도 멤버도 구체적이었고, 평양에서 북경을 경유해 일본에 도착하는 일정까지 나왔다. 이런 적은 처음이었다.

"예정은 조금 바뀔지 모르지만, 영희야, 네가 먼저 일본에 와 있다가 오빠를 맞아줘라."

"일본에 얼마나 있을 수 있대?"

"3개월이라고 하더라."

"3개월 만에 치료는 가능해요?"

"그거야 병 치료차 오는 거니, 치료가 끝날 때까지 머물 수 있지 않을까? 적어도 반년은 걸릴 테니까, 돌아오면 그렇게 부탁해볼 참이다. 아버지도 연장할 수 있을 거라고 말씀하셨고."

겐짱이 돌아온다. 나는 그 확실한 예감에 떨렸다. 이럴 때 뉴욕에 있을 수는 없다. 돌아가자. 오사카에서 겐짱의 귀국을 기다리자.

저 나라는 뭐든 갑자기 결정하는 나라다. 정해진 일정을 믿고 귀국했다간, 겐짱이 먼저 돌아올 수도 있다. 내가 겐짱보다 늦게 일본에 도착하는 일이 없도록 얼른 오사카로 돌아가야지. 나는 곧바로 오사카 행 비행기를 예약하고 급히 짐을 꾸렸다.

돌아가는 비행기 안에서 내 머릿속은 겐짱 생각으로 가득 찼다.

지금, 어떤 기분일까?

겐짱은 무엇이 하고 싶을까?

귀국하기 전에 딱 한 번 가족이 함께 여행한 와카야마. 북한으로 가기 직전 머물렀던 니가타. 겐짱은 오사카 이외의 장소를 이 두 곳밖에 알지 못한다.

그러고 보니 홋카이도에 가보고 싶다고 했던가. 규슈의 온천에 데리고 가는 것도 좋겠다. 겐짱은 도쿄에도 가본 적이 없다. 신주쿠와 시부야에 가면 깜짝 놀라겠지.

달라진 오사카의 모습도 보여주고 싶다. 가장 맛있는 초밥에, 가장 맛있는 프랑스 요리, 가장 맛있는 이탈리아 요리. 북에서 먹을 수 없는 맛있는 것들을 잔뜩 맛보게 해줘야지.

거기까지 생각한 나는 머리를 감싸 쥐었다. 아르바이트로 연명하는 가난한 유학생에게 그런 돈은 없다. 간신히 생활을 꾸리느라 저축한 돈도 없다. 일본에 돌아가는 비행기 값을 마련하는 것도 무척 힘들었다. 아, 어딘가에 돈을 팍팍 주는 친척 삼촌이라도 있다면. 아버지에겐 파친코로 성공한 형이 있었지만, '북'과의 무역을 시작한 후 재산을 전부 까먹었다. 큰아버지도 '북'에 자식을 보낸 상태여서 조금이라도 자식에게 도움이 되려고 시작한 일이었다. 하지만 결국 파산하고, 아들을 만나지 못한 채 일본에서 돌아가셨다.

아니, 그보다 더 중요한 게 있다. 겐짱은 그런 것들이 하고 싶을까?

북한에 몇 번이나 찾아가 그곳 생활을 본 나는 '알고 있다'는 것의 잔혹함을 통감했다. 귀국자에게 가장 힘든 일은 '북한과 다른 생활을 알고 있다'는 것이었다.

오빠는 어떨까?

무역 관계 일을 하는 오빠는 중국에 출장을 가기도 한다. 장춘이나 심양은 잘 안다. 상해에도 한 번 갔었다. 상해는 일당독재정치와 자본주의 이상의 빈부격차라는 중국의 이중적 모순이 어느 곳보다 현

저히 드러나는 도시로, 이곳으로의 출장 허가를 내릴 때 북한 정부는
신중을 기했다. 중국의 다른 도시 출장보다 허가를 받기 어려웠지만
오빠는 그것도 해냈다. 오빠는 '다른 세계와 접촉해도 흔들리지 않는
충성심의 소유자'라고 정부로부터 신뢰받는다는 뜻일까. 그렇다고
해도 내심 복잡했을 것이다. 지금의 일본에 대해 알게 될 때마다 '만
약 내가 귀국하지 않았다면? 만약 여기서 살고 있었다면'이라는 또
하나의 이야기가 머릿속에 떠오를 것이다. 그런 '다른 자신'을 상상
할 때의 심경은 나로선 알 길이 없다.

오빠는 무엇을 하고 싶을까?

오빠는 누구를 만나고 싶을까?

*

오사카에 도착하니 주위가 들떠 있는 것이 피부로 느껴졌다. 여동
생의 자의적 해석이겠지만 거리 전체가 오빠를 기다리며 웅성거리는
듯했다.

"영희야, 12월 3일이야. 앞으로 사흘 후면 도착한다!"

어머니의 목소리가 스무 살 정도 젊어진 것 같다. 아버지도 평상시
보다 기분이 좋고. "어머니, 이제 며칠 남았지?"라고 물으며 오빠가

돌아오는 날을 손꼽아 기다리는 나날.

그런데도 나는 여전히 반신반의했다. 저 나라가 오빠의 귀향을 허락하다니! 일시귀국이라고 해도, 그런 행복한 사건이 과연 현실화될 것인가? 그렇게 의심하는 한편, 갑자기 취소되어도 실망하지 않으리라 마음을 다잡고 있었다.

조총련 본부에서 오빠가 평양 출발 후 중국을 경유해 일본에 온다는 것과 나리타 도착 후에 도쿄에서 신칸센으로 오사카에 온다는 소식을 전해왔다.

"왜 나리타 공항에서 도착해서 신칸센이냐고. 나리타에서 비행기로 간사이 공항까지 오면 좋을 텐데. 그보다 북경에서 간사이 공항으로 바로 오면 빠른 것을."

일일이 토를 다는 나에게 어머니는 "투덜대지 마라, 왜 그리 불평이 많냐" 하며, 아버지 앞에선 어른스럽게 굴라고 당부한다.

어쨌든 겐짱이 온다! 이제 조금 있으면 일본에 돌아온다!

'아아, 내가 먼저 와서 다행이야'라고 마음속으로 생각했다.

겐짱이 오사카 집에 돌아오는 당일엔 아침부터 사람들의 출입이 잦았다.

환영회 준비를 위해 조총련부인회에 소속된 분들이 우리 집 부엌에 모여 요리를 하느라 바쁘다. 색색 나물에 전, 잡채와 불고기, 마치 결혼식 피로연을 준비하는 것 같다. 쓰루하시 한국시장에서는 김치 몇 종류와 삶은 돼지고기, 갓 쪄낸 떡, 생선가게에선 도미 이케즈쿠리*가 도착했다. 근처 이발관의 N씨가 현관을 들여다보면서 "겐짱, 아직이에요? 나를 기억할까요?"라고 내게 말을 건다.

"귀국할 때 이별 선물로 주신 드라이어, 오빠가 잘 쓰고 있다네요."

"그렇구나. 여기 돌아올 수 있을 정도로 높은 분이 되었군요. 대단해요."

N씨는 오빠의 병에 대해선 알지 못하고 외교관이라도 되어 돌아오는 듯 여겼다. 어머니가 병 얘기는 빼고 아들의 귀환을 알렸을 것이다. 나는 세세한 설명을 하지 않고 웃음으로 얼버무렸다.

겐짱의 초등학교 동창인 H씨도 왔다. H씨는 도쿄 조총련 중앙본부에서 오랫동안 일하다 자영업자가 되었다. 옛날엔 매년 일 때문에 평양을 방문했기 때문에 겐짱에 대해 누구보다 잘 알고 있다. H씨는 나를 보자마자 "뉴욕에서 왔어?"라고 물었다. 나는 크게 고개를 끄덕였다. H씨는 웃는 얼굴로 "오빠가 오게 돼서 좋겠다" 하고 말했다.

* 살아 있는 물고기의 머리·뼈·꼬리는 그대로 둔 채, 살만 회로 쳐서 뼈 위에 늘어놓아 원래 모습대로 꾸며 내놓는 요리.

저녁에 오빠를 태운 차가 집 앞에 도착했다. 오빠와 여러 번 평양에서 만났던 어머니도 아들이 집으로 돌아오자 감개무량한 모양이다. 열네 살에 이 집을 떠난 오빠는 이제 마흔이 넘었다. 타임머신을 타고 옛날로 돌아간 느낌일까? 차에서 내린 오빠는 주변을 흘끔거리며 집에 들어왔다. 현관에 들어서자마자 "와, 깨끗해졌네"라고 한마디 한다. 거실에 앉자 "일본차가 마시고 싶다"고 했다. 어머니는 차를 건네면서 "환영회에 조총련 본부와 지부 사람들도 올 테니 목욕탕에 가서 말끔하게 씻고 와라" 하며 준비한 목욕도구와 갈아입을 옷을 건넸다. 나는 오빠를 목욕탕까지 안내했다.

"영희야, 나한테서 냄새 나?"

"응, 평양의 트롤리버스 냄새가 나"

"하하하! 어떤 냄새냐! 영희는 재미있는 말을 하네."

오빠는 내가 깜짝 놀랄 정도로 큰소리로 웃었다.

"땀 냄새와 곰팡이 냄새, 습기가 섞인 독특한 냄새. 트롤리버스 안에서 숨을 쉴 수가 없었어. 괜찮아, 좋은 향이 나는 비누를 넣었거든. 평양의 때를 확실히 벗어주세요."

"평양의 때라, 그리 쉽게 벗겨지진 않을걸."

의미심장한 미소를 띠며 오빠는 덧붙였다.

"조선을 얕보면 안 돼."

마주보고 웃었지만 나는 이 말이 마음에 걸렸다. 오빠가 "나는 이미 저쪽 인간이 됐다"라고 말하는 듯했다.

"그럼, 돌아가서 기다릴게. 돌아오는 길에 헤매지 말고."

목욕탕 앞에서 오빠와 헤어졌다.

그후에도 겐짱은 내가 뭔가 핵심을 건드리는 질문을 하면 확실히 대답하지 않고 "조선을 얕보면 안 된다"라고 농담처럼 웃으며 말했다. 그리고 그다지 즐겁지 않은 자조적인 웃음. 나는 그 말이 싫었다. 오빠의 입에서 그 말이 나올 때마다 몸서리가 쳐졌다. "네가 이해할 수 있을 정도로 물렁물렁한 세상에서 살고 있지 않다"라고 말하는 듯해서, 오빠가 멀게 느껴졌다.

날이 어두워지고 사람들이 몰려들었다 조총련 오사카 이쿠노 구 서부지부 임원, 같은 지역의 조총련 분회원들이 2층에 한 상 차려진 테이블에 둘러앉았다. 오빠도 있었지만 방 한구석에 앉아 다른 주인공을 기다리는 듯한 분위기였다.

차가 도착하는 소리가 들렸다. 아버지가 "본부 임원이 도착한 모양이다"라고 말하면서 맞으러 나갔다. 검은 차가 두 대. 차 문이 열리고 내리는 임원들을 아버지와 오빠가 악수를 하며 맞이한다. 옛날부터 조총련 일을 해온 낯익은 아저씨들이었다. 그리고 마지막으로 한 사람, 평양에서 왔다는 걸 한눈에 알 수 있는 남자가 차에서 내렸다. 오빠가 그 사람을 아버지에게 소개했다. 작은 몸집에 행동거지가 신중하고, 예리한 눈빛이 인상에 남았다. 나는 차 가까이 가지 않고 조금 떨어진 곳에서 머리를 숙여 인사했다. 그 사람이 집에 들어오기 위해 내 앞을 지나쳤을 때 평양 트롤리버스 안에서 맡았던 냄새가 났다. 엄밀히 말하면 그것은 내가 북한에서 스쳐 지나갔던 모든 인민복과 군복의 공통된 냄새였다.

환영회의 주인공은 겐짱처럼 보이면서도 사실 그렇지 않았다. 상석에는 조총련 임원이 앉아 있었고, 주인공은 제쳐두고 아버지가 연설을 시작했다.

"모국과 친애하는 김정일 장군님 덕분에 이렇게 아들 건민이가 병 치료를 위해 일본에 올 수 있었습니다. 위대하신 장군님의 만수무강을 기원하며 건배!"

"건배!"

아버지의 선창에 이어 모여 앉은 사람들이 제창을 한다. 나는 아버지와 다른 사람들의 시야에서 벗어난 계단에 앉아 겐짱만 알아듣게 '바보 같아!'라는 제스처를 취해 보였다. 한순간 겐짱이 나를 보며 웃음 지었다고 생각했지만, 금세 포커페이스로 돌아갔다.

축하 인사가 끝나고 간신히 손님들이 돌아갔다. 가족 넷이서 연회를 다시 시작할 생각이었다. 찾아온 사람들을 배웅하러 나간 어머니가 좀처럼 돌아오지 않는다. 아버지도 침묵했다. 어머니가 돌아오자마자 아버지가 물었다.

"줬어?"

"네."

나중에 들으니 어머니가 감시원에게 10만 엔을 건넸다고 한다.

"그거야, 그 사람도 커피 정도는 마시고 싶을 테고, 밤에는 맥주 한 잔 하고 싶지 않겠니?"

확실히 북한의 화폐 '원'은 일본에 가져와봐야 아무 쓸모가 없다.

손님들이 돌아간 후 가족 넷이서 다시 식사를 했다. 연회에서 이미 술을 한잔했기 때문에 마무리로 어머니의 솜씨가 발휘된 곰탕이 등장했다.

"맛있니?"

어머니가 물어본다.

"맛있어요!"

겐짱이 대답했다. 28년 만에 먹는 어머니 요리다.

때때로 아버지가 겐짱에게 이것저것 질문을 던진다.

그때마다 겐짱은 자세를 고쳐 앉고 조선말로 대답했다. 어렸을 때처럼 정좌는 하지 않았지만, 예전에 본 것과 똑같은 광경이었다. 귀국해서 28년이 지난 지금도 오빠는 아버지에게 반항하지 못하는 건

가. 오빠 마음속에서 일본에서의 시간은 열네 살 때에 그대로 멈춰 있는 듯했다.

*

사흘째 밤, 나와 오빠는 오사카의 밤거리에 있었다.

선술집 2층의 좌식 테이블. 겐짱을 둘러싼 건 중학교 시절 동급생들이었다. 28년 만의 동창회다. 40명 가까이 모였을까? 그중 외부인은 나뿐이다. "병 치료차 돌아왔는데 그렇게 나다니지 마라!"라고 정색하는 아버지를 설득하기 위해 내가 꼭 옆에 붙어 있겠다고 약속한 것이다. 주인공의 조수 역할이랄까? 나는 혼자였다.

"오랜만이다."

동창회를 조직한 S씨가 방에 들어온 겐짱에게 말을 걸었다. 옛날 조총련 일을 했던 S씨는 겐짱의 현재 사정을 전부 알고 있었다.

"생각보다 건강해 보이는구나."

"지금 어떻게 지내?"

여기저기서 질문이 쏟아진다. 모두가 겐짱과 이야기를 나누고 싶어 했다.

오빠로 말할 것 같으면, 계속 미소만 지었다.

"결혼했어?"

"아이는 몇이나 돼?"

이 정도 질문에는 오빠도 성실히 대답했다.

하지만 모두가 알고 싶어하는 건 그 다음 이야기다.

"그곳 생활은 어때?"

"지금 뭐 해?"

그런 질문이 나올 때마다 오빠는 웃음으로 얼버무리며 화제가 바뀌길 기다렸다.

그들이 북한에 대해 아는 건 없었다. 일찍이 한국 국적으로 바꾼 사람도 많다. 동창회에 모인 사람들은 대부분 북한에 발을 디뎌본 적 없는 사람들이었다. 오히려 "지난달에 갔던 한국 여행에서 말이지" 하면서 한국에 대한 화제가 많이 오르내렸다. 그런 그들이 볼 때 오빠는 자신들과 관계가 있는 '수수께끼의 나라'에서 온 사람이다. 오빠보다 그곳에 관심이 가는 것은 어떻게 보면 당연했다.

2년 전에 〈산케이신문〉과 〈AERA〉 등에서 북한의 납치 문제가 보도되었다. 잇따른 보도에 압박을 받았는지 경찰청도 '북한에 의한 납치 의혹은 7건, 10명'이라고 발표했다. 물론 조총련은 북한에 대한 적대적 정책에서 비롯된 날조라며 이런 보도를 부정했다. 일본 내에서 납치 문제가 표면으로 올라오기 시작했던 것이다. 자연스럽게 '수수께끼의 나라'에 대한 흥미와 관심이 고조되었다. 오빠는 그런 타이밍에 귀국한 것이다.

오빠가 북한에 대해 이야기할 수 있는 것은 제한돼 있었다. 그렇지만 모여든 조선학교 졸업생들은 '교과서에 적혀 있는 이야기'만으로는 성이 안 찼다. 그들이 듣고 싶은 것은 오빠가 말하기 어려운, '교과서에 적혀 있지 않은 부분'이다. 하지만 오빠는 그런 이야기를 할 수도 없고, 하고 싶지도 않을 것이다. 이번에 특별귀국 허가를 받은 오빠 입장에선 더더욱 그렇다. 이야기할 수 있는 것도 적고, 말하고 싶지도 않다. 그런데도 사람들은 자기 호기심이 먼저다. 그들 입장에선 대수롭잖은 일상적 대화인 것이다.

대답할 거리가 궁해지면 오빠는 조용히 화장실에 갔다가 그 자리로 돌아오지 않았다. 티 나지 않게 자리를 바꾸었다.

나는 오빠가 가여웠다.

오빠는 북한의 대표가 아니다. 일본인들은 누가 "일본은 어떤 나라야? 일본인은 어떤 사람들이야?"라고 물으면 쉽게 대답할 수 있을까? 그런 질문을 받으면 기분 좋겠는가? 우연히 그 나라에 있다는 이유로 그 나라의 대표처럼 취급받는 것이. 일본인으로부터 "재일조선인은……" 하는 말을 들으면 화를 내는 사람들이 똑같은 짓을 겐짱에게 한 것이다.

내 분노와는 별개로 그런 질문에 웃음으로 얼버무리고 대답하지 않는 겐짱. 겐짱이 대답하지 않기 때문에 이야기는 좀체 탄력을 받지

못한다. 이윽고 화제가 바뀌어 그들의 일상생활에 대한 대화로 넘어
갔다. 겐짱이 없었던 28년간의 공백. 이런 이야기가 나오자 겐짱은
더 이상 따라갈 수 없었다. 겐짱은 씁쓸한 웃음을 지으면서 맥주를
마신다. 맨 처음 방에 들어왔을 때 외부인은 나라고 생각했지만 진짜
외부인은 겐짱이었다. 나는 여기 있는 사람들 누구와도 화제를 공유
할 수 있다. 하지만 겐짱은 그럴 수 없다. 그러고 싶어도 할 수 없다.
겐짱은 이 자리에 있는 게 즐거울까?

"우리 집 둘째가 이번에 고시엔*에 나가잖아. 옛날과 달리 본명으
로 고시엔에 가는 것도 이젠 꿈이 아니더라고."

"굉장하네."

"우리 집 장남이 이번 봄에 대학 간다. 조선대학교가 아니야. 와세
다라고, 와세다."

"와, 대단하구나."

"얼마 전에 한국에 갔었는데 그곳에선 말이 안 통하는 사람을 '사
오정'이라고 부른다더라."

"음."

"요 얼마 전 집을 새로 지었어. 핸드폰으로 사진 찍었는데, 이것 좀
봐라."

*甲子園, 일본의 고교야구대회.

"와아."

오빠에게서 나오는 대사는 '대단하네'와 '와아'밖에 없었다. 간만에 모인 친구들 사이에서 솟아나는 자랑들. 모두들 저마다 무언가 자랑거리를 갖고 있다. 옛 친구들과 행복을 공유하고 싶어 한다. 공유할 만한 뭔가를 갖지 못한 것은 겐짱뿐이다.

그 사이 술이 취했는지 '쓸데없는 말을 잘하는' 아줌마가 딴죽을 건다.

"그래도 너는 좋겠다. 귀국하고도 이렇게 일본에 돌아올 수 있잖아? 역시 조총련 간부의 아들다워. 특별대우잖아."

"……."

"나라의 이름으로 특별대우를 받는 거지? 좋겠다. 특별대우라니."

겐짱을 봤다. 배시시 웃는다. 왜 이런 말을 듣고도 가만히 웃고만 있는 걸까?

대답하지 못하는 겐짱의 입장을 이용해 이 아줌마—예전 동창생—는 자기 아들 이야기를 꺼낸다.

"우리 아들은 지금 뉴질랜드로 어학연수를 갔는데 엄청 고생이야. 비행기표 값이 너무 비싸서 중간에 잠깐씩 집에도 올 수 없고 말이야. 특별대우도 받지 못해. 그에 비하면 병 치료라는 이유만으로 겐짱은 돌아올 수 있었잖아? 특별대우지."

'아줌마, 제발 집에 좀 가.'

나는 마음속으로 외치고 싶은 충동을 꾹꾹 눌렀다.

겐짱, 왜 묵묵부답이야? 왜 대꾸하지 않아? 왜 참고만 있어? 왜? 어떻게 웃을 수 있어?

나는 참지 못하고 끼어들었다.

"오빠도 오빠 나름대로 여러 가지 사정이 있어요! 그야 다른 귀국자들보다 상황이 나을지 모르겠지만, 북한에 가서 고생 안 하는 사람은 없어요!"

최대한 자제해서 한 말이다. 모처럼 모두가 함께해준 동창회다. 오빠가 참고 있는데 내가 말 한마디로 자리를 망치고 싶지는 않았다. 하지만 뼈 있는 뉘앙스로 들렸을 것이다. 간사인 S씨가 "자자, 영희야." 하고 나를 달래면서 그 아줌마를에게 한마디 했다.

"넌 옛날부터 너무 말이 많아. 그만 입 좀 다물어라. 모두 나름대로 사정이 있는 법이야."

S씨가 그 자리를 잘 수습해주었지만 내 분노는 가라앉지 않았다. 일본에 있는 사람이 '축복받았다'고 말하다니, 대체 뭘 안다고 그렇게 가볍게 지껄이느냐고! 일본에서 자유롭게 사는 당신들의 자랑을 듣는 오빠의 기분을 생각하라고! 대체 누구를 위한 동창회야. 오빠 입장도 생각해봐!

화가 났다. 웃기만 하고 아무 대답을 못 하는 오빠에게도 화가 난다. 이렇게 만든 저 나라에도 화가 난다. 화를 내는 나 자신에게도 화

가 난다. 화를 내봤자 어쩔 수 없다는 걸 알고 있는데도. 가장 화가
나는 건 오빠일 텐데. 나는 누구와도 눈을 마주치지 않은 채 눈앞에
있는 맥주를 비웠다. 차가운 자극이 목을 타고 넘어갔지만 화는 풀리
지 않았다.

1차도 끝나고, 모처럼 만났으니 2차를 가자고 의견이 모였다. 남은
사람은 나와 겐짱을 포함해 10명 정도. 정말 친했던 친구들이 남아주
었다.

주변의 면면을 본다. 부모가 조총련 관계 일을 하는 사람도 있다.
가까운 친척이 북에 귀국한 여성도 있다. 조선학교 선생을 하는 사람
도 있다. 모두가 어떤 식으로든 북과 인연이 있는 사람들로, 그렇기
때문에 겐짱의 지금 상황을 잘 이해하고 있었다. 겐짱을 생각하고,
겐짱에 대한 애정 때문에 2차에 참석한 것이다.

"가라오케다, 가라오케! 밤새 노래하는 거야!!"

S씨가 앞장서서 찾아간 가게는 조선학교 선배가 마담으로 있는 가
라오케 주점이었다. 그녀는 열네 살 때의 겐짱을 알고 있었다.

"어서 오세요."

차분한 목소리로 마담이 우리를 맞았다.

"오늘도 모여서 엄청 마셨구나. 자 여기들 앉아. 어서."

마담의 눈이 겐짱 앞에서 멈췄다. 놀란 얼굴이다. 다시 한 번 본다.

한참 생각하더니 다시 본다. 시선을 돌려 생각하다 다시 본다. 마치 무슨 콩트처럼, 마담은 시선을 돌려 생각하다 다시 유심히 보기를 반복했다.

"아니, 이게 누구야, 겐짱?"

어디서 나타났냐는 듯 얼이 빠진 목소리였다.

"아아, 설마? 유령은 아니지? 아아, 왜 겐짱이 여기 있어? 뭐야 당신, 대체. 설마 탈북한 거야?"

마담은 겐짱이 북으로 귀국한 걸 안다. 한번 귀국하면 돌아올 수 없다는 것도 안다. 마냥 놀라기만 하는 마담에게 병 치료를 위해 귀국했다고 설명했다.

"그렇구나. 그랬구나. 너희 어머니와 아버지가 애를 많이 쓰시니까."

2차에는 새로운 얼굴들도 합석했다. N씨는 겐짱이 일본에 있을 때 사귀었던 여자친구였다. 남편은 같은 재일조선인 출신 의사였다. 어쩐지 1차엔 일부러 참석하지 않은 듯하다.

서로를 생각하는 마음이 28년이 지나도 변하지 않은 걸까, 아니면 강제적인 공백이 서로의 마음을 그때 그 시절에 멈추게 했을까, 둘 다 서로 보자마자 얼굴을 붉혔다.

그런 분위기는 모두에게 전달된다. 모인 사람들도 모두 알고 있다. 틈만 나면 두 사람을 나란히 앉히려고 하고, 가라오케에서 듀엣을 시키려고 했다. 겐짱은 마치 열네 살 중학생처럼 N씨 앞에서 눈을 아래로 내리깐 채 부끄러워한다.

마흔을 넘은 친구들은 그 모습이 재미있어서 발라드곡을 부르며 둘을 짝지어 끌어들인다. 곡이 바뀔 때마다 상대를 바꾸어가며 파트너와 춤을 추다가 세 곡째, 드디어 겐짱이 N씨의 손을 잡았고 N씨는 주저하면서도 겐짱과 거의 껴안은 자세로 춤을 추었다. 놀려먹고 싶지만 참는다. 모두 흐뭇하게 진지한 표정의 두 사람을 지켜보았다.

"겐짱, 호텔 잡아줄까?"

무심한 동생의 장난은 친구들의 "영희야, 헛소리 마라" 하는 말에 묻혀버렸다.

가라오케 타임은 절정에 달했다. 선곡도 묘하게 겐짱이 일본에 있던 시절의 1960년대 히트곡이 줄줄이 이어졌다. 투아에무아의 〈아무도 없는 바다〉와 오자키 기요히코의 〈다시 만날 날까지〉, 하시다 노리히코의 〈바람〉에, 더 타이거즈의 메들리.

모두의 성화에 못 이긴 듯 겐짱도 마이크를 잡았다. 곡은 빌리 반반의 〈하얀 그네〉.

너는 기억하니, 그때의 하얀 그네……

겐짱이 노래를 시작하자 주변이 조금 술렁였다. 북한에서 김일성

종합대학을 다니던 시절, 남성 보컬그룹으로 TV에 출연한 적이 있을 정도의 실력이다. 감정을 듬뿍 실어 낭랑한 목소리로 노래한다. 최신 창법은 아니지만 확실히 잘한다.

곡이 절정에 이를수록 감정이 흐름을 타는지 겐짱은 눈을 감았다. 가사를 보지 않고도 자연스럽게 노래하는 겐짱을 보면서 모두의 눈이 커졌다.

"가사까지 정확히 기억하는구나."

질 수 없다는 듯 다른 곡을 이어서 부르는 친구들. 겐짱도 몇 곡을 더 부른다. 마음이 편해진 겐짱을 보며 나는 안심했다. 잘 이해해주는 사람도 있다. 어느새 포커페이스인 오빠는 사라졌다. 옛날 친구들과 함께 있는 겐짱은 진심으로 웃고 있었다. 중학생 시절, 일본에 있을 때 사진 속 겐짱과 같은 표정으로 돌아가 있었다.

열네 살에 북한으로 건너간 겐짱은 위의 오빠들보다 빨리 환경에 적응했을지도 모른다. 하지만 그 순응 과정엔 과격할 정도로 자신을 죽이는 작업이 동반되었을 것이다. 아직 부모에게 어리광을 부릴 나이에, 자본주의에 푹 젖어 살던 귀국자에 대한 주위의 호기심과 차별 속에서 살아남아야 했다. 그 과정에서 좌절하면서도 그런 자신을 극복해야 한다며 분연히 노력하는 사이 저절로 갖게 된 포커페이스는, 살아남기 위한 기술이었을지도 모른다.

대학생 때 건너간 첫째 건오 오빠는 그런 점에서 달랐다. 건오 오빠는 적응에 서툴렀다. 오빠는 힘들 땐 금세 자기 세계에 빠져들었다. 오빠에겐 그것이 음악이었다. 일본에선 그게 쉽게 가능했다. 클래식 전문다방에서 커피를 마시거나, 헤드폰으로 좋아하는 드보르작을 들으면서 클래식 음악에 몰두하면 됐으니까. 하지만 저 나라에선 그것이 허락되지 않는다. 귀국 때 가져간 레코드 플레이어와 레코드는 몰수당하고, 비판의 근거가 되었다. 도망칠 세계를 빼앗긴 오빠는 쫓기고 내몰리다 결국 정신병을 앓았다.

가운데 건아 오빠는 작은 행복을 손에 넣는 대신에 출세를 버렸다. 사회적 성공을 바라지 않았다. 감정을 억누르기보다 표출하는 쪽을 선택한 것이다. 즐거우면 큰소리로 웃고, 싫어하는 사람이 있으면 분연히 그 자리에서 일어났다. 희로애락, 모든 것을 솔직히 표출했다. 건아 오빠 주변엔 언제나 사람들이 모여들었지만 건아 오빠를 싫어하는 사람들도 많았다. 첫 번째 아내가 집을 나간 것도 건아 오빠의 그런 점이 싫어서였을 것이다.

섬세한 형과 감정이 풍부한 형. 두 형을 보면서 겐짱은 저 나라에서 무슨 생각을 했을까? 형들처럼 되고 싶지 않다고 생각했을까? 형들처럼 쓸데없는 고생은 하고 싶지 않다고 다짐했을까?

가장 어릴 때 북에 건너간 겐짱은 고생도 가장 많이 했을 것이다. 김치를 싫어해서 귀국 전에 머물던 니가타 숙소에서 "먹을 게 없다"

며 울던 겐짱. 건너가자마자 영양실조에 걸려 삐쩍 말랐던 겐짱. 그 모습이 담긴 사진을 보자마자 찢어서 버렸던 어머니. 궁지에 몰린 아들의 모습을 차마 보기 힘들었던 것이다. 어머니는 '보지 않은' 것으로 하고 싶었던 것이다. 그 대신 그때까지 "고향 생각이 날 거다"라든가 "나약해져선 살아갈 수 없다"며 보내지 않던 식료품을 열심히 싸서 보냈던 것이다. "그렇게 몸에 나쁜 게 밥 대신이 될 리 없지"라며 철저히 금지하던 컵라면까지 잔뜩.

가장 얌전하고 나약했던 겐짱이 저 나라에서 가장 강하게 살아가는 법을 몸으로 익혔다. 살아가기 위해, 살아남기 위해 그런 삶을 체득해야 했을 것이다. 그는 '적응'을 선택한 것이다. 아니, 그 삶을 선택당했다고 하는 편이 정확할지 모른다.

돌아가는 택시 안에서였다.

"오늘 술 좀 마셨네. 즐거웠어?"

나는 대답을 기다렸지만, 오빠는 아무 말 없이 차창밖으로 얼굴을 돌렸다. 추억에 젖어 있을 테니 방해하지 말자, 라고 생각한 그때, 오빠의 손이 가늘게 떨리는 것이 보였다. 놀라서 오빠를 보니 빨갛게 충혈된 두 눈에 고인 눈물이 뺨을 타고 흘러내렸다. 소리를 내지 않으려 했지만 순식간에 우는 얼굴이 되었다. 참지 못하고 고개를 숙인 오빠가 오열했다.

"그 녀석들…… 기억하고…… 있었……어."

처음으로 본 오빠의 눈물이었다. 오빠의 입에서 흘러나오는 단말마 같은 신음소리는 오빠가 지금까지 억눌러온 많은 말들이 응어리져서 흘러넘치는 듯했다. 환경에 순응하지 못해서 무너져가는 큰형, 많은 것을 포기하고 작은 행복을 찾아 만족하려고 애쓰는 작은 형. 그런 두 사람을 보면서 어린 마음에 '이 나라에선 엘리트 외엔 인간 취급을 못 받는다'는 걸 깨닫고, 식어버린 인생에 대한 감정을 충성 서약으로 위장하고 포커페이스로 살아온 오빠였다. 누구에게도 마음을 터놓지 못하고, 누구에게도 감정을 보이지 못하고 살아온 오빠. 그런 오빠가 오랜 옛 친구들과 재회해 잊었던 자신을 되찾은 것이다.

"나를…… 앞으로도…… 기억해……줄…… 까?"

절규도 눈물도 멈추지 않는 오빠. 딸꾹질을 하면서 몸을 떠는 오빠의 어깨를 안아주고 싶다는 충동조차도 오빠에 대한 모욕처럼 느껴졌다. 오빠의 소매 끝을 붙잡고 같이 울었다.

택시가 조용히 집 앞에 멈췄다. 문이 열린다. 내가 계산하는 사이 겐짱은 차 밖으로 나갔다. 나도 얼른 돈을 내고 뒤따라 내렸다. 이미 겨울의 스산함을 띤 바람이 술에 취해 불콰해진 뺨을 매섭게 때렸다.

두려운 마음으로 겐짱을 봤다. 겐짱의 눈에 눈물은 한 방울도 남아 있지 않았다. 언제나처럼 무표정하다. 등을 쫙 펴고 집을 향해 걸어 간다. 거기에 조금 전까지 오열하던 오빠는 없었다.

나는 그때 갑자기 깨달았다. 북한에서 오빠는 계속 이렇게 울고 있었구나. 아무도 모르는 곳에서, 혼자.

포커페이스로 지낸 것이 아니었다. 그렇게 지내기 위해 혼자만의 시간에 감정을 표출했던 것이다. 진짜 자신의 모습을 보이면 살아갈 수 없다. 그래서 혼자 운다. 실컷 울고 난 뒤 스위치를 바꾼다.

나는 오빠에 대해 전혀 알지 못했던 것이다.

피로 이어진 오빠, 라는 것만으로 오빠를 안다고 생각했다. 오사카와 평양으로 서로 떨어져 살아온 28년간을, 나는 그저 상상만 할 뿐이다. 그러나 아무리 상상해도, 아무리 오빠들 이야기를 들어도 진짜 핵심엔 결코 도달할 수 없다. 이해한다는 생각이야 얼마든지 할 수 있다. 하지만 그것은 내 '생각'이다. 내가 겐짱을 제대로 이해하는 것은 절대 불가능할 것이다. 이해한다고 쉽게 말하는 것은 주제넘다.

지금 눈앞에 있는 오빠는 단순히 '북에서 사는' 오빠가 아니다. 처세에 능한 오빠도 아니다. 포커페이스인 오빠도 아니다. 눈에 보이는 겉모습 안쪽에는 번뇌와 괴로움을 껴안고 혼자 울 수밖에 없는 오빠가 있었다.

내가 오빠에 대해 아무것도 몰랐음을 새삼 깨달았다.

이것이 이 나라와 저 나라의 거리인가.

부모님, 특히 아버지 앞에서 오빠는 스위치를 더욱 크게 바꾼다.

자세를 고쳐 앉고 등을 쭉 편다. 입에서 나오는 말은 전부 조선말. 마음가짐 때문인지 목소리 톤도 낮아진다.

조선 사회에 뿌리 깊이 박힌 유교사상의 영향도 있을 것이다. 아버지와 아들은 아무리 시간이 흘러도 아버지와 아들이다. 특히 겐짱이 북에 건너간 시기, 아버지는 조총련 간부로서 조국의 혁명을 믿었다. 45세. 절정기를 넘어선 나이기도 했을 것이다. 그렇기 때문에 더더욱 파라다이스를 믿었다. 아니, 믿으려고 했다는 편이 정확할지도. 아버지 입장에선 계속 나가아는 수밖에 다른 길이 없었을지 모른다. 그것이 일본에서 아버지가 머물 수 있는 유일한 자리였던 것이다.

일본에 있던 시절, 오빠는 아버지 앞에서는 항상 정좌를 했다. 당시 여섯 살이었던 내가 오빠와 아버지의 대화 내용을 정확히 기억하지는 못하지만, 지금 단편적으로 떠올려도 평범한 아버지와 아들의 대화는 아니었다. 늘 마치 당국의 공식발표를 읽어내려가는 듯했다. 그래서 가족끼리의 대화인데도 항상 긴장감이 흘렀다. 집 안인데도, 집이 아니다. 우리 가족은 계속 일본의 오사카에 있으면서 오사카가 아닌 어딘가에서 살았던 것이다. 그것은 북쪽을 믿는 사람들이 그리던 공통의 '낙원'이었을지도 모르고, 아버지의 운명이었을 수도 있다.

부자지간의 정이라든가, 그런 건 맛보지 못한 채 열네 살의 겐짱은 바다를 건넜다. 일본에 계속 살았다면 아버지와 아들 사이도 어쩌면 조금 가까워졌을지 모른다. 하지만 그런 정이 쌓일 새도 없이, 둘 사이의 거리를 좁히지 못한 채 헤어졌다. 그래서 두 사람은 28년이 지난 지금도 조선말로 대화를 한다. 막내딸인 나에겐 아버지도 오빠도 간사이 사투리를 쓰면서.

*

귀국하고 5일 후, 드디어 겐짱은 진찰을 받았다.

어머니가 연줄을 대서 찾아낸 병원은 오사카에서도 유명한 곳으로, 소개가 없으면 쉽게 진찰을 받을 수 없는 큰 병원이었다. 소개장이 있다고 바로 진찰을 받을 수 있는 것도 아니다. 세부적인 일정을 예약하고 간신히 진찰을 받으러 갔다.

어머니와 오빠와 나, 셋이 병원에 갔다. 접수창구에서 진찰 서류에 이름을 적어 건네자 하늘색 유니폼을 입은 접수창구 여직원이 살짝 미소를 지었다.

"보험증은 갖고 오셨나요? 초진이니 제출해주세요."

북한 사람이 그런 것을 갖고 있을 리 만무하다.

"아니요. 없습니다……."

"왜요?"

“네, 치료차 일본에 와서…….”

접수창구 여직원은 눈을 크게 뜨고 진찰 서류를 살펴보았다.

“아, 한국에서 오셨군요? 그럼 진찰비는 실비 처리되는데 괜찮으신가요?”

접수창구 직원에게 북한에서 왔다고 말해봤자 아무 소용없다. 우리는 서두르듯 진찰실 앞으로 이동했다.

실비……. 당연한 것이지만 나는 갑자기 불안해졌다. 어머니는 알고 있을까? 조총련 활동에 평생을 바쳐온 우리 집에 여유자금 같은 건 없다. 이제껏 그런 돈은 북의 오빠들에게 보내왔다. 오빠의 병은 명백히 수술이 필요하다. 돈이 필요하다. 대체 어떻게 할 작정일까? 어딘가 기댈 곳이 있을까?

급한 불을 끄는 데 능한 어머니다. 틀림없이 이번에도 그럴 것이다. 어떻게든 될 것이다. 그렇게 저 두 사람은 살아온 것이다. 내게 돈이 없다는 사실이 저주스러웠다.

한 시간쯤 기다려서 진찰실로 들어갔다. 온화한 얼굴에 흰색 가운을 입은 의사가 문진표를 보면서 상상한 대로 온화한 목소리로 말했다.

“한국에서 오셨다고요.”

이번에는 그냥 넘어갈 수 없다. 체류기간이라는 ‘사정’이 있기 때문이다.

"아니요. 북한입니다."

귀국한 경위를 한 차례 설명했지만, 제대로 전달됐는지 어떤지 알 수 없었다. 의사는 오빠의 상태와, 시간이 많지 않다는 것만은 이해한 듯했다.

"일단은 검사를 꼼꼼히 해봅시다. 그후의 일은 결과를 보고 나서 생각하지요."

진찰하고 이틀 후, 귀국한 지 일주일 만에 간신히 검사를 받을 수 있었다. 그리고 검사결과가 나왔다.

어머니와 오빠와 나는 지난번과 같은 진찰실 의자에 앉았다.

"결론부터 말씀드리면 뺨 안쪽에 생긴 종양은 현재 악성은 아닙니다. 다만 악성으로 바뀔 가능성은 큽니다. 이게 매우 어려운 케이스여서 악성일 경우 곧바로 수술을 권하지만, 현재는 양성이라 이대로 잘 버텨줄 가능성도 간과할 수 없습니다. 무엇보다 눈과 뇌에 가까워서 수술이 매우 어려운 부분입니다. 양성 종양을 적출하기에는 리스크가 너무 큽니다. 이대로 경과를 보는 수밖에 없겠네요."

"경과를 어느 정도 봐야 합니까, 선생님?"

어머니가 당황해서 물었다.

"적어도 3개월은 보지 않으면……."

"하지만 선생님, 이애는 3개월 후면 북한으로 돌아가야 합니다."

"그렇습니까. 그럼 좀 어렵겠네요."

"지금 수술을 해주실 순 없나요?"

"수술을 한다고 해도 수술 후의 경과를 봐야 하기 때문에 3개월로는 부족합니다. 적어도 반년, 그 이상이 걸립니다."

"어떻게 안 될까요, 선생님?"

"매우 어려운 케이스여서 3개월로는 좀. 죄송하지만 저로서는……."

이성을 잃은 어머니는 의사에게 속사포처럼 마구 질문을 던졌다. 다른 병원에서 검사를 해도 괜찮습니까. 약으로 고칠 방법은 없습니까. 종양을 악성이 안 되게 막을 수 있는 음식은 없습니까. 한방으로 고치는 방법은 없습니까. 침 치료사라면 북한에도 좋은 선생님이 있는데 침으로 고칠 수는 없습니까. 뭐든 좋습니다, 뭔가 방법이 없습니까.

그 바람에 의사가 지쳐서 "저는 서양의학의 입장에 있는 사람이라 동양의학에 대해서는 잘……"이라고 변명하는 상황이 되었다.

당사자인 오빠도 실망한 듯 보였지만, 그것은 한순간이었고 확실치도 않았다. 오빠는 아무 일도 없었던 것처럼 금세 포커페이스로 돌아갔다.

"알겠습니다. 고맙습니다."

오빠가 공손한 태도로 차분하게 선생님께 인사를 했다.

나로선 납득이 가지 않았다. 몇 년이나 걸려서 간신히 허락을 받고 일본에 왔는데, 아무것도 할 수 없다니! 겐짱은 뺨 안쪽에 있는 폭탄과 죽을 때까지 같이 살아야 하나? 넌센스다. 이건 완전히 넌센스다.

옆에 있는 겐짱의 얼굴을 본다. 동요했을 텐데 얼굴엔 전혀 드러나지 않는다. 만약 제삼자가 이 진찰실의 상황을 보았다면 틀림없이 어머니가 암 선고라도 받았다고 생각했을 것이다. 그 정도로 어머니는 동요했다. 오빠의 역할은 슬픔에 싸인 가족을 지키는 든든한 아들, 같다고나 할까.

결과야 어쨌든 받아들이는 오빠. 나는 오빠의 체류 기간 동안 그렇게 순응하는 태도를 너무도 많이 보아왔다. 그럴 때면 더 이상 본심을 알 수가 없다.

그날밤, 언제나처럼 냉정한 오빠와는 정반대로 부모님의 입에선 '아이고'라는 탄식만 계속 이어졌다.

"아이고, 우리가 아무것도 해줄 수 없다니……."

병 치료를 위해 아들의 귀국을 실현시키는 것은 부모님에겐 일종의 속죄였을 것이다. 지금까지 아들에게 해주지 못한 것에 대해 최소한 치료라는 형태로라도 갚고 싶었을 것이다. 하지만 그것은 불가능하다. 어디까지나 운명은 잔혹하고 냉담했다.

북한의 겐짱 집에서 수신자부담 전화가 걸려왔다. 현과 영, 아이들이다. 결과가 좋지 않다는데도 겐짱의 목소리는 여전히 밝다. '좋은 아버지'로 스위치를 전환한 걸까?

"응, 춥지 않아. 여기서는 집 안도, 차 안도 난방을 하니까."

"음식? 아, 맛있지. 현하고 영한테도 먹여주고 싶구나."

아무래도 아이들이 질문 공세를 퍼붓는 모양이다.

"아버지, 오늘 엄청나게 큰 병원에 갔었다."

전화로 겐짱이 아이들에게 자랑을 한다.

"그야말로 호텔 같은 병원이야. 위층에 레스토랑도 있고. 스파게티도 몇 종류나 있어."

그런가, 호텔 같은가. 병원이 새로 생겨서 그랬겠지만, 확실히 깨끗하긴 했다. 쓰레기 하나 떨어져 있지 않은 깨끗한 바닥에 차분한 녹색 벽. 수준 높은 그림과 조각. 레스토랑—이라기보다 식당이지만—에는 일식과 양식과 중식, 맛은 특별할 게 없었지만 뭐든 있었다. 평양이라면 최상급 호텔이 맞다.

실제로 평양에서 스파게티를 먹으려면 호텔에 있는 '외화 레스토랑'에 가는 수밖에 없다. 하지만 일반인들에게 외화 레스토랑은 그림의 떡이다. 일본인의 감각으로는 긴자의 5성급 고급 초밥집에 가는 것과 비슷하다고 할까. 스파게티 한 접시 가격이면 가족들의 일주일치 식료품을 살 수 있다.

하지만 일본인의 눈으로 보면 역시 그저 흔한 병원이다. 그것을 자기 아들에게 "호텔 같다"고 자랑하는 겐짱이 귀엽기도 했지만, 한편으론 호텔을 먼저 떠올리는 겐짱의 정서에서 28년간의 공백을 보고 말았다.

＊

다음날부터 어머니의 병원 찾기가 시작됐다. '어쩔 수 없다. 이렇게 하겠다' 하고 결정했을 때의 어머니는 강하다. 첫 번째 병원이 안 된다면 다음 병원을 찾으면 된다. 아직 시간은 있다. 나도 나름대로 얼마 안 되는 연줄을 동원해 병원을 찾는 한편, 어쨌거나 오빠가 있는 동안 최대한 즐겁게 지낼 수 있게 하자고 생각했다.

일단은 데이트. N씨에게 연락해서 오빠와의 데이트를 주선했다. 실은 두 사람만 만나게 해주고 싶었지만, 겐짱이 싫어했다. 북한의 감시원뿐 아니라 일본의 공안 또한 겐짱을 주시하고 있었다. 직접적으로 싫은 소리를 한 건 아니지만 공안의 감시는 삼엄했다. 그런 상황에서 둘만 만나면 상대에게 피해가 갈지도 모른다고 생각했을까, 데이트는 언제나 훼방꾼인 나와 함께였다.

무엇보다 아버지에게 변명할 핑계거리가 되었다. 솔직히 N씨를 만나러 간다고 말하긴 어렵다. 하지만 "영희와 외출하겠다"고 하면 어떻게든 된다. 아버지도 내가 같이 간다면 허락해주신다. 아버지는 아직도 나라면 껌뻑 죽는 것이다. 그 사실을 오빠도 안다.

마흔이 넘은 유부녀로 남편은 의사. 벤츠를 타고 데이트 현장에 나온다. 이렇게 표현하면 마치 허세부리는 부잣집 아줌마 같지만, N씨는 전혀 그렇지 않았다. 쇼트커트의 상큼한 여성으로 그 나이 여자들 특유의 뻔뻔한 면이 없었다. 요염하긴 해도 페로몬을 대놓고 분출해 불쾌감을 풍기지도 않았다. 서글서글하고 마음이 열려 있어 대화도 재미있다. 함께 지내는 몇 시간 동안 오빠도 즐거워 보였다.

타인인데도 어깨의 힘을 빼고 이야기할 수 있다. 오빠에겐 귀중한 존재인 것이다. 이 두 사람을 보면 28년간의 공백 같은 건 아무 문제가 안 됐다.

어디서 그런 정보를 입수했는지 모르겠지만, 오빠는 N씨가 타고 온 차종을 알고 있었다.

"저 벤츠, 신형 모델이지?"

"최근에 바꿨어."

"좋은 곳에 시집갔구나."

"……."

"영희야, 너도 이 정도는 사줄 만한 남자를 찾아야지. 한 번 이혼한 것쯤이야 아무것도 아니니."

오빠는 금세 나를 대화에 끼워 넣는다.

"그게 쉽나. 언니가 소개 좀 해줘요!"

"그런데 영희 씨, 지금 뉴욕에 있다면서? 정말 대단해. 멋진 신사라면 뉴욕에 많지. 거기서 찾으면 되겠네."

별 의미 없는 대화에도 웃음이 통통 튀었다. '오빠가 하고 싶었던 게 이런 일이야. 내가 있는 편이 좋다면야.' 내 멋대로 그렇게 납득하면서 적극적으로 데이트에 따라다녔다. 일부러 두 사람만 있을 시간을 만들어주기도 했다. 나는 나대로 인간다운 오빠를 보는 게 행복했다.

나는 N씨의 호의에 마냥 기대어 가능한 한 오빠와 둘이 자주 만날 시간을 만들었다. 그뿐 아니라 남편의 연줄을 이용해 진찰해줄 의사를 찾아달라고 부탁까지 했다.

"영희 씨 부탁이라면 좋아요."

N씨도 선뜻 부탁을 들어주었다.

집에 돌아오면 병 치료가 지체되는 상황 때문인지 변함없이 식탁은 어색했다. 오빠와 아버지 사이의 골은 너무 깊어서 나와 어머니가 애를 써도 분위기가 나아지지 않았다.

무엇보다 오빠가 말이 없다. 보통 가정에서 자란 사람도 마흔이 넘어 아버지와 마주 앉는 것은 불편할 일일 텐데, 오빠의 경우는 더욱 힘들 것이다. 지금과 같은 어려운 상황을 초래한 원인 가운데 하나는 틀림없이 아버지에게 있다. 겐짱 스스로 나섰다고는 하지만 귀국을 희망한 것은 아버지가 조총련 간부인 것과 무관하지 않았다. 아버지에게 "지금 이렇게 된 건 당신 때문이야!"라고 화를 낼 수도 없고, 그렇다고 울어버릴 수도 없다. 부모님이 열심히 자신들을 지원해주고 있다는 것도 모르지 않고, 그 점에 대해 감사하고 있다. 감정은 복잡하게 얽혀서 빗물처럼 쉴 새 없이 마음속을 흐른다. 그렇다면 입을 다무는 수밖에 없다.

아버지는 술에 의지한다. 나와 어머니가 밝은 분위기를 만들려고 애썼지만, 아버지와 아들이 이런 상태이니 좀처럼 분위기는 달구어지지 않는다. 그 사이에 술 취한 아버지가 노래를 한다.

예전의 아버지는 취해서 노래할 때도 '공식'적이었다. 먼저 주석님과 장군님을 칭송하는 노래를 부른다. 좀더 취기가 돌면 간신히 한국의 그리운 가요로 바뀐다. 〈번지 없는 주막〉. 1940년대에 백년설이 노래해 히트한 곡이다.

아버지는 가수가 되고 싶어서 제주도에서 살 때 '노래자랑대회'에 나가기도 했단다. 안타깝게도 2위에 머물러 가수의 꿈을 접었다. 가수가 되었다면 아마도 오사카에 건너오지 않았을 것이고, 그랬다면 어머니와도 만나지 못했고 조총련 활동도 하지 않았을 거다. 물론 오빠도 북으로 건너가지 않았고, 나도 존재하지 않았다.

오빠가 돌아온 1999년, 아버지는 이미 일흔을 넘어 조총련에서 은퇴한 후였다. 더 이상 '공식'적인 것들을 일상생활에서 의식하지 않게 되었던 것일까? 조총련 관계자가 없으면 '북'의 노래를 부르는 일도 없었다. 우리가 북쪽 노래를 부르라고 재촉해도 아버지는 들은 척도 않는다. "아버지, 늘 부르던 북쪽 노래 불러요"라고 끈질기게 부탁해도 들어주지 않는다.

그 대신 〈번지 없는 주막〉 같은 전쟁 전 한국에서 유행했던, 아버지가 한국에서 들었던 곡을 즐겁게 부른다. 사람의 기분을 잘 맞추는 어머니는 아버지가 노래를 시작하면 반드시 손으로 박자를 넣는다. "또 노래야?" 하는 싫은 표정도 않고 방실방실 웃으면서 아버지 기분을 좋게 해드릴 생각만 한다.

시작한 노래를 1절로 끝내는 일은 거의 없고 대부분 풀코스로 끝까지 부른다. 물론 한 곡으로 끝나지도 않는다. 〈임진강〉을 비롯한 18번 메들리까지 나온다. 이렇게 되면 잘 때까지 이어지는 것이 보통이라 나와 오빠는 방으로 퇴장한다.

일본에 돌아온 후 겐짱은 내 방에서 잠을 잤다. 내가 자는 침대 옆에 이불을 깔고 거기서 뒹구는 겐짱과 여러 가지 이야기를 나눴다.

내 방에서 둘만 있게 되면 오빠는 말이 많아졌다. 간사이 사투리로 속사포처럼 이야기를 쏟아냈다. 마치 그때까지 숨을 참고 있었던 것처럼. 자신을 억누르는 방식으로 간신히 '자신'을 존재시켜온 오빠는 틀림없이 내 방에서 예전의 '자신'으로 돌아올 수 있었을 것이다. 심호흡. 그렇다, 오빠는 내 방에서 심호흡을 했던 것이다. 아버지 앞에서는 결코 할 수 없는 심호흡을.

　받아줄 병원은 좀처럼 나타나지 않았고, 겐짱은 마냥 시간을 보내고 있었다. 이제 두 달 반. 오빠와 무엇을 할까?

　동급생 S씨는 정초에 다시 한 번 동창회를 열 계획을 세웠다.

　"오사카에 없는 애들도 많고 해서 말이야, 지난번엔 건민이를 만나고 싶은데도 못 나왔던 녀석들이 있었어. 걔들도 정초엔 돌아오니까. 모두 온천여행이라도 같이 가는 건 어때? 너, 중2때 저쪽으로 가버리는 바람에 수학여행도 못 갔잖아? 그러니 다시 하는 거야. 마흔 넘어서의 수학여행. 어른들의 수학여행이지. 여관에서 베개싸움도 할 거야!"

　겐짱은 언제나처럼 배시시 웃기만 했지만, 옆에서 보기에도 기뻐 보였다. 그래, 다시 하는 거야!

　겐짱 자신이 다시 하고 싶어 하는지 어떤지는 알 수 없다. 하지만 여동생인 내 눈에 겐짱의 표정은 서서히 부드러워지고 있었다. 길을 걸을 때 가벼운 농담까지 하게 됐다.

　밤에 도톤보리의 번화가를 걸을 때였다.

　"오빠, 괜찮은 애 있는데, 어때요?"

　검은 옷을 입고 끈질기게 따라붙는 삐끼들 때문에 곤란해했지만, 오빠 눈에도 네온사인이 번쩍이는 거리는 흥미로운 듯했다. '비서와의 섹스 삼매경! 8천 엔~', '한국식 극비 마사지', 'F컵 이상 여성들이 기다립니다!', '60분 애인계약!!'……. 노골적인 섹스어필 간판이 계속 이어진다.

"썩어 문드러진 자본주의 사회군."

겐짱이 히죽 웃는다.

"오랜만에 듣는 말! 조선학교 때 선생들이 맨날 하던 말이잖아."

"나도 썩어 문드러져보고 싶다."

겐짱으로선 최선의 농담이었다. 나는 소리 내어 웃었다.

나는 계속 함께 지내면서 새삼 오빠의 '강인함'을 깨달았다. 오빠는 결코 불평하지 않는다. "일본에 있는 놈들은 좋겠다"라는 말은 절대 하지 않는다. "영희가 부럽다"라고도 하지 않는다. 푸념하고 싶은 일들이 누구보다 많을 텐데, 그런 것이 느껴지는 단어조차 입에 올리지 않는다. 그뿐 아니라 "우리는 행복하다"고까지 말한다. 부모가 일본에 있으면서 돈도 보내준다. 그렇지 못한 사람들과 비교하면 운이 좋다 라고. 사람들이 "너는 축복받았다"고 하는데, 그 말이 맞다고.

들는 나는 조금쯤은 불평을 해도 좋겠다고 생각한다. 타인을 배려하는 우등생 같은 말만 듣고 있자면 내가 더 괴롭다. 하지만 불평불만을 말하면 그 시점에서 아웃인 것이다. 불평하면 끝이다. 자신을 지킬 수 없다. 자신이 내뱉은 불평이 자신을 구속하고, 후회에 시달리게 된다. 그렇게 되면 결국 무너질 수밖에 없다. 자기만의 껍질 속에 숨든가, 술에 빠지든가. 아니면 스스로 목숨을 끊든가.

그래서 겐짱은 '선'을 그은 것이다. 여기서부터 더는 생각하지 않는다, 라는 선을.

물론 그 선의 존재를 사람들이 눈치 채지 못하게 하고, 선 안쪽으로는 사람을 들이지 않는다. 내게만은 마음을 허락했을지 모르지만, 그럼에도 모든 것을 내보이지는 않았다. 오빠는 내게조차 말을 멈칫거렸고, 때때로 '오빠는 모든 걸 말하지 않아'라는 생각이 들게 했다.

나는 저쪽 사람. 겐짱에게 그것은 움직일 수 없는 사실이었다. 나는 보통의 여동생과 오빠처럼 겐짱에게 어리광을 부리고 싶고, 겐짱도 그랬으면 좋겠다. 하지만 그것은 결코 이루어질 수 없는 망상인 것이다.

*

언제나처럼 내 방에 이불을 깔고 잘 준비를 하고 있었다.

갑자기 겐짱의 말투가 바뀌었다.

"영희야."

"왜?"

"할 얘기가 있는데."

"응."

오빠는 무슨 말인지, 꺼내기 힘든 눈치였다.

"하기 힘든 말이야? 뭔데?"

겐짱은 한동안 잠자코 있었다. 머릿속에서 다음에 할 말을 반추하는 듯한, 조금 무거운 분위기였다.

"가볍게 듣고 솔직히 대답해주면 돼."

"그러니까 뭔데?"

"아니야, 아무것도."

'Nothing always means something(아무것도 아니라고 말할 때는 반드시 뭔가가 있다)'라고 머릿속으로 중얼거렸지만 입 밖으로 꺼내진 않았다.

한 호흡 쉬고 오빠가 입을 열었다. 방 안을 서성이면서, 나와 눈을 마주치지 않은 채 천장과 벽을 보면서, 단어를 골랐다.

"앞으로……. 예를 들어서 말인데, 지시받은 사람을 만나서, 거기서 대화한 내용을 보고한다거나, 그런 일을 할 생각 있니?"

너무도 급작스런 이야기에 나는 당황했다. 오빠의 말뜻을 이해하지 못했고, 이해하기 시작했지만 믿을 수 없었고, 확인하기도 두려웠다.

"……일이야?"

"아니, 흥미가 있는지 묻는 거야"

온몸에 힘이 들어갔다. 숨이 멎는 듯했다. 어중간하게 덮을 수 있는 이야기가 아니라는 것을 깨닫는 데 그리 긴 시간이 걸리지 않았다.

"……그 말은, 혹시, 스파이? 공작원 같은 일을 하라는 거야?"

"그런 엄청난 일이 아니라, 다만 여러 사람들을 만나서 거기서 이야기한 내용을 보고하는, 그것뿐이야."

머릿속에서 커다란 유리 같은 게 깨지는 소리가 들렸다. 무언가가 커다란 소리를 내면서 부서지는 듯한 감각에 휩싸였다. 복구 불가능할 정도로 산산이 부서진 파편 속에 파묻히면서 나는 내 인생을 지키기 위해 할 말을 찾았다.

오빠는 내게서 어떤 대답을 원하는 걸까, 생각했다. 그렇지만 그걸 물어볼 용기는 없었다. 여러 가지 생각이 맹렬한 스피드로 머릿속을 돌아다녔다. '정신 차려, 흔들리지 마'라고 말하는 또 하나의 내가 있었다. 거절의 답을 꺼내기 전에 오빠에게 확인하고 싶은 게 있었다. 온몸의 힘을 쥐어짜내 입을 열었다.

"……만약 내가 거절하면, 오빠가 힘들어져?"

"그런 건 생각할 필요 없다."

"만약…… 만약에 말이야, 만약에 내가 제안을 받아들이면 오빠에게 좋은 일이야?"

"그런 건 아무래도 상관없어."

"정말? 정말로 거절해도 오빠가 힘들어지는 건 아니야? 문제없는 거야?"

"상관없다."

"상관없어?"

곧바로 그렇게 확실히 대답해준 오빠가 고마웠다. "상관없다"고 한 오빠의 말을 믿고, 무슨 일이 있어도 내 인생을 지켜야겠다고 생각했다. 여기서 조금이라도 마음이 흔들려서 선뜻 승낙하면 시간이 갈수록 끔찍한 방향으로 내 인생이 휘둘릴 거라는 것은 명백했다. "말도 안 돼!"라고 마음속으로 외치면서 나는 심호흡을 했다.

"그런 일엔 전혀 흥미도 없고, 일절 관여하고 싶지도 않아."

나 자신도 깜짝 놀랄 정도로 큰 소리로 말했다. 두려운 마음으로 오빠의 반응을 살폈다 오빠는 베란다로 나가 밤하늘을 보고 있었다. 내 대답을 들은 오빠는 마음이 조금 편안해진 모양이다. 미소를 보인 듯한 건 내 기분 탓인가. 갑자기 미안한 마음이 한 가득 밀려왔다. 오빠의 제안을 단번에 거절하면서도, 결코 오빠를 미워하지 않는다는 사실만은 알아주길 바랐다.

"오빠에게 그런 말을 하라고 시킨 '윗분'한테 전해! '내 동생은 우리랑 정반대의 사상을 가진 적입니다'라고. 확실히 전해!"

조금 놀란 듯, 하지만 조용히 오빠가 대답했다.

"……알았다."

오빠가 너무 가여웠다. 동시에, 위에서 지시받았다고 해도 "여동생만큼은 끌어들이지 않았으면 좋겠다"고 그 자리에서 거절하지 않은 오빠에 대한 분노가 올라왔다. 만약 내가 받아들였다면? 오빠를 너무 많이 걱정한 나머지 "한 번 정도는" 하고 고개를 끄덕였다면? 오빠는 그 대답을 받아들였을까? 뱃속이 뒤집힐 정도로 화가 나고, 오빠와 내가 주고받은 말을 떠올릴수록 구토가 올라오는 것 같았다. 생각할수록 혼란스럽고, 머릿속이 마구 뒤엉켰지만, 동시에 냉정해지는 내가 있었다.

이것이 우리 집의 진실인 것이다. '일본과 북한으로 서로 떨어져 있어도 애국적으로 살아가는 화목한 부모님의 보살핌을 받는 남매'라니, 아주 우스꽝스러운 환상이라고, 나는 오래전부터 깨닫고 있었다. '혁명'에 대한 동경 때문에, 문득 돌아보니 아들들을 희생양으로 만들어버린 부모. 무너진 건오 오빠. 아내에게 버림받은 건아 오빠. 포커페이스 기술로 엘리트가 된 것은 좋았지만 결국은 여동생을 팔라는 지시까지 받은 겐짱. 공작원으로서 두 얼굴로 살아갔을지 모를 동생. 이것이 우리 가족의 현실이다.

나는 문득 웃음이 났다. 웃을 수밖에 없었다. 블랙 코미디? 영화의 한 장면? 있을 수 없는, 절대 생각하고 싶지 않은 일이 지금, 내 눈앞에서 벌어졌다.

내 안에 몰래 숨어드는 불길한 무언가를 떨쳐내고 싶었다. 가능한 한 아무에게도 상처주지 않고.

내가 침묵을 깼다.

"캐스팅, 대실패인가."

"……?"

"나에게 공작원 일이라니? 완전 미스캐스팅이지! 보는 눈이 없달까, 착각도 너무 엄청난 착각이라고 할까. 대체 나의 어떤 면을 보고 그런 캐스팅을 생각해냈어? 오빠도 알겠지만, 나는 그런 여자가 아니야. '윗분'도 '양 군의 여동생은 우리 편이 아니라서 신뢰할 수 없어. 조심해야 한다'라고 생각하셔야지! 오빠 상사에게 '미스캐스팅입니다'라고 똑똑히 말해둬!"

최대한 밝은 목소리로 '나는 괜찮아. 신경 쓰지 마!'라는 뜻을 담아 말했다. 인내심도 정신력도 바닥이었다. 사실은 방에서 뛰쳐나가고 싶었다.

한참 입을 다물고 있던 오빠가 나직이 말했다.

"……영희, 너, 멋지다."

"……?"

"자기 의견을 확실히 말하니까. 영희야, 근사하다. 응, 정말로 근사해."

둘 다 웃음이 터졌다.

둘이서 큰 소리로 웃었다. 소리 내어 웃는 사이 웃는 건지, 우는 건지 알 수 없을 정도로 눈물에 콧물까지 나왔다. 그 상태로 계속 웃었다.

"오빠."

"응?"

"나, 오늘 일 잊어버릴 거야."

"……."

"아버지, 어머니한테도 말할 수 없고. 곧 전부 잊어버릴 거야! 이제 끝, 종료!"

오빠에게 그렇게 선언하고는 침대 속으로 도망쳤다. 이불에 얼굴을 묻으면서 나는 이 날의 일을 절대로 잊지 못할 거라 생각했다. 평생 잊을 수 없을 거라는 생각이 들었다. 없었던 일로 할 수 없는 기억이 또다시 늘어나고 말았다. 그렇게 생각하니 눈물이 흘러넘쳤다.

"……나쁜 오빠지. 형편없는 오빠지."

"그렇지 않아!"

다시 이불 속에 얼굴을 묻으니 분노와 억울함이 올라왔다. 내가 운다는 걸 오빠가 알지 못하게 애써 밝은 목소리로 말했다.

"잘게. 잘 자."

목소리가 떨렸다. 몸도 떨렸다. 소리 내지 않고 마음속으로 스스로에게 말했다.

'오빠 탓이 아니야. 내 탓도 아니야. 아무도 나쁘지 않아. 언젠가 잊혀질 거야…….'

주문처럼 반복하는 사이 잠이 들고 말았다.

*

겐짱은 첫째, 둘째 오빠와 비교하면 아주 엘리트였다. 물론 북한의 엘리트 가정에서 태어난 사람들엔 못 미치지만 '귀포' 중에서는 출세한 축에 속한다.

중학교 3학년 때 북으로 건너간 겐짱은 귀국동포들이 사는 기숙사에 살면서 필사적으로 '위'로 부상하는 길을 찾았다. 김일성종합대학 이학부에 진학했는데, 그해 전체 학부 수험생 가운데 영어 성적이 최고여서 외국어학부에서 스카우트 제안을 받았을 정도였다. 이학부를 졸업해 몇 군데 직장에서 제의를 받았고, 결국 무역 일을 하게 됐다.

"무슨 무역이야? 무슨 물건을 주로 취급해?"

"뭐든지. 전부!"

그 이상은 대답하지 않고 웃음으로 얼버무린다. 어쩐지 "그 이상은 묻지 마, 파고들지 마라"라는 대답을 들은 듯했다. 어느새 우리 남매 사이에는 상대방의 일에 대해선 질문하지 않는다는 암묵적 룰이 생겨 났다. 이 룰을 지키는 것이 짧은 '남매만의 시간'을 즐겁게 지낼 열쇠라고 서로 느끼고 있었다.

오빠들에게 비디오카메라를 갖다 대기 시작한 것은 1995년 이후지만, 그 전부터 나는 오빠들에게 너무 많은 질문을 하지 않으려고 애썼다. 대신에 오빠들의 질문엔 시간을 들여 대답했다.

큰오빠인 건오 오빠는 과학기술원에서 일본어 전문서적을 조선어로 번역하는 일을 했었다. 조울증의 여파 때문에 직장에는 나갔다 안 나갔다 반복했다. 직장 상사가 오빠의 병을 이해해주었고, 주치의도 정치학습과 총괄이 오빠의 병에 좋지 않다는 진단을 내려 쉴 수 있게 해주었다.

차남인 건아 오빠는 평양 도시계획연구소에서 근무했다. 일본에 있을 때 오빠가 바라던 건축 관계 일이다. 오빠의 전문 분야는 건물 설계와 디자인이 아니라 건물의 토대설계와 하수처리 등이라고 들었다. 하지만 자금도, 자재도 없는 경제 상황 아래서 특별히 이런저런 프로젝트를 진행하는 것 같지는 않았다.

"연구소에서 어떤 일을 해?"

내 질문에 건아 오빠는 윙크를 하면서 농담처럼 대답했다.

"정치학습! 재미있어!"

건오 오빠나 건아 오빠는 일로 평양을 벗어나는 경우가 거의 없었지만, 겐짱은 달랐다. 정부 직속 무역부에 들어간 겐짱은 부모님의 자랑거리였다.

그런 부서에 귀국자가 들어가는 것이 이례적인 일인 듯, 부모님도 주변에서 부러움을 샀던 모양이다. 마음 한구석에서 세 아들을 북에 보낸 일을 후회하던 부모님께 겐짱의 존재는 유일한 구원이었을지도 모른다. 조울증인 건오 오빠, 아내에게 버림받은 건아 오빠. 북한의 출세가도에서 벗어나버린 두 아들과 비교하면 겐짱은 '특별'한 존재였다. 나도 그렇게 생각했다.

거의 쇄국 상태에 놓인 북한에서 '무역 관계 업무'라는 것은 특수한 일이다. 겐짱도 몇 번이나 직업을 바꾸다 간신히 무역업에 정착했다고 했다.

그 일을 하면 미국과 유럽에는 못 가도 중국에는 갈 수 있다. 외화벌이 업무다. 게다가 플러스알파도 있다. 북한에서 살 수 없는 것을 손에 넣을 수 있다. 중국을 통해 다른 나라의 정보도 얻는다. 일본 잡지도 다른 사람들에 비해 손에 넣기 쉽다.

평양에 있는 도서관에는 일본 잡지를 포함해 해외 잡지들이 있지만 일반인은 열람금지라고 한다. 아마도 일반인들은 그런 것이 도서관에 있다는 사실조차 알지 못할 것이다. 겐짱처럼 특별한 일을 하는 사람들만 독점적으로 정보를 접할 수 있다.

해외에서 오는 무역상들과도 교류가 많아서, 그들을 만나기 위해 평소 다양한 장소—일반적인 평양 시민이 출입할 수 없는—에 간다. 평양의 호텔과 음식점에서도 발이 넓은 듯했다. 특히 외국인이 투숙하는 호텔에선 도어맨부터 프런트 직원까지 모두 겐짱을 알고 있었다. 또한 겐짱은 세세한 정보에 정통해 청소를 깔끔하게 하는 것은 이 호텔이라든가, 냉면이 맛있는 것은 저 호텔이라든가, 그런 것들을 알려주었다. 1980년대는 북한에 아프리카 유학생이 많던 시절이라서 평양 시내에 외국인과 유학생 전용 디스코장까지 있었는데, 겐짱은 그런 장소도 내게 소개해주었다.

내가 카메라를 들고 북한을 방문하게 되면서 다른 오빠들과 겐짱의 차이는 확연해졌다. 내가 비디오카메라를 들면 어느새 프레임에서 사라진다. 10여 년의 시간을 들여 가족을 촬영한 영상은 그후 〈디어 평양〉과 〈사랑스런 선화〉*라는 두 개의 다큐멘터리 영화로 결실을 맺었지만 150시간이 넘는 촬영 분량 중에 겐짱의 모습은 거의 없다. 형제 셋이 모인 곳에서 비디오카메라를 돌리면 어느새 겐짱은 교묘하게 내 뒤에 서 있는 것이다.

건오 오빠와 건아 오빠는 카메라를 피하지는 않았지만, 카메라를

* 한국에선 〈굿바이, 평양〉이라는 제목으로 소개됨.

보며 이야기를 할 땐 긴장했다. 그래서 오빠들과 속을 터놓고 이야기하고 싶을 땐 카메라를 껐다. 그러면 어느새 다시 겐짱이 우리 틈으로 들어와 있는 것이다. 하지만 스스로 이야기를 하는 경우는 없다. 우스갯소리를 하거나 웃기는 해도, 그것뿐이다. 분위기가 무르익으면 건아 오빠와 나는 금세 야한 이야기를 시작하는 것이 보통이었지만 그럴 때도 겐짱은 언제나 옆에서 웃으면서 듣고만 있었다.

술자리가 길어지면 나는 눈물이 많아진다. 오빠들과 함께 있다는 것만으로도 눈물샘이 금세 헐거워지고, 오빠들과 일본에서 보낸 나날을 떠올리고 만다. '울고 싶은 건 오빠들일 텐데'라고 생각하면서도 언제나 눈물이 멈추지 않았다.

건오 오빠와 건아 오빠도 그런 내 기분에 전염돼 침울해졌다. 그런 오빠들이 북에서의 생활을 이야기하면 상태는 한계에 이른다. 오빠들이 안타까워 눈물이 멈추지 않는다.

"이런 이야기만 해서 미안, 영희야."

자상한 건아 오빠는 그렇게 말하며 위로해준다.

같이 울 듯한 위의 두 오빠와 조금 떨어진 곳에서 겐짱은 언제나 평상심을 잃지 않고 있다. 가끔 쿡쿡거리며 웃곤 한다.

본심을 말하지 않는다. 진짜 얼굴을 보이지 않는다. 이것이 겐짱에 대한 나의 평소 인상이었다.

겐짱이 있어서 쑥스러운 걸까? 아버지는 평상시보다 무뚝뚝한 모습일 때가 많았다. 이 분은 내겐 태어날 때부터 방실방실—이혼한 후엔 좀 쌀쌀해지긴 했지만— 어머니에겐 느물느물했지만, 겐짱 앞에선 아버지로서 위엄을 갖추고 싶은지 필요 이상으로 굳은 얼굴을 했다.

겐짱과 내가 식탁에서 일어서길 기다렸다가 어머니와 의논하기 시작한다.

"건민이 병원 어떻게 하지?"

화제는 언제나 똑같다. 겐짱의 치료 얘기다. 아버지는 조총련의 모든 연줄을 총동원해서 겐짱의 체류기간 연장을 요청했다. 의사로부터는 확실하게 "3개월로는 치료가 불가능하다"는 말을 들었다. 그렇다면 체류기간을 연장하면 된다. 그것이 어렵다는 사실을 누구보다 잘 아는 아버지지만, 그럼에도 마음속 어딘가에서 아버지는 저 나라를 믿었다. 병을 고치라고 아들을 일본에 보내주었다, 그러니 기간을 연장해주지 않을 리 없다고.

병원을 찾는 일도, 체류기간 연장도, 10일이 지난 시점에선 전혀 진전이 없었다. 나는 N씨와 겐짱의 데이트를 주선하거나, 오빠와 둘이서 거리를 활보하면서 '시간'을 채우려고 했다.

나는 오빠의 부탁을 거절했다는 사실 때문에 괴로웠다. 오빠의 정치적 입장이 위험해질지 모른다는 걸 알면서도 내 인생만 안전한 곳에 두고 싶어 했다는 자책이 들었다. 오빠의 부탁을 거절한 판단이 틀리지 않았다고 생각했지만, 거절했다는 사실은 변함이 없다. '혁명'을 위해 오빠가 짊어져야 하는 임무. 그걸 위해 오빠가 협조를 요청한 일. 그리고 그것을 거절했다는 사실. 속죄의 감정도 거들어, 최소한 오빠가 일본에 있는 동안은 '사이좋은 남매'라는 것을 만끽하고 싶다는 바람으로 하루하루를 보냈다.

지금 생각하면 나는 오빠를 미워하고 싶지 않아서, 그리고 오빠를 더욱 좋아하고 싶어서 열심히 노력했는지 모른다. 아니, 그게 아니라 '오빠에게' 미움 받기 싫어서 필사적이었는지도 모른다.

*

아침에 전화가 한 통 걸려왔다. 오빠 앞으로 온 전화였다. 언제나 억양이 없는 오빠의 목소리가 수화기를 들자 더 한층 단조로워졌다.

"알겠습니다. 이틀 후 출발이군요……. 네, 알겠습니다."

무덤덤하게 거실에 앉아 있던 부모님 앞으로 걸어와 겐짱이 통화 내용을 전했다.

"이틀 후 귀국이 결정됐습니다."

뭐라고?

나는 일순, 겐짱이 무슨 말을 하는지 이해할 수 없었다.

이틀 후? 귀국? 벌써 돌아오라는 소리?

"무슨 말이야? 이틀 후라니, 뭐가?"

"결정됐대. 이틀 후에 돌아가게 됐어."

오빠는 더 이상 아무것도 묻지 말라는 분위기를 풍겼다.

이 사태에 어머니도 격앙됐다. 금세 조총련 관계자에게 전화해서 사실 확인을 시작했다. 전화에 대고 어머니가 애원하듯 이야기한다. 그 뒤에서 아버지는 놀라움을 감추지 못한다.

가족 모두가 누군가가 '그건 거짓말'이라고 말해주길 바랐다. 체류 기간 연장을 원하는 마당에 그런 소식이. 3개월이라는 약속조차 지켜지지 않았다. 아직 귀국한 지 2주도 지나지 않았다. 어머니도, 아버지도, 나도, 예외 없이 허둥거렸다. 놀라움, 당혹스러움. 부산을 떨 수밖에 없었다.

장난하지 마.

어떤 식으로든 사람을 멋대로 휘두르지 않으면 성이 안 차는 건가. 뭐든 아무 사정도 고려하지 않고 갑자기 결정하고, "해라" 한마디 하면 끝이다. 더욱이 이번엔 병 치료가 아닌가. 몇 년 전부터 부탁해서 간신히 허가가 떨어졌고, 이제 뭔가 해보려는 시점이 아닌가. 사람의 마음은 생각하지도 않고, 업무 연락 하나로 예정 변경.

마치 빨간 종이, 소집 영장 같다.

'위 소집을 명하므로 아래 일시까지 위에 기재된 소집장으로 집합할 것.'

빨간 종이가 날아오면 끝. 개인의 사정 따윈 안중에도 없다. 국가 앞에 개인은 없다. 가족들의 감정을 헤아리는 배려 같은 건 더더욱 없다. 부모님 입장에선 부상병으로 겨우 귀환한 아들이 아직 상처가 아물지도 않았는데 전장에 다시 소집된 것과 마찬가지일 것이다. 단 한 사람, 병사라는 자각을 가진 오빠만 당황하지 않고 운명을 그대로 받아들였다.

문득 오빠와 눈이 마주쳤다. 나는 전혀 놀라지 않는 오빠가 놀라웠다.

가장 쇼크를 받은 것은 겐짱일 것이다. 뺨 안쪽의 종양 문제는 결국 아무런 진전도 없었다. 북에 돌아간다는 것은 평생 이 폭탄을 안고 살아가야 한다는 뜻이다. 그런데도 이 사람은 전혀 놀라지 않는다. 얼굴색도 변하지 않는다.

병원에서 검사결과를 들을 때도 그랬다. 치료가 불가능하다는 선고에 당황한 것은 역시 나와 어머니뿐이었다. 겐짱 혼자 놀라지 않았다.

또 그렇다. 그리고 나는 깨달았다. 오빠에게는 조령모개는 당연한 일인 것이다. 뭐 하나 확실한 게 없고, 어느 날 갑자기 위에서 던지는 한마디 말로 뭐든지 바뀐다. 그 나라에서 오빠는 30년 가까이 살아온 것이다. 지금에 와서 특별히 놀랄 것도 없다는 뜻인가.

꿈과 희망이란 단어는 이미 오래전에 버렸다. 저 나라에선 '생각하는' 것 자체가 쓸데없는 일이다. 사고 정지. 그것 외에 살아갈 방법이 없다.

오빠처럼 어중간한 엘리트는 더 이상 불평을 토로하는 것도 여의치 않다. 자신의 존재는 불합리한 국가 위해서 형성되었으며, 여전히 거기에 얽매여 있기 때문에.

어머니는 오전 내내 허둥거렸지만, 점심시간이 지나자 갑자기 태도를 바꿨다.

"어쩔 수 없지."

어머니는 누구에게랄 것도 없이 그렇게 말했다. 무거운 혼잣말이었다. 어머니가 "어쩔 수 없지"라고 말할 때의 각오는 명료하다. 알고 있는 것이다, 어머니는. 일본에 있으면서 오랫동안 북의 체제 속에서 살아온 것이나 마찬가지인 부모님이다. 저 나라의 불합리함은 이미 온몸으로 겪어왔다. 위에서 '이렇게 하라'고 떨어진 명령이 아랫사람의 의견에 의해 뒤바뀌는 일은 없다. 누구나 이상하다고 생각해도 나아가는 수밖에 없는 것이다. 그 앞이 설사 벼랑 끝이라고 해도.

게다가 북에는 건오 오빠도 있다. 건아 오빠도 있다. 운신과 지성, 선화도 있다. 어머니 입장에선 인질이나 마찬가지였다. 이 이상 위의 명령에 반항하면 그들이 어떻게 될지 알 수 없다.

이리저리 알아보니 이번 귀국 명령은 겐짱에게만 내려진 게 아니었다. 세계 각국에 나가 있는 사람들에게 일제 귀국 명령이 내려졌던 것이다.

결정된 사항이라면 앞으로 나아가는 수밖에 없다. 그렇다면 조금이라도 상황을 좋게 만들자. 이것이 어머니의 삶의 자세였다.

"준비하자."

어머니는 분주하게 준비를 시작했다. 겐짱의 아내에게 무엇을 보낼까. 손자들을 위해 무엇을 준비할까.

오빠는 항공편으로 북경을 경유해 돌아간다고 했다. 직항편이 있을 리 없으니 북경에서 꼬박 하루 발이 묶여 있어야 한다. 때는 12월 중순 이후. 북경의 최저기온은 평균 0도 이하다. 어머니가 점퍼와 방한복이 필요하니 사오라고 말하자 현실주의자인 오빠는 "일본에서 한 벌 살 돈으로 열 벌을 살 수 있으니 북경에서 사겠다"고 말한다. 직장 동료와 가족들에게도 같은 것을 사주고 싶다는 얘기다. 어머니는 재빨리 계산해서 필요한 돈을 건넨다.

당연히 감시원에게도. 이럴 때조차 감시원 걱정인가? 말도 안 돼! 나는 분개하지만, 어머니는 "그것과 이건 다른 문제다"라고 말한다. 감시원의 심증(心證)이 이후 오빠의 북한 생활에 미칠 영향을 알고 있다.

귀국 당일 아침이 되었다.

어머니가 새로 마련한 양복에 오빠가 팔을 집어넣는다. 아, 스위치가 들어갔다. 그것은 내가 봐도 알 수 있는 변화였다. 양복을 입었을 뿐인데, 가슴에 김일성 배지가 붙어 있는 듯한 착각에 빠졌다. 이제 눈앞에 간사이 사투리로 함께 이야기하던 오빠는 없다. 감시원과 마찬가지, 북쪽의 사람이었다.

눈앞에 서 있는데도 오빠는 멀게만 느껴진다. 손을 뻗으면 만질 수 있는 거리에 있는데도 만질 수 없다.

오빠를 데리고 갈 차가 왔다. 올 때 탔던 것과 같은 차다. 감시원이 문을 연다. 오빠에게 어서 타라고 재촉한다. 오빠는 이쪽을 보려고 하지도 않고 차에 올랐다. 이어서 감시원이 탄다.

문이 닫히는 소리. 자동차 엔진 소리가 서서히 작아져간다.

어머니도 말이 없다. 아버지는 어안이 벙벙해 있다.

나는 아무 말도 못 하고 그 자리에 서 있었다. 오빠의 팔을 잡아당겨 다시 데려오고 싶다. 감시원에게 큰소리로 화를 내고 싶다. 차를 발로 뻥 차주는 것도 좋겠다. 하지만 이런 생각을 한 것은 자동차가 보이지 않게 된 후였다. 나는 그때 생각하는 것조차 불가능했다. 아무 말 없이 담담히 받아들이는 오빠의 자세에 나는 압도되어 있었다. 사고를 정지당한 것이다.

자유로운 나라에 사는 나는 아무것도 하지 못한 채 다만 그 자리에 서 있었다.

*

"안 보내도…… 좋았을 것을. 그때는 나도 젊었다. 남북 관계가 어려운 시대긴 했지만…… 너무 순진했지."

오빠가 그렇게 귀국하고 3년이 지난 후 아버지가 불쑥 말을 흘렸다.

그때까지 아버지는 무언가를 완강하게 믿었다. TV뉴스를 봐도 북한 관련 뉴스가 흘러나오면, 설사 그것이 비판적인 톤이라고 해도 매스게임이나 식전 장면에 크게 호응하며 고개를 끄덕였다. TV에서 납치문제가 거론되면 무표정한 얼굴로 프로야구 중계로 채널을 돌리곤 했다. 나와 함께 TV를 볼 때는 슬쩍 자리를 떠버렸다. 믿었던 조국의 '어두운 부분'을 인정하고 싶지 않았을 것이다. 그런 의미에서 아버지 역시 사고가 정지돼 있었다. 그런데 그런 아버지가 자신의 입으로 후회의 말을 꺼낸 것이다.

그로부터 얼마 후 아버지는 병으로 쓰러졌다. 뇌경색이었다. 그것이 2004년 5월의 일. 영화 〈디어 평양〉의 편집이 한창이던 때였다. 그날, 일이 끝나고 사무실 사람들 사이에서 가볍게 와인 한잔 하자는 말이 나와 서둘러 나서는데 휴대전화가 울렸다. 10시가 넘어 있었다.

"목의 정맥 부분이 심하게 막혔던 모양이야. 이제부터 그 부분을 청소하는 수술을 해야 돼. 대여섯 시간은 걸리는 대수술이다. 지금 오사카 행 신칸센이 없으니, 올 수 있으면 내일 신칸센으로 오너라. 일이 먼저이니 바쁘면 무리해서 안 와도 된다."

패닉 상태에 빠져 아무것도 생각할 수 없는 나를, 사무실 책임자가 "지금 출발하자"며 재촉했다. 차로 가면 시간을 맞출 수 있을지 모른다. 어차피 아침이 되어서야 도착하겠지만, 그래도 아침 첫 신칸센을 타는 것보다 빠르다. 나는 호의를 받아들였다.

차 안에서 나는 아버지에 대한 복잡한 감정을 깨달았다. 오빠들이 귀국하는 계기가 된 아버지. 오빠들에겐 항상 엄격했던 아버지. 그러면서도 내겐 자상했던 아버지. 나는 오빠들을 나라에 바치고 말았다고, 마음속으로 아버지를 원망했었다.

그렇게 아버지에게 화가 났었는데…… . 나는 아버지를 부정할 수 없다. 아니, 부정해선 안 되는 것이다. 사실을 받아들인다는 것은, 아버지를 부정하지 않는다는 뜻이다.

쓰러지고 나서 5년 후인 2009년 11월, 아버지는 돌아가셨다. 82세였다. 고희 때 마련해둔 수의가 도움이 되었다. 마지막으로 한 번만 더 오빠들을 만나고 싶다는 희망을 품었지만, 이루어지지 않았다. 우연히도 큰오빠인 건오 오빠가 같은 해에 죽었다. 아버지는 오빠의 죽음을 알지 못한다. 서로, 저세상에서 만나 깜짝 놀라게 될까.

나는 첫 영화를 아버지에게 보여주고 싶었다. 하지만 그것도 이루어지지 않았다.

지금, 북한에는 세 기의 무덤이 있다.

하나는 건아 오빠의 두 번째 부인인 정순 씨의 무덤. 조용한 숲속 언덕 위에 자리해 있다.

두 번째는 건오 오빠의 무덤. 외화로 지불하는 조건으로 급히 만든 무덤이다. 어머니의 방문에 맞추기 위해서였다.

마지막 하나는 아버지의 무덤. 자신이 태어난, 고향인 한국의 제주도가 아니라, 아들과 손자들이 있는 평양에 그의 무덤이 있다. 재일 조선인 애국자를 위한 위령원인 모양이다. 자신의 무덤이 북에 있다는 사실 자체가 남은 가족들의 안녕을 보장해준다고 믿은 것이다. 작년에 어머니가 오사카의 절에 보관하던 아버지의 유골을 가지고 평양에 갔을 때, 나의 동행은 허락되지 않았다.

나는 아버지와 건오 오빠의 무덤에 참배한 적이 없다. 언제 입국이 허락될지도 알지 못한다. 앞으로 건아 오빠의 가족과 겐짱을 다시 만날 수 있을지 없을지도 알 수 없다.

제주도에서 일본으로 건너와 '북'을 상징적 조국으로 선택한 아버지는 그후 자신의 고향, 한국의 가족을 만날 수 없었다. 부모의 죽음도 지켜보지 못했다.

그리고 지금, 나는 나 자신으로 사는 길을 고집함으로써, 오빠들의 가족과 만나는 길을 차단당했다.

아이러니는 반복된다.

평양에 잠들어 있는 아버지와 오빠에게 바친다.

후
기

오랜만에 오사카 이쿠노 구에 있는 집에 왔다.

80세를 넘어 혼자 사는 어머니의 몸은 조금 작아진 듯하다. 집의 벽과 냉장고에는 아들과 손자 들의 사진이 붙어 있다. 가족을 만나지 못할 것을 무릅쓰고 영화를 만드는 딸의 작품 광고도 붙여두셨다.

밤에 나란히 깐 이불 속에서 어머니가 말한다.

"좋아하는 일을 열심히 하는 것도 좋지만, 왜 그렇게 힘들게 사니? 조직과 나라에 반항하는 게 무슨 소용이 있냐? 너를 보면 내가 가슴이 졸아들어."

"나는 반항하는 게 아니에요. 내 생각을 솔직하게 작품으로 표현하는 것뿐이지. 어릴 때는 정직하라고 배웠는데, 어른이 되어선 정직하면 죄인이 된다는 건 이상하잖아요. 우리 가족 이야기를 하는 것뿐이야. 한국의 군사정권이 작가들과 언론을 탄압할 때 조총련이 가장 먼저 항의했어요."

"아이고."

"이민 2세, 3세가 자기 가족의 뿌리에 대해 영화를 만드는 건 세계적으로도 흔한 일이에요."

"하긴, 이민자들이야 사연이 많겠지."

"어머니, 후세에 진실을 이야기하는 것이 인생에서 마지막으로 해야 할 일이에요."

최근 어머니는 조금씩이나마 자신의 젊은 시절 추억을 솔직히 들려주었다. 어머니가 이야기하는 문장 하나하나가 내가 지금껏 봤던 어떤 영화 장면보다 드라마틱하다. 떨리는 목소리로 눈물을 머금은 채 어머니는 언제나 마지막엔 이렇게 말한다.

"이런 얘기, 밖에서 하면 안 된다."

나는 드라마틱한 인생들에 둘러싸여 자랐다. 나의 부모와 오빠들뿐 아니라, 오사카 이쿠노 구에서 어린 시절부터 만나온 재일조선인들, 북한에서 만난 사람들, 취재 때 만난 아시아 각국의 사람들, 서구에서 만난 사람들. 모두 내가 압도될 정도의 개인사를 갖고 살아왔다.

이야기를 전달하는 일을 하고 싶다는 생각을 갖게 된 후 나는 먼저 가장 가까운 사람들, 즉 내 가족의 인생을 명확히 바라보고 싶었다(당사자들에겐 미안하지만). 그것을 세계 사람들에게 전달하고 싶다는 마음으로 영화 제작에 임한다.

영화 〈가족의 나라〉 마지막 촬영 당일, 아마도 영화에 넣지 않게 될 거라 생각하면서도 미안함을 무릅쓰고 안도 사쿠라 씨와 이우라 아라타 씨*에게 노래를 불러달라고 했다. 며칠 전에 내가 두 사람의 아이폰에 아카펠라로 노래해 녹음해둔 곡이다. 내가 중학생일 때 평양의 세 오빠가 함께 작사 작곡한 '영희의 노래'다. 오빠들은 그것을 카세트테이프에 녹음해서 보내주었다.

이우라 씨가 노래하고, 안도 씨가 허밍을 넣는다. 분에 넘치는 앙상블이다. 오빠들이 '영희'라고 노래한 부분은 안도 씨가 연기하는 '리애'로 바꾸었다.

사랑하는 리애야, 여동생아
오빠의 목소리가 들리니?
가련한 꽃처럼 피어나라고
간절한 마음을 담아 노래한다

* 안도 사쿠라가 막내딸 역을, 이우라 아라타가 둘째 오빠 역을 맡았다.

두 번 다시 우리 만나지 못해도

한 하늘 아래 웃으며 살자

원래 가사에서 반복되는 부분은 '다시 만날 수 있는 그날까지 한 하늘 아래 웃으며 살자'였지만 두 사람이 부를 때는 가사를 조금 바꿨다. 지금 생각하면, '다시 만날 수 있는 그날'이 설사 오지 않는다고 해도 영화를 만들겠다는 나의 의지가 그렇게 바꾸게 만들었을 것이다.

두 사람의 음성은 지금도 내 아이폰에 저장돼 있다. 이우라 씨의 목소리가 겐짱의 목소리처럼, 건아 오빠의 목소리처럼, 죽은 건오 오빠의 목소리처럼 들린다. 안도 씨의 음성은 내가 오빠들과 함께 있는 듯한 행복한 착각을 불러일으킨다. 나의 소중한 보물이 되었다.

'두 번 다시 우리 만나지 못해도'라니, 너무 감상적이라고 웃는 사람도 있을 것이다. 하지만 어린 시절부터 '수년 뒤엔 남북통일이 된다'고 배웠고, 그후에도 남북 정부의 관계가 바뀔 때마다 기대와 실망을 반복해왔다. 지도자가 죽을 때마다 반복되는 '북의 체제는 바뀐다'는 미디어의 정보에, 혼자 좌절하는 내가 있었다. 극단적으로 말하면, 다음 달에 남북이 통일되어도 놀라지 않을 것이고, 살아 있는 동안 아무것도 변하지 않아도 낙담하지 않을 것이다.

2012년 2월. 멋진 배우진과 스태프의 뜨거운 마음이 모여 완성된 영화 〈가족의 나라〉의 월드 프리미어가 베를린국제영화제에서 열렸다. 멀리 아시아의, 한 가족의 단 일주일간 이야기. 베를린 사람들은 따뜻한 박수로 환영해주었다. 동서분열의 역사를 가지고 있고, 나라가, 가족이, 친구가 서로 찢어진다는 것이 어떤 의미인지 온몸으로 체험한 사람들이어서인지, 관객들은 흥분해서 감상을 전해주었다. 어떤 사람은 이메일로, 또 어떤 사람은 영화제에서 직접 자기 가족의 역사를 내게 들려주었다. 관객들의 얘기만 해도 여러 편의 영화를 만들 수 있는 내용이었고, 그들의 이야기에 내가 압도되었다. 두 개의 다큐멘터리 작품을 포함해, 내 영화에 대한 감상을 주고받는 동안 베를린뿐 아니라 영화제를 위해 찾아온 많은 사람들과 친구가 되었다.

사람은 누구나 짐을 짊어지고 산다. 누구의 짐이 가장 무거운지 비교하는 것은 무의미하지만, 그 내용을 아는 것은 중요한 일이다. 왜냐하면 한 사람 한 사람이 짊어진 짐 속을 들여다봄으로써 그 인생뿐 아니라 그와 그녀가 살아온 사회와 시대가 보이고, 그 속에서 살아가는 개인의 현실이 선명히 부각되기 때문이다. 가방 깊숙이 감추어둔, 버리고 싶은 '쓰레기'도 눈을 크게 뜨고 바라보고 싶다. 냄새가 나거나 귀찮기도 하겠지만, 그 현실을 똑똑히 보고 싶다.

우리가 책을 읽고 영화관에 가는 것은 현실을 잊기 위해, 혹은 현실에 대해 깊이 생각해보고 싶어서일 것이다. 페이지를 들추고 화면을 좇으면서 전 세계 사람들이 짊어진 짐 속을 들여다본다. 그 과정이 세계를 아는 것으로 이어지고, 자신이 살아가는 시대를 인식하는 것으로 이어진다고 믿는다.

2012년 6월 20일

양영희

가족의 나라
ⓒ양영희

초판 인쇄 2013년 3월 4일
초판 발행 2013년 3월 7일

지은이 양영희
옮긴이 장민주
감수 인예니
펴낸이 이기섭
편집인 김수영
기획 이성욱
책임편집 전민희
기획편집 김송은 김남희

마케팅 조재성 성기준 정윤성 한성진 정영은
관리 김미란 장혜정

펴낸곳 한겨레출판㈜
등록 2006년 1월 4일 제313-2006-00003호
주소 121-750 서울시 마포구 공덕동 116-25 한겨레신문사 4층
전화 02) 6383-1602~03 **팩스** 02) 6383-1610
대표메일 cine21@hanibook.co.kr
ISBN 978-89-8431-674-4 03830